Entends ma voix

W0321365

ZELDA LOCKHART

Entends ma voix

roman

traduit de l'anglais (États-Unis) par
LAURA DERAJINSKI

Harper
Collins
AU GRÉ DU MONDE

Titre original :
TRINITY

Ce livre est publié avec l'aimable autorisation de HarperCollins Publishers, LLC, New York, U.S.A.

© 2023, Zelda Lockhart.
© 2024, HarperCollins France pour la traduction française.

Tous droits réservés, y compris le droit de reproduction de tout ou partie de l'ouvrage, sous quelque forme que ce soit.

Toute représentation ou reproduction, par quelque procédé que ce soit, constituerait une contrefaçon sanctionnée par les articles 425 et suivants du Code pénal.

Cette œuvre est une œuvre de fiction. Les noms propres, les personnages, les lieux, les intrigues sont soit le fruit de l'imagination de l'auteur, soit utilisés dans le cadre d'une œuvre de fiction. Toute ressemblance avec des personnes réelles, vivantes ou décédées, des entreprises, des événements ou des lieux serait une pure coïncidence.

HARPERCOLLINS FRANCE
83-85, boulevard Vincent-Auriol, 75646 PARIS CEDEX 13
Tél. : 01 42 16 63 63

www.harpercollins.fr
ISBN 979-1-0339-1579-9

À ma fille Alex Lockhart et à ma petite-fille Maddison Teylor Lockhart. À mon arrière-arrière-grand-mère maternelle, qui a cultivé et transmis nos histoires ainsi que les graines intactes et indomptées de notre lignée. À mon fils et à mon petit-fils. Que l'innocence, l'omniscience et la joie de l'enfance vous guident dans toutes vos relations, qu'elles brisent la chaîne de la violence et sèment à nouveau les gènes de l'amour.

Prologue

Quand les corps noirs lâchent prise et que leurs esprits s'élèvent, ils parviennent à contacter les gens, à leur parler des erreurs commises de leur vivant et des enseignements tirés après leur départ. Ils jouissent d'une existence éternelle, libérés des restrictions de leur enveloppe charnelle et de leurs souffrances morales. Mais à quoi bon cette connaissance sans corps de chair et d'os, sans pieds ni mains pour réparer le mal fait il y a si longtemps ? J'ignorais que c'était ma destinée. Dès l'âge de six ans, pourtant, je compris que ma perception de la vie et celle qu'en avaient les autres n'étaient que des dimensions différentes de la mémoire.

J'ai vu la capture de mon arrière-arrière-grand-mère, sa course sur la terre desséchée du Congo, traquée loin du village par des hommes blancs alors qu'elle pilait du manioc et de la farine de plantain pour préparer du foufou, chassant les mouches matinales. Ses talons martelaient le sol d'argile durci par le soleil. Au creux de son ventre, elle portait deux cargaisons précieuses : l'histoire de chaque villageois, depuis le premier arbre né de la première graine. Et l'autre élément inestimable : les graines intactes et indomptées de ses enfants.

Je connaissais le complice du criminel – le chef du village, l'oncle, le père, le frère, le fils – celui qui avait contribué à sa capture en échange d'un mensonge, la promesse de prospérité pour son peuple, une fortune digne de celle de l'homme blanc. Cette alliance avec l'ennemi se retourna contre lui et lui explosa au visage comme le canon bouché d'un mousquet ; une détonation qui dissémina les miens, les éparpilla tels des osselets aux quatre coins de la planète. Sous la violence de l'impact, ses rêves de richesse furent emportés dans un torrent inverse. La femme au ventre plein fut battue, violée et tuée tandis qu'il peinait à s'extraire de son propre malheur.

J'ai été témoin de son premier péché, quand il a rompu son pacte avec la nature, celui de soigner, de nourrir et de protéger ses femmes. Accepter le compromis fut son deuxième péché, lorsqu'il combattit les ennemis de l'homme blanc dans l'espoir de rétablir son propre honneur bafoué. Son troisième péché fut également sa bénédiction : fertiliser encore et encore, répandre ses chromosomes aux longs membres agiles, ceux de mes yeux, de mes mains et de mes pieds, avant de m'abandonner à mon sort, responsable de mon propre salut et de celui des autres.

PARTIE I

Le père

Chapitre 1

Sampson, Mississippi
1939

C'était le dixième anniversaire de Bennie. Lottie l'avait coincé entre ses genoux et coupait la montagne de cheveux qui lui chauffait le sommet du crâne.

— Ne bouge pas, Bennie.

Une cigarette pendait à ses lèvres boudeuses, roulée à la main et achetée à la boutique, le tabac produit dans les champs autour d'eux. L'ambre se changea en un cylindre de cendre de deux centimètres menaçant d'embraser les boucles laineuses de l'enfant.

À la naissance de Bennie, elle n'avait que treize ans, si bien qu'il n'avait pas appris à lui adresser les politesses d'usage dans le Sud, les « Oui m'dame » et « Non m'dame ». Il appelait sa maman par son prénom.

— Ouille, Lottie ! Éteins c'te cigarette avant de me cramer la tête.

Le porche les abritait du soleil. Il faisait si chaud, ce jour-là, que les oiseaux haletaient sur les branches basses de l'érable. La chaleur ne décourageait pas Bébé Lenard. Il jouait dans la terre du jardin, pétrissant la boue formée par l'eau usée de la lessive, sa peau et la terre de la même nuance cuivrée. Le ciel avait la couleur d'un bleuet ; uniforme, à l'exception d'un nuage blanc solitaire, un réconfort qui passa au-dessus d'eux avant de se dissiper et de s'évaporer.

— Bouge pas, petit bonhomme, dit-elle avant de le redresser brusquement et de glousser. Personne va cramer ta petite tête de pioche. Je crois plutôt que c'est les oiseaux qui vont venir y faire leur nid, si je te coupe pas cette saloperie vite fait bien fait.

Ils étaient proches comme une sœur aînée et son petit frère, si bien qu'il importait peu qu'elle n'ait pas noué un mouchoir autour de ses seins pour les maintenir en place sous son ample robe en coton. Elle serrait l'enfant sans retenue contre elle, et il sentait la chaleur féminine de son corps moite dans la torpeur du jour. Mais, à l'inverse, elle le rabrouait et le taquinait parfois comme un petit animal de compagnie indésirable.

Il posa la tête sur les genoux maternels et ils plongèrent chacun le regard dans les grands yeux ronds de l'autre.

— D'accord, petit bonhomme. Je l'éteins quelques secondes. Je peux pas fumer mes clopes tranquille si c'est pour vous entendre râler, toi et Lenard.

Il pencha la tête afin qu'elle coupe les cheveux de sa nuque. Sa question resta suspendue dans la canicule de l'après-midi :

— Pourquoi vous z'êtes bagarrés hier soir, toi et Old Deddy ?

Il savait qu'Old Deddy la battait avec la lanière du porte-monnaie tout comme il le fouettait, lui. Lottie était battue en permanence, alors qu'il était corrigé seulement quand il faisait ses corvées à moitié. Mais lui n'était pas obligé de rester enfermé dans la même chambre qu'Old Deddy toute la nuit. Les jambes lisses et laiteuses de sa mère étaient sans cesse couvertes de zébrures, certaines virant au violet au bout de quelques jours, d'autres rouges et fraîches de la veille. Il savait aussi que les raclées devenaient plus fréquentes, mais il ignorait pourquoi et ne savait pas poser la bonne question.

Elle empoigna une mèche de cheveux à l'arrière de son crâne et tourna le visage de l'enfant vers elle.

— Benjamin Lee, laisse-moi te dire un truc.

Elle repoussa sa tête vers l'avant.

— T'avise jamais de prendre une femme au piège dans ta maison, comme une vache qui passerait par hasard devant ta grange pour trouver un abri. T'avise jamais d'être ce genre d'homme-là.

— Ouille ! se plaignit-il en portant les mains à ses cheveux.

Elle lui asséna une claque sur les doigts et fit pivoter sa tête sur sa cuisse pour atteindre les pattes autour des oreilles. À la vue de son sein derrière son bras, il éprouva un pincement de honte à vouloir se blottir dans la sécurité de son giron et téter comme le faisait encore Lenard du haut de ses trois ans, réclamant la nourriture maternelle. Une boucle de cheveux noirs s'échappa de sous son foulard et, loin au-dessus d'elle, le nid de guêpes qu'elle détruisait chaque été dansait dans les mouvements des insectes bruns qui bâtissaient leur maison.

Le lendemain matin, les gouttes de rosée soyeuses pesaient lourdement sur les larges feuilles de tabac qui s'étaient épanouies à la fin du printemps. Contrairement à son habitude, Old Deddy n'entra pas avec la lumière tiède et grise de l'aube pour secouer Bennie et le faire lever de sa paillasse. Non, Old Deddy était déjà dans le potager avec la mule, labourant la terre où il sèmerait les légumes de leur consommation personnelle. Assis près de Bennie, Lenard nouait une ficelle à la patte d'un hanneton à demi-mort. Un silence étrange régnait dans la maison. Bennie regarda par la fenêtre : la bassine de lessive était posée sur la vieille souche d'arbre, mais Lottie n'était pas là. Il enfila sa salopette usée par-dessus ses sous-vêtements décolorés et passa dans la pièce principale. Elle ne faisait pas la vaisselle à la pompe, elle ne mettait pas du bois dans le poêle pour préparer le petit déjeuner. La boule dans la petite cage en os de sa poitrine se serra et, comme un rêve qui émerge plusieurs heures après le réveil, il se souvint de la voix étouffée d'Old Deddy au beau milieu de la nuit : « Lottie ! Lottie ! Où t'es, femme ? »

Sous le soleil qui brûlait la rosée et noircissait les glands jonchant la terre, Bennie se rendit au poulailler, récolta les œufs tièdes, mit les poules à picorer et son frère à jouer dans le jardin, puis attendit dans la grange, juste derrière la gueule béante de la porte, là où l'ombre lui apportait un léger réconfort. C'était le point d'observation idéal pour surveiller son petit frère. Il guetterait le retour de Lottie loin sur la route et il verrait Old Deddy venir depuis les champs lui demander pourquoi il ne l'aidait pas à guider la mule.

Dans son dos, les deux vaches contemplaient le paysage au-delà de ses boucles noires où la sueur coulait à la naissance de ses cheveux. Leur corps imposant, leur silence, à l'exception de leur souffle synchronisé. Elles étaient heureuses dans l'ombre de la grange, bien qu'il soit déjà midi et que Bennie n'ait pas encore soulagé leurs pis endoloris avant de les laisser paître dehors.

Dans le chant assourdissant des cigales, dans cet espace brûlant rendu plus brûlant encore parce qu'il n'avait fait aucune de ses corvées, il voulait juste que Lottie rentre à la maison. Il décida, sur le seuil de la grange de guingois, qu'il l'aiderait à faire la lessive, les conserves, qu'il l'aiderait à tenir la cadence dans les tâches ménagères où elle prenait tant de retard qu'Old Deddy estimait normal de la battre chaque jour.

Bennie ferma les yeux pour se protéger de la sueur piquante et il aurait aimé que sa mère ne soit pas là où elle était en cet instant, à obtenir ce qui la rendait heureuse. Elle lui avait dit un jour, alors qu'elle s'échinait à frotter le linge sur la planche à laver : « Je me suis trouvé un coin secret où que je vais et où que je gagne plus d'argent qu'Old Deddy, y pourra jamais gagner avec c'te ferme. Je vais nous trouver assez de fric pour partir à Saint-Louis. » Captivé par ce fantasme, il battait le beurre, ravi d'être dans son endroit préféré, au cœur de son attention. « Je glisse mon argent à M'sieur Genorette, y l'économise pour moi, et puis parfois, j'en glisse aussi un peu dans le porte-monnaie d'Old Deddy après qu'y soit allé faire ses paris. » M. Genorette était un homme grand à la peau couleur cacao, large comme la porte de leur grange. Il ressemblait à une version jeune et joviale d'Old Deddy. Personne ne savait comment c'était possible, mais il était propriétaire de la taverne en bordure du marais. Lottie s'était penchée et avait saisi un autre vêtement dans la panière à linge. Les mèches rebelles de ses cheveux créaient un rideau entre eux.

« Tu m'as entendue, Bennie ? J'veux pas que mes enfants aient faim juste parce qu'Old Deddy, y sait pas se débrouiller. » Il ignorait tout de Saint-Louis, mais il savait que c'était là-bas qu'était parti son frère aîné, il imaginait des voitures et des hommes coiffés d'élégants chapeaux, des bâtiments immenses et des femmes déambulant avec grâce dans les avenues comme pendant la procession de Pâques. Elle avait secoué un drap d'un geste sec avant de le suspendre par des pinces en bois, et elle semblait se parler à elle-même : « Ouaip, je crois qu'y commence à comprendre c'que je manigance. »

À dix ans, Bennie était capable de faire des rapprochements. Le garçon le plus âgé de l'école, Jasper Jackson, affirmait que les femmes légères allaient gagner de l'argent à la taverne. Il en concluait que sa mère devait être très légère et que des gens étaient prêts à payer un bon paquet pour pouvoir la soulever dans les airs. Et à la voir regarder autour d'elle avant de lui faire sa confidence, il savait que si Old Deddy s'avisait d'être au courant, ce serait la dernière erreur de Lottie.

Il l'imaginait à la taverne de M. Genorette, l'endroit où l'argent coulait à flots. Un homme plaquait des accords de blues au piano. Le type à la guitare faisait glisser sur les cordes rouillées ses doigts esquintés par la charrue. Des adultes se frôlaient, riaient et semblaient très joyeux au cœur de ce que les gens appelaient pourtant la Dépression. Il dansait avec elle au son d'un blues entraînant, heureux de rire aux éclats, jusqu'à ce qu'il entende Old Deddy sortir du marais comme un ours furieux. Il arrachait la porte usée et humide de la gargote. L'imagination de Bennie avait dérivé vers le rêve quand il s'était endormi à l'entrée de la grange en attendant le retour de sa mère.

Le soleil avait fait reculer les ombres de la grange et l'avait laissé en pleine chaleur, à la vue d'Old Deddy qui vint le réprimander d'avoir négligé ses corvées. Au plus profond de son sommeil, il l'entendit entrer dans la grange. Il entendit un bruit sourd, une planche contre sa tête, peut-être. Il entendit la voix d'Old Deddy qui remplaça la mélodie du piano, « Bouge-toi le cul, espèce de paresseux. Tu m'entends, gamin ? » Son petit cœur battait lentement tandis qu'il dansait dans la sécurité de son rêve, l'odeur de gin et de cigarette sur l'haleine maternelle, ses côtes qu'il sentait saillir sous sa robe de coton lorsqu'elle l'enlaçait. Les airs de gospel aux paroles paillardes se muèrent en un frottement de semelles sur le sol en terre battue.

Bennie se réveilla en sentant la morsure du fouet d'Old Deddy sur son dos, il vit l'ombre dégingandée projetée sur les murs quand le cuir tressé entra en contact avec la peau sèche et découverte de ses jambes et de ses bras. Il valdingua maladroitement, et les vaches baissèrent la tête en prière, pleurant de lourdes larmes tandis qu'il appelait sa mère à pleins poumons :

— Lottie !

Au loin, Lottie se figea entre deux gorgées de whisky de maïs. La chair rosée s'épanouit dans son ventre et se contracta à l'endroit où Bennie et Lenard s'étaient un jour accrochés aux parois utérines juste avant de sortir de son corps, guidés par la lumière trompeuse et tombant droit dans le piège qui leur était tendu. La sensation déchirante l'obligea presque à quitter le plancher rayé de Genorette et à s'élancer sur le sol boueux du marais au secours de son fils. Mais avant d'avoir pu succomber à l'envoûtement d'une mère qui devine le cri lointain de son enfant, elle se tourna vers le guitariste adossé dans son fauteuil en rotin. « *I woke up this mo'nin, find my, my little baby gone.* » Elle leva le bocal de whisky et se mit à chanter, elle aussi.

Avant tous les tourments qu'elle avait subis, Lottie était considérée comme une rare colombe blanche parmi les corbeaux de Sampson, dans l'État du Mississippi. Ses parents étaient métayers, employés par J.W. Pritchard qui possédait également les terres qu'Old Deddy cultivait en son nom. À côté de ses deux frères au teint sombre, elle était l'enfant mulâtre née d'un viol commis par le propriétaire. Des faits connus de tous mais que personne n'évoquait. Ses parents rêvaient qu'elle devienne institutrice et soit la fierté de la famille. Quand ils avaient péri tous les deux dans l'incendie de 1928 qui avait calciné les chairs et les champs, J.W. Pritchard avait vendu les trois enfants en remboursement de la dette non acquittée de la famille ; vendus, comme si la liberté des Noirs n'avait jamais été proclamée.

Il envoya les deux frères comme manouvriers dans la ferme de son cousin au nord de Jackson, qui en échange lui envoyait leurs revenus. Lottie ne fut pas vendue mais enregistrée sous le nom de Pritchard et cédée à crédit à un des métayers noirs de Pritchard, un homme cinq fois plus âgé qu'elle, dont l'épouse était morte de tuberculose quatre saisons auparavant. Leander Lee était né juste à temps pour échapper aux flagellations fiévreuses de l'esclavage. Il travaillait sur l'autre ferme de Pritchard épargnée par l'incendie, qui profitait de l'importante demande en tabac et d'une demande plus importante encore en maïs afin de fournir le marché clandestin du whisky en plein essor. Old Deddy, c'était le surnom que Lottie lui avait attribué puisque, le jour où J.W. Pritchard avait passé son marché, son métayer noir avait soixante-deux ans et elle, douze.

Old Deddy n'entendit qu'une seule chose : « Les terres seront à toi en échange de la moitié de la dette. » La jeune Lottie n'entendit qu'une seule chose : « Garde-la. » Comme si elle n'était qu'une truie de concours, plongée dans une bassine de lait pour paraître plus blanche et propre avant d'être vendue à un autre, chargé de la nourrir, de l'engraisser et de l'inséminer. Un « X » brouillon d'Old Deddy au bas des feuilles pliées et il avait pu la garder. Elle avait douze ans et son beau-fils James en avait douze, lui aussi.

Belle, soignée, mais un prix fort à payer pour Leander Lee, une bouche insolente à nourrir. Elle se pavanait en donnant l'air de comprendre mieux que lui les calculs et les récoltes, et elle tardait à mettre au monde une main-d'œuvre suffisante. En dix ans, il n'avait eu que Bennie et Lenard en contrepartie de tous les repas qu'elle avalait, deux corps en échange des deux corps perdus dans l'incendie.

— Lottie ! hurlait Bennie, appelant encore sa mère, et son propre cri le ramena plus clairement à l'instant présent.

La peau poussiéreuse d'Old Deddy, les cheveux mêlés de boucles jaunâtres, une ombre d'un mètre quatre-vingts sur le sol de la grange. Il abattait le fouet, fauchait Bennie sans relâche. L'enfant vit son propre sang jaillir et gicler comme une éclaboussure de vin dans un rai de lumière.

Lenard était assis dans la terre du jardin avec les poules, attendant qu'Old Deddy finisse, attendant que Bennie vienne lui lancer la balle en vessie de chèvre.

Bennie avait cessé de penser chaque jour à Lottie. Elle était partie depuis presque trois ans, et ses jours étaient rythmés par les mêmes tâches, guider la mule, ou nouer les feuilles de tabac, ou fendre du bois et apprendre à son petit frère à l'imiter. La plupart des journées étaient si chaudes qu'il aurait pu faire griller du pain sur la lame fendue de la houe, et quand Old Deddy faisait la sieste ou allait en ville, ils se rendaient avec Lenard à leur cachette, où ils étaient libres et riaient avec simplicité, de petits ricanements discrets tandis qu'ils s'aspergeaient avec l'eau croupie de l'étang ou qu'ils contemplaient les chauves-souris apparaissant peu à peu dans le ciel couleur pêche. Bennie regardait les étoiles s'allumer les unes après les autres jusqu'à ce qu'elles constellent le ciel au-dessus de lui, minuscules graines blanches semées dans le firmament noir. Il posait les yeux sur la rangée d'arbres en direction de la taverne de M. Genorette et s'imaginait longer l'extrémité du marais pour observer en douce par la fenêtre jusqu'à attirer le regard de Lottie. Puis il abandonnait l'idée au souvenir des paroles d'Old Deddy : « Essaie un peu d'aller chercher c'te sale pute et j'te fouetterai à t'en arracher la peau, gamin. » Quand il était ainsi détendu, il comprenait bien que l'attitude d'Old Deddy n'avait rien de correct mais il allait avoir treize ans et n'avait aucun autre point de comparaison.

De temps à autre, il percevait un détail, comme ses propres orteils dans la vase de l'étang, et il revoyait les pieds de Lottie tandis qu'elle le serrait entre ses genoux pour lui couper les cheveux, et il se demandait si elle parviendrait à économiser assez et à les emmener loin d'ici, Lenard et lui.

Le jour du treizième anniversaire de Bennie, Old Deddy le dévisagea du coin de son œil encore épargné par le glaucome et beugla :

— Allez, mon gars ! On va voir les combats.

— Youpi ! hurla Bennie avant d'aller enfiler sa salopette propre, un vêtement abandonné là par son frère aîné James à son départ.

Lenard vint se poster à côté de lui pendant qu'il accrochait ses bretelles.

— Je viens aussi, Bebe.

Il n'avait jamais appris à dire Benjamin ni Bennie, et ce dernier jugeait qu'à six ans, Lenard était désormais trop âgé pour l'appeler encore « Bebe ».

Dans le pick-up, Old Deddy fit retentir le klaxon si rouillé qu'il faisait un bruit de dinde à qui on tordrait le cou avant le repas de Noël. Bennie se posta sur le porche et cria :

— Old Deddy ? Et Lenard, alors ?

Mais Old Deddy ne répondit pas. Bennie toucha l'épaule de son petit frère.

— Tu restes ici et tu surveilles les vaches qui broutent.

Il se pencha pour regarder l'enfant droit dans les yeux.

— Elles sont derrière la maison, et pis quand qu'on reviendra, elles auront fini de faire le tour et elles seront à la grange. D'ac ?

Il ne voulait pas que Lenard connaisse ce qu'il avait connu mais c'était à son tour de faire comme son frère James, devenir un homme et aller aux combats de chiens avec Old Deddy. C'était au tour de Lenard de rester seul et de surveiller les terres.

Old Deddy et Bennie s'éloignèrent dans le pick-up en soulevant un nuage qui obstrua la vue de Lenard, assis sur les marches du porche.

Les combats de chiens – whisky de maïs, fumée de cigares, poignes pleines de billets, et la voix de crapaud d'Old Deddy, « On va gagner. Je le sens ! ». Bennie se redressa et rit avec lui.

— Oui, m'sieur. Oui, m'sieur. On va gagner.

Les hommes beuglaient et s'assénaient des claques dans le dos. Old Deddy et Bennie étaient à un bout de la ville, près de l'arène, à crier et à hurler d'impatience, attendant de sentir la sueur des chiens furieux. Dans une impasse à l'autre bout de la ville, Lottie dansait et collectait les dollars des clients ivres. L'un d'eux lui pinça les fesses en douce et M. Genorette se campa sur ses jambes, braqua son pistolet sur l'homme mal élevé puis jeta le corps dans l'eau sombre et sulfureuse du marais, où le sang s'échappa de la plaie et se mêla à la vase, un spectacle qui poussa Lottie à prier : « Seigneur, Jésus, Dieu qui es aux cieux, aide-moi ! »

Les petites oreilles de Bennie qui se tendaient autrefois au son de la détresse maternelle se délectaient à présent des bruits de l'arène. Il leva les yeux vers les boucles grises d'Old Deddy, éprouvant une forme de solidarité inédite, aussi puissante que la sangle de la charrue qui reliait l'homme à la mule, eux qui gagnaient ensemble le droit au repos par le partage d'un labeur éreintant. Il comprit quelque chose qu'il n'avait pas été assez mature pour prendre en compte jusqu'à cet instant. Old Deddy savait forcément où sa jeune épouse passait le plus clair de son temps. « Arrête d'aller là-bas et de les laisser te pincer le cul ! » Ses oreilles d'enfant se réveillèrent presque au souvenir des hurlements d'Old Deddy et du bruit sourd du corps de Lottie qui heurtait le mur, mais il ne voulait pas que ces idées s'immiscent dans cet endroit, à côté d'Old Deddy.

Ils se tenaient devant la structure en bois qui arrivait à la taille de son père.

— On a une bonne place, répétait Old Deddy, la main sur l'épaule de Bennie, la tête légèrement inclinée. Il dirigeait le coin de son œil droit vers l'arène, contournant ainsi l'obstacle de son glaucome. À un certain angle, il voyait parfaitement l'endroit où se tiendraient les combats.

Bennie ne se rendait pas compte qu'il souriait jusqu'à ce qu'il goûte sur sa langue la sueur qu'exhalait la fourrure des chiens enchaînés dans l'air épais et stagnant. Derrière lui, les hommes le poussaient pour apercevoir la fosse, et il était heureux d'être si près car il était bien plus petit. Les spectateurs se penchaient vers l'arène comme des arbres au-dessus d'un étang.

Ils se mirent à siffler et à crier quand deux hommes apparurent par les allées de chaque côté, leurs chiens au bout d'une chaîne, la tête emprisonnée dans une muselière. Les bêtes étaient dociles, elles ne se regardaient pas mais contemplaient la foule, obéissant à l'occasionnel mouvement brusque de leur maître. Des gentils chiens, songea Bennie, et il s'imagina courir à travers bois au crépuscule, chassant les ratons laveurs en leur compagnie. Il tendit la main pour en caresser un, mais apercevant l'adversaire de l'autre côté de l'arène, l'animal se mit à grogner.

On retira les muselières et les bruits lui retournèrent les organes dans le ventre, un entremêlement de grondements gutturaux, de colère et de folie, et Bennie tourna la tête vers Old Deddy qui lui empoigna une mèche de ses cheveux laineux et l'obligea à faire face. Le sang rouge et épais au cou des chiens, et Bennie retenait son souffle. Ses yeux mesuraient l'étroitesse de l'arène, la densité de la foule et les rayons du soleil qui tombaient à l'oblique en bordure de l'enclos. Il se répétait de rester immobile comme un homme, de gagner sa place aux côtés d'Old Deddy.

À la périphérie de son champ de vision, un chien s'était rué sur l'autre et lui transperçait le cou dans une bouillie de fourrure noire et poisseuse. L'estomac du garçon se retourna et projeta une gerbe de vomi dans l'arène. Tous continuèrent de hurler et d'encourager cette mort qui leur permettrait peut-être d'être riches l'espace d'un jour.

Il fourra son nez dans son col de chemise, ferma les yeux et se concentra sur le souvenir paisible de Lottie, ses mains sur la planche à laver, ses chansons tandis qu'elle étendait le linge sous le ciel bleu, ses pieds nus dans la terre orange, les contours précis de son corps mince, ses cheveux noirs relevés en chignon. Il plongea la main dans sa poche de salopette et serra le petit morceau de savon à la lavande qu'il portait toujours en secret. Et ce fut terminé. Il avait honte de préférer les câlins de Lottie aux divertissements virils. Cette défaite personnelle alimenta la lente fermentation de colère que provoquait l'absence de sa mère. Les hommes jubilaient et riaient, d'autres juraient tandis que l'argent était compté et qu'il circulait entre les mains brunes et calleuses.

Quand Old Deddy et lui avaient quitté la maison pour les combats de chiens, ils avaient emporté avec eux la moitié du loyer destiné au propriétaire, et voilà qu'ils n'avaient plus rien. Old Deddy grinçait des dents dans le grondement rauque du pick-up. Il jura et cogna le volant.

— Merde ! Merde ! Merde !

Bennie comprit que cela ne suffisait pas à assouvir sa rage.

Old Deddy le frappa alors, et avant que le garçon ait pu reprendre ses esprits, il lui asséna un nouveau coup de poing. Les trois tentatives suivantes n'atteignirent pas leur cible car Bennie se pencha en avant sur le siège, vers la portière, et utilisa le porte-monnaie en cuir vide pour parer le poing d'Old Deddy.

— Sale petit bâtard ! Tu m'as porté la poisse et t'as fait foirer toutes mes chances de victoires !

Il songea à frapper Old Deddy dans l'angle mort de son œil malade. Mais à cet instant, il aperçut le pistolet fixé au mollet paternel ; l'extrémité de l'arme dépassait sous le pantalon froissé. Bennie tendit le bras mais le poing imprévisible d'Old Deddy le cueillit à l'œil. Bennie n'en fut pas moins découragé, il retint son souffle afin de ne pas dévoiler sa position exacte, puis il tendit à nouveau le bras et parvint à saisir la crosse du pistolet. Old Deddy s'était détourné du garçon pour redresser la voiture d'un coup de volant, sans remarquer que Bennie avait pris l'arme.

Penché en avant, Old Deddy s'efforçait de faire la mise au point sur la route devant lui, sans cesser d'accuser Bennie de son propre mauvais jugement.

— Petit merdeux !

Le crépuscule voilait la vue d'Old Deddy.

Bennie pointa l'arme comme il pointait son pistolet à billes sur les corbeaux dans le champ de maïs, et il respira en suivant un rythme profond. Il voulait qu'Old Deddy comprenne qu'il avait l'avantage. Il était furieux que la vue cireuse de son père l'empêche de constater que son fils était désormais aux commandes. Furieux d'avoir espéré que les combats de chiens puissent être un rite de passage qui mettrait fin aux raclées de son enfance et qui annoncerait l'obtention des privilèges de l'âge adulte. Furieux contre Lottie de les avoir abandonnés, Lenard et lui, préférant laisser des hommes lui glisser les mains sous sa robe.

À leur retour dans le jardin, Bennie ouvrit la portière à la volée et s'élança vers son frère, lui attrapa la main dans le nuage de poussière orange et s'enfuit, aussi vite que le lui permettaient ses bottes usées. Il entendit les chaussures d'Old Deddy frapper le sol derrière lui, puis ce ne furent plus que les battements de son propre cœur dans ses oreilles, et les talons nus de Lenard.

Quand ils atteignirent leur cachette, Bennie donna à Lenard le morceau de bambou qu'il avait coupé dans un bosquet en lisière de la forêt. Il lui tendit son couteau :

— Taille-le jusqu'à ce que je revienne. Tu m'entends ? Tu le tailles pour faire ta canne, et quand je reviens, on ira pêcher notre dîner. Tu m'entends ?

— Ouais, Bebe.

Il ébouriffa les boucles crépues de son petit frère et, franchissant la rangée d'arbres, il prit la direction de la ville.

Bennie se faufila dans la taverne de Genorette pour voir si Lottie y travaillait toujours. Il quitta la lumière de l'après-midi et pénétra dans la pénombre, resta planté dans l'odeur de cigarette, de whisky et de sueur jusqu'à ce que ses yeux s'accoutument à la lueur des lampes. Il entraperçut les hanches maternelles moulées dans un tissu en satin rouge ; sa chevelure noire ondulait en cascade autour de son visage. Aucune ecchymose autour de ses yeux. Elle semblait solide, sereine et distante, et il eut le sentiment qu'elle était mieux sans lui.

— Lottie ! Hé, Lottie ! C'est moi.

Elle n'entendit pas son enfant ; elle entendit un jeune gars qui lui intimait de quitter l'obscurité de ce monde meilleur et de retourner dans la lumière impitoyable des champs.

La Lottie que Bennie connaissait, celle de la campagne, se cachait derrière un sourire de troubadour qui le réduisit au silence, puis elle se tourna, rayonnante, vers les hommes hilares aux dents déchaussées, elle prit leurs billets qu'elle glissa entre ses seins. Ces hommes l'intéressent plus que moi, songea-t-il à mesure qu'il se sentait rétrécir et disparaître tandis que la mélodie blues du piano, de la contrebassine et de l'harmonica se déformait, grotesque, autour de lui. Il se mit à hurler par-dessus les notes pour la sortir de sa transe, il hurla pour lui rappeler la promesse qu'elle avait faite ce jour-là en plein soleil, dans sa robe en coton devant la bassine à lessive. Il hurla pour la démasquer, pour que ces hommes puissent voir la femme de la campagne qu'elle était réellement.

— Lottie Lee ! Old Deddy te dit de rentrer tout de suite !

La musique s'interrompit. Les hommes en chapeaux froissés se tournèrent vers lui, leurs bocaux à moitié remplis d'alcool de contrebande à la main, et tous ensemble, dans un accord parfait, ils se plièrent en deux de rire. Le pianiste se remit à jouer et elle se détourna du garçon qu'elle avait reconnu comme le sien.

M. Genorette se posta derrière lui et le souleva par les bretelles de sa salopette. Bennie regrettait de ne pas avoir la force de se libérer de cette emprise, de ne pas pouvoir faire volte-face et lui tirer une balle entre les yeux. Mais la main gigantesque de M. Genorette s'enfonçait entre ses omoplates et les larmes montaient aux yeux du garçon, surgissant du puits de sa poitrine.

— Reste pas là, gamin. T'entends ?

Il comptait parler sur le ton de la menace, mais voyant l'enfant dégingandé trébucher sur les planches de la terrasse pour retrouver son équilibre, il ajouta une nuance de compassion qui sembla dire « Bon écoute, j'ai des affaires à mener, ici. J'y peux rien si t'as pas de maman ».

C'est ce que scandaient les enfants à l'école où Bennie se rendait deux fois par semaine, avec l'autorisation d'Old Deddy. « T'as pas de maman ! » Les moqueries à l'école étaient un moindre mal, mieux valait cela que de voir Old Deddy essuyer la sueur de son front d'une main et le frapper de l'autre, sous prétexte qu'il n'avait pas encore la force de maîtriser la mule. Il s'était endurci et, pendant trois ans, il avait soutenu à Lenard, aux enfants de l'école et à lui-même que sa maman était morte.

Ce soir-là, Bennie regagna l'endroit où il avait laissé Lenard près de l'étang, marmonnant avec l'intonation d'Old Deddy des propos destinés à Lottie.

— Salope. Salope de menteuse.

Assis à côté de Lenard, il pêcha des truites dans l'étang et fit un petit feu qu'ils éteignirent rapidement afin qu'Old Deddy ne sente pas les effluves de cuisson. Il prit le savon dans sa poche. Lenard et lui se déshabillèrent tandis que le soleil couchant peignait des bandes roses et bleues à la surface de l'eau. Il ne parvint pas à se détendre comme d'habitude. L'agitation et la tristesse provoquées par les morts et les déceptions du jour remuaient en lui. Il chassa la rancune et s'attela à ses tâches maternelles – frotter Lenard, se frotter lui-même, préparer un lit dans le tronc d'un érable séculaire. Il glissa le pistolet sous un tertre rendu meuble par les termites dans l'arbre, posa sa salopette pliée par-dessus et s'endormit au crépuscule en sous-vêtements et T-shirt à côté de son petit frère.

Il rêva de l'odeur d'humus, trempé de sa sueur, du parfum d'argile dans la moiteur de la terre. « Chhuuut », entendit-il quelqu'un chuchoter dans l'obscurité totale du néant de ses rêves. « Chhuuut. » Il eut l'impression d'ouvrir les yeux mais il n'entendait que « Chhuuut ».

Bennie se réveilla au son du roucoulement des colombes tristes et de la voix de Lottie.

— Bennie, Bennie ?

Un canard blanc nageait sur l'étang. Bennie chassa l'idée que c'était le volatile qui prononçait son nom. Elle murmura encore :

— Bennie.

Ses jambes et celles de Lenard émergeaient du tronc, il s'assit pour la voir.

— Lottie ?!

Les yeux de sa mère semblaient sortir de leurs orbites, comme si un croquemitaine diabolique la poursuivait. Il glissa sur ses fesses pour sortir lentement du tronc et s'approcher d'elle.

— Faut absolument que tu m'écoutes.

— Lottie ?

Elle porta un doigt à ses lèvres gercées et le fit taire. Elle était coiffée d'un chapeau à larges bords qui la protégerait du soleil qui se lèverait bientôt. Il était flambant neuf ; Bennie sentait le parfum doux de paille. L'extrémité de ses cheveux n'était pas couverte par son chapeau, des mèches soyeuses comme des ailes de corbeau.

— Chhuuut. Faut que j'y aille. Et je veux pas que tu fasses le bébé. Tu sais que tu comptes pour moi, que Lenard aussi.

Il contempla ses yeux pour mieux comprendre mais les billes noires se détournèrent de son visage interrogateur qui disait « Pourquoi t'as fait comme si tu me connaissais pas ? ». Lottie jeta un regard nerveux en direction de leur maison.

— Faut juste que je parte. T'es pas assez grand pour piger mais il fallait absolument que je vienne vous voir,

Lenard et toi, et pour vous dire que votre maman tient à vous.

Il voulait l'obliger à se taire et lui dire qu'il était un homme, à présent. Lui dire qu'il ne voulait rien entendre sortir de sa bouche, après qu'elle eut autorisé M. Genorette à le traiter de cette façon, qu'elle eut laissé les hommes se moquer de lui comme s'il était idiot.

— Je vais m'en sortir à Saint-Louis et puis je reviendrai vous chercher.

Elle porta les mains à son ventre, afin de soutenir la vie nouvelle qui grandissait en elle. Ses yeux laissèrent échapper deux ruisseaux de larmes, une tristesse qui semblait ignorer tous les coups de fouet qu'il avait reçus en son absence.

— Écoute-moi bien.

Elle lui releva le menton et le força à la regarder.

— Je peux plus m'en sortir ici. Et mon Dieu, je peux plus supporter de voir les hommes tuer pour un bout de terre ou de cul. Ça vaudra mieux pour moi et les miens.

Et puis, les mots qui résonnèrent comme un clou martelé dans un cercueil afin d'emprisonner l'esprit déchiqueté de Bennie :

— Je t'aime.

Avant que l'air matinal passe de sirupeux et frais à sirupeux et chaud, un torrent de questions se déversa des lèvres gercées de Bennie.

— Qu'est-ce que tu fous avec ces hommes, Lottie, que ça t'empêche d'être ici ? Pourquoi tu nous laisses tout seuls ? Pourquoi on peut pas venir avec toi ?

Et puis cette proclamation qui s'échappa avec les mots d'Old Deddy :

— T’es rien qu’une pute à deux balles !

Son cerveau en pleine maturation savait parfaitement ce qu’il venait de dire, connaissait le poids de ces mots. Elle le dévisagea jusqu’à ce que le chant des cigales atteigne à nouveau ses oreilles. Le flot de ses larmes se tarit. Elle inclina la tête sur le côté, comme si elle venait de se rendre compte qu’elle s’était trompée et l’avait pris pour quelqu’un d’autre. Il s’empêcha d’invoquer l’instinct maternel de Lottie. Il voulait qu’elle le croie aussi dangereux que n’importe quel homme. Elle se releva et il lui empoigna le bras, laissa libre cours à sa rage.

— Sale pute, espèce de menteuse ! T’avais jamais prévu de nous emmener nulle part !

Elle se dégagea d’une secousse et se redressa sans le quitter des yeux. Le regard de sa mère semblait justifier leur abandon ; elle les laissait dans la gadoue du Mississippi, lui et son frère endormi. Elle tourna les talons, sa robe en coton bleue et blanche et son chapeau neuf raillant les guenilles de son fils. Il glissa la main sous le coton rigide et rugueux de sa salopette où pesait la tête endormie de Lenard, et il attrapa le pistolet.

Une détonation fendit l’air épais, réveilla en lui le garçonnet qui espérait n’avoir fait qu’un tir de sommation, sans vraiment viser, mais le corps de Lottie s’effondra mollement sur le sol. Il secoua fiévreusement la tête tandis que chaque fibre de son être s’efforçait d’effacer la scène comme le chiffon effaçait ses calculs erronés sur le tableau noir de l’école.

Bennie perdit la notion du temps. Le soleil était apparu au-dessus de la terre alors qu’il restait assis à contempler l’étang. Lenard se tourna dans sa direction.

— Bebe ?

Bennie s'accrocha à la petite jambe de son frère, baissa les yeux vers lui pour essayer de s'ancrer dans le regard de son frère.

Il se rendit à l'étang où le soleil levant se dupliquait dans le reflet liquide, et il lança aussi loin que possible le pistolet d'Old Deddy et le souvenir de Lottie. Un brouillard séraphique glissait au-dessus de la surface noire et vitreuse. Deux esprits blancs et vaporeux s'élevèrent ; le premier grand et la tête tendue vers le ciel, l'autre plus petit, diaphane et faible.

Chapitre 2

Sampson, Mississippi
1942

Si elle l'avait pu, elle serait revenue absorber l'impact du fouet sur son propre dos, elle, la femme-enfant dont l'esprit avait fleuri dans la poussière du Mississippi sous les pieds nus de son fils. « Mon cœur », murmura-t-elle à Bennie tandis que son esprit caressait la chair boursoufflée des chevilles à vif du garçon.

Des corbeaux volaient au-dessus d'eux, fuyant l'arrivée du froid. Elle l'aurait rappelé à la maison, mais il se tenait à un embranchement-espoir sur la route, il pouvait encore faire demi-tour et regagner son innocence. Elle sentait la lumière dans le cœur de son enfant, cette lumière qu'elle avait placée là avec le sang et le lait de son propre corps, et elle ne lui demanda pas quelle direction il comptait choisir. Le simple fait qu'il soit son fils suffirait à lui faire prendre le bon chemin, elle en était convaincue.

Bennie effectua ses corvées à la grange, ce qu'il faisait cet automne-là chaque matin avant l'aube sans jamais se plaindre, et si cela lui valait des coups de fouet, il les subissait sans broncher, comme un homme. Jasper Jackson, son camarade de classe, dormait dans le foin. Son chapeau en feutre était si enfoncé que le sommet était rond. Bennie le réveilla avec le manche de sa fourche.

— Lève-toi, abruti ! Et tire-toi d'ici !

Sa voix oscillait, tantôt ténor enfantin, tantôt baryton viril.

Jasper se retourna comme si la fourche de Bennie l'avait simplement chatouillé, il releva son chapeau et retira les brins de paille sur son pantalon.

— Espèce de crétin. J'm'en va m'engager dans l'armée, mon petit gars. J'm'en va buter du Japonais. Dommage que tu sois encore qu'un putain de bébé, tu pourras pas venir.

Les Japonais avaient attaqué Pearl Harbor à l'hiver précédent. Hawaï, Japon : des noms et des informations qui n'avaient aucun sens aux oreilles de Bennie, dans cette ferme où Old Deddy n'autorisait ni radio, ni journaux, avec seulement deux jours d'école par semaine en guise de répit. Jasper lui demanda si Old Deddy dormait encore et lui raconta alors tous les fantasmes qu'il nourrissait en pensant aux femmes qu'il croiserait dans chaque village.

Le père de Jasper était comme Old Deddy, mais plus jeune et plus brutal dans le maniement du fouet.

— Oh ! mon Dieu, quand je vais me faire des femmes jaunes. Ouuh làà.

Bennie le dévisagea sans entrer dans son jeu et Jasper frotta le renflement de son entrejambe dans sa salopette.

— Tu vas tâter du fouet. Allez, tire-toi d'ici !

À quatorze ans, les bras de Bennie étaient épais comme des poteaux à force de labourer, de tirer, de couper, de porter, et ses paroles, ainsi que son intonation, poussaient les autres garçons à y réfléchir à deux fois face à lui.

Jasper le connaissait depuis qu'il était un petit môme maigrichon aux grands yeux écarquillés, et il répondit à son bluff par un rire.

— Arrête de jouer les femmelettes. T'es le plus vieux à l'école, maintenant. Parler un peu de chatte, c'est pas ça qui va nous attirer les coups de fouet.

Jasper redressa son chapeau et se pencha par la porte entrouverte de la grange, scrutant la nappe de brouillard en quête d'un mouvement.

— Je vais te montrer ce que j'ai fait à Sara et à sa sœur Ethergene. Je vais te laisser cet héritage avant de partir à la guerre, t'apprendre comment donner du plaisir à une femme.

Bennie se souvint d'avoir trouvé un livre quand il avait six ans. « Organes génitaux humains », disait l'ouvrage. Il l'avait volé sous le matelas de James, posé à même le sol et rembourré d'une importante quantité de paille et de coton. Old Deddy avait décrété que James aurait le meilleur matelas car c'était un homme et qu'il gagnait chaque jour le droit de mieux dormir la nuit. Old Deddy lui servait le mensonge que la souffrance et la capacité à s'en extraire feraient aussi de lui un homme. Il ne savait même pas que James prévoyait de quitter Sampson et le Mississippi. Au beau milieu de la nuit, James avait rassemblé ses affaires en silence, à quatre pattes, et les avait fourrées dans sa chemise dont il avait noué les manches en guise de baluchon. Il avait jeté un regard à la silhouette de Bennie, sa tête ronde et ses yeux plissés devant les pages jaunies, puis il avait enjambé le rebord de la fenêtre. Si Bennie avait su qu'il voyait son frère pour la dernière fois avant de franchir les portes de l'âge adulte, il aurait appelé Old Deddy en hurlant, mais James était parti, laissant ses frères derrière lui dans la tombe du Mississippi.

Jasper lui ordonna de la sortir de son pantalon. Bennie répliqua :

— T'es fou. Dégage.

L'autre éclata de rire.

— Qui va t'expliquer comment te taper des nanas, après mon départ ?

Il avait raison, Bennie le savait, comme il savait qu'un homme ne pouvait apprendre à tailler et à pincer un plant de tabac sans les conseils d'un fermier expérimenté. Il regarda la maison pour s'assurer qu'Old Deddy et Lenard dormaient encore, puis il la sortit. Jasper rit de voir combien elle était petite.

— Frotte-la, dit-il en regardant derrière lui et en se balançant d'un pied sur l'autre. C'est comme le génie de la lampe. Tu la frottes et tu obtiens ce que tu veux, ce qu'il te faut.

Il enseigna à Bennie ce que celui-ci savait déjà : qu'elle grossissait parce qu'on la trayait jusqu'à ce que le lait sorte.

Jasper rit si fort que Bennie vit qu'il lui manquait des molaires.

— Du lait ?!

Son rire guttural fut absorbé par la brume matinale qui flottait sur les champs, et Bennie se demanda si Jasper sentait sur sa langue le parfum suave du fumier qui planait dans la grange. Il regarda encore la maison et Jasper s'agaça.

— Il dort, le vieux con. Arrête de te comporter comme une fillette effrayée. Tu t'es déjà tapé une nana ?

Jasper lui dit que ce monde était le royaume des hommes, qu'il pouvait enfiler « son truc » dans n'importe quel trou et en faire sortir « le lait », que ça plairait aux filles et qu'elles tomberaient toutes à ses pieds. Bennie lui parla des ossements en décomposition dans le marais, ceux des hommes que M. Genorette avait tués ; il était d'un avis différent.

Jasper déclara :

— Nan, mec, c'est qu'un mythe. Y suffit de leur dire le bon truc, de les regarder comme y faut, de leur donner envie de recevoir le lait, comme toi t'as envie de leur miel. Et puis après, faut leur dire de fermer leur gueule pour pas te faire prendre en chasse par un négro furieux.

Il guida Bennie à travers les merdes de vache, saisit sur une étagère le flacon d'onguent destiné aux blessures de la mule et se posta derrière la plus jeune génisse. Jasper appliqua délicatement l'onguent en elle et dit :

— Regarde, ses pattes tremblent, ça lui plaît. Mets-la lui, mon gars. Fourre-la dedans jusqu'à ce que le lait sorte, ricana-t-il encore.

Bennie baissa les yeux vers les pattes tremblantes, son pénis brun à découvert devant Jasper Jackson et la génisse, dans l'air frais de l'automne. Il fit ce que Jasper lui demandait. Pendant un moment, il se sentit seul dans la grange. Il n'était pas inquiet ; il était libre. Mais quand le lait jaillit, Bennie glissa dans un rêve qui n'avait rien du fantasme qu'il avait espéré. Des serpents verts étaient suspendus dans l'air au-dessus de la ramure verte des arbres. Les filles de l'école, les femmes de la ville, de toutes les couleurs de peau comme les jaunes évoquées par Jasper, détalaient et cherchaient à se mettre à couvert. Lottie passait un râteau métallique dans le ciel pour saisir les rubans verts avant qu'ils tombent sur les têtes en contrebas.

Jasper riait à gorge déployée. Il empoigna la veste de Bennie à ses pieds.

— Merci pour la veste, mec ! et il s'élança dans la brume matinale, l'écho de son rire s'élevant devant la maison où, Bennie en était sûr, Old Deddy se réveillait lentement.

Cette nuit-là, il rêva de Lottie, assise à côté de lui, une rivière coulait derrière eux qu'il entendait sans la voir, et elle empoignait les mèches à l'arrière de sa tête. Il sentait l'articulation de ses doigts repliés, et elle le tira en arrière dans l'eau. Un baptême et une noyade qui le réveillèrent, trempé de sueur et de larmes, au son de sa propre voix qui hurlait :

— Lottie !

À l'automne suivant, dans la poussière et la moisissure de leur maison de trois pièces, en l'absence de James parti définitivement depuis neuf ans, et avec Lenard enveloppé de sueur dans son sommeil lourd, Bennie retourna aux illustrations des organes génitaux humains imprimées sur les pages jaunies du livre que James avait laissé. La lune presque pleine lui offrait sa lumière argentée. Il se demanda si c'étaient ses organes génitaux qui lui donnaient cette sensation de faim assouvie quand il pressait son bas-ventre contre le matelas et s'agitait de haut en bas. Est-ce que les organes génitaux humains étaient comme ceux des taureaux ?

Quand ils avaient vendu le taureau au tanneur de cuir car ses organes ne fonctionnaient plus, il avait demandé à Old Deddy pourquoi il n'achetait pas des organes neufs pour changer ceux du taureau. Du haut de son corps solide comme une tour en pierre, il n'avait pas baissé les yeux et avait répondu « On peut pas les remplacer ». Cette phrase et la leçon de Jasper Jackson furent la seule éducation sexuelle qu'il reçut.

Le lendemain matin, Old Deddy appela Bennie sur la route et le cueillit de son fouet à l'endroit où sa salopette ne recouvrait pas ses chevilles cuivrées.

— Retourne faire tes corvées correctement, négro.

Quand il eut terminé et qu'il s'élança sur le chemin de l'école, des nuages annonçaient une pluie froide et il n'avait plus de veste pour se tenir chaud. Il était en retard à l'une de ses rares journées d'école, deux jours pendant lesquels il pouvait confier ses tâches à Lenard et s'instruire. Les jours d'école de Lenard finissaient toujours par un mot de félicitations adressé à Bennie et Old Deddy, pour avoir remporté le concours de récitation d'Homère ou gagné un boisseau de pommes en récompense de sa première place au tournoi de calcul. C'était le plus jeune élève de l'école mais son intelligence surpassait dix fois celle du frère aîné qui le protégeait.

Le visage de Bennie brûlait de colère jusqu'à ce qu'il aperçoive Ethergene Turner. Elle portait l'écharpe rouge que sa mère lui avait tricotée, assez longue pour lui couvrir la tête et les épaules puisqu'elle n'avait pas de manteau. Elle était en retard, elle aussi. Les vexations refoulées que lui provoquaient les raclées d'Old Deddy s'accumulaient dans la tête de Bennie.

Il commença d'un ton gentil, lui demanda s'il pouvait porter ses cahiers, et quand elle refusa, il la poussa. Quand elle le poussa en retour, il l'entraîna dans la forêt en bordure de route, sortit son pénis en érection et lui dit qu'il allait mettre d'abord ses doigts en elle et que ça lui plairait. Elle ne refusa pas, elle resta étendue immobile, les yeux rivés au ciel comme un corps aux portes de la mort. Puis il lui déclara qu'elle était sa copine, elle répondit d'accord mais ses yeux scrutaient toujours le ciel gris, silencieux. Il la pénétra jusqu'à retrouver le calme, il jouit et lui dit qu'elle était gentille. Elle ne le regarda pas et des larmes dessinaient des sillons sur la peau sèche de son visage.

Bennie l'aida à réajuster sa robe, à remettre l'écharpe rouge, et il lui prit la main en direction de l'école. Elle n'évoqua pas la douleur ni le sang ni le sperme entre ses jambes, mais elle raconta à l'instituteur que si l'arrière de sa robe était sale, c'était que Bennie l'avait projetée à terre et l'avait touchée. L'esprit adulte de l'instituteur devina le reste du récit qui mena à l'expulsion du garçon.

Il écrivit un mot qu'Old Deddy n'était pas capable de lire.

— Qu'est-ce que ça dit, fiston ?

Bennie sentait les articulations de Lottie qui serraient ses mèches de cheveux dans son poing. « T'avise jamais de prendre une femme au piège dans ta maison, comme une vache qui passerait par hasard devant ta grange pour trouver un abri. T'avise jamais d'être ce genre d'homme-là. » Et il s'arracha à la poigne maternelle d'un mouvement brusque de la tête. Il n'avoua pas à Old Deddy ce que révélait le mot : « Benjamin Lee n'est pas autorisé à revenir à l'école car il fait preuve d'une attitude grossière et pécheresse envers les filles. » Il expliqua à Old Deddy :

— Ça dit « Benjamin Lee n'apprend pas assez vite. Lenard Lee devrait venir à l'école tous les jours. Benjamin Lee est meilleur pour apprendre les travaux de la ferme ».

Il se détourna d'Old Deddy afin de dissimuler sa honte. Ce dernier qui aiguisait la hachette destinée au cou d'un poulet regarda au-delà du porche et acquiesça :

— C'est sûrement mieux comme ça. Tu m'es utile ici dans presque toutes les tâches.

Et Bennie sentit un fer invisible se resserrer autour de son cou, lui coupant la respiration, là sur ce porche où il était désormais aussi grand qu'Old Deddy.

L'occasion de s'enfuir était partie en fumée dans une odeur de poudre à canon depuis qu'il avait tiré, depuis le viol d'Ethergene qui l'avait privé de son répit hebdomadaire à l'école. Il avait encore l'âge de croire que l'unique échappatoire d'un enfant se trouvait dans les décisions de sa mère, mais il finit par grandir et par négocier avec lui-même ses conditions de survie face à l'inéluctable.

Pour le dix-huitième anniversaire de Bennie, James envoya un colis depuis Saint-Louis – ses vieux costumes et ses chaussures. Bennie tint les vêtements à bout de bras par les épaules et eut un aperçu de la taille et de la largeur de son frère, qu'il ajouta à ses souvenirs de James, une version d'Old Deddy en plus jeune et plus clair de peau.

Les vêtements élégants dissimulaient les cicatrices infligées par le fouet et la mule, et donnaient à Bennie l'air d'un homme.

Old Deddy le remit à sa place.

— Bien jolies, les nippes, bien jolies, mais va pas te mettre à croire que t'es devenu trop bien pour ta salopette.

Old Deddy effectuait de moins en moins de tâches, Bennie et Lenard étaient les seuls ouvriers agricoles. Old Deddy était le contremaître. Il aiguisait les outils, rappelait sans cesse qu'il était l'homme de la maison en aboyant des ordres aux deux frères, sous la menace du fouet.

— Ouaip, Bennie répondait à Old Deddy. Jamais « Oui, m'sieur » ; une rébellion presque indétectable sous la poigne impitoyable du père.

Une lettre accompagnait le colis envoyé par James, une lettre destinée aux yeux innocents de Bennie, abandonné seul dans l'obscurité, douze ans plus tôt.

Salut Petit Frère,

Bennie fronça les sourcils à ces mots tendres, mais heureux du contenu du colis, il poursuivit sa lecture.

> *Tu devrais te saper correctement et t'enrôler dans les Marines. Ils t'enverront au bord de l'océan, en Caroline du Sud. Ils recrutent des Noirs aussi bien que des Blancs. Voilà des costumes corrects pour ton voyage.*
>
> *Bien sincèrement,*
>
> *James.*

Bennie chercha dans le paquet de quoi payer un ticket de bus ou de train mais il n'y avait rien d'autre que l'odeur industrielle de Saint-Louis qui s'échappait dans la chaleur du jour comme autant de vieilles promesses d'enfance.

Quand Bennie eut vingt ans, les costumes lui allaient parfaitement tandis qu'il chantait au clair de lune sur cette route du Mississippi en direction de la ville « *It's a new life, woooo, baby, gonna ride that train straight to da ocean !* ». Personne ne pouvait l'entendre à part les esprits qui, aux notes de sa chanson, se retournèrent dans leur demi-sommeil au fond des eaux boueuses de l'étang sombre.

Quand il but son premier verre, il était un jeune Noir aux airs soignés et respectables dans son costume. À son dixième verre, il jurait et insultait M. Genorette.

— Où est-ce qu'un négro est censé se trouver une femme, par ici ?

M. Genorette secoua la tête, bras croisés, et lui adressa un regard sévère.

— Ici, tu peux seulement boire, mon garçon.

Bennie se trémoussait et chantait à tue-tête, tendait les bras vers la femme qui se lassait de danser avec lui à chaque fois qu'il criait « Allez, jouez-moi encore une fois cette merde ! ». Il se raidit dans son pantalon et tourna les fesses de sa partenaire contre lui comme si elle était la génisse de la grange, mais il n'avait pas payé pour cette femme.

Le poing de M. Genorette s'abattit sur sa nuque.

— Rentre chez toi, mon garçon, ou t'auras ce que tu mérites.

Il tituba et sortit dans la nuit en riant bêtement comme Jasper, mort depuis longtemps aux mains de soldats blancs avant même d'avoir pu combattre les Jap.

Le dôme d'étoiles tanguait au-dessus de sa tête et il se rappela ces nuits quand Lottie rentrait, des liasses de billets entre les seins qu'elle déposait dans le porte-monnaie avant qu'Old Deddy se retourne dans le lit. Il reprit son équilibre et chassa ces souvenirs.

En pleine nuit, la route du Mississippi était très différente ; avec sa terre orange qui luisait habituellement en plein jour, elle ressemblait à une voie argentée dans la lueur de la lune, et il entonna une fois encore sa chanson, « *Gonna ride that train straight to da ocean !* ». Et comme les grenouilles qui se réveillaient au premier souffle de l'air printanier, il éveilla le souvenir de la voix maternelle derrière les draps blancs sur la corde à linge. Le son de la baratte, le bois qui heurtait le bois en rythme avec elle, « J'vais gagner assez d'argent et nous faire monter tous dans le train pour Saint-Louis. Tu verras, Bennie, oui, tu verras ». L'épaisse brise nocturne était comme un liquide chaud autour de lui, puis s'éleva le parfum des algues vertes et des œufs de grenouille dans l'étang à un kilomètre à l'est, portant avec lui le murmure de sa voix, ce matin-là, « Bennie, Bennie ».

— Mon Dieu, dit-il et il s'effondra au sol sous le fardeau indésirable du souvenir du corps inerte de sa mère.

L'ivresse se mua en désespoir tandis que son esprit s'empressait de ranger le souvenir dans les poches de son âme. Sa chanson éveilla une voix étouffée. Elle chanta à son tour l'invocation de mort, « *Keefaah, Keefaah, Kifo* ». Des yeux d'enfant que Bennie ne reconnaissait pas se formèrent parmi les étoiles et descendirent au-dessus de sa tête comme s'ils s'apprêtaient à avaler son âme. Il essaya de s'écarter du chemin de terre où il entendait la chanson de cet être qui lui ordonnait à présent de mourir. Il ne vit pas les phares de la voiture du shérif qui se garait derrière lui, mais il remarqua que les étoiles avaient disparu, que la route argentée était à nouveau orange. Il reconnut son nom.

— Négro ! Hé, le négro !

Un poing moite et poilu entra en contact avec les os de son visage, dans un rythme de blues langoureux. Il était trop ivre pour se défendre. Une part de lui-même voulait que la douleur l'absolve de ses péchés, les articulations de l'adjoint au shérif comme un baptême dans son propre sang qui le protégeait de ce sauveur inversé qui l'appelait à mourir.

Quand Bennie rentra cette nuit-là, il avait la mâchoire disloquée, soit par l'adjoint, soit par l'esprit punitif. Old Deddy la lui remit en place comme il remettait en place la charnière de la charrue, et il lui offrit ses condoléances :

— Arrête de faire le con. Reste pas sur les routes la nuit, négro.

Bennie fut incapable de parler pendant deux semaines, se contentant de marmonner « Um-hm » et « Mm hm » pour critiquer les tâches agricoles que Lenard exécutait mal. Deux semaines lui suffirent à comprendre comment vivre et comment mourir. Il ne supportait pas l'idée de raconter à son frère ce qui s'était passé sur la route, de risquer que Lenard ne le considère plus comme un homme. Lenard n'avait que treize ans, l'âge auquel Bennie avait découvert qu'aucun trésor ni festin ne l'attendaient une fois franchies les portes de la vie adulte. Bennie avait désormais vingt ans et un corps couturé de cicatrices indélébiles qui lui permettaient de compter le passage du temps. Il n'avoua pas à Lenard qu'il prévoyait de s'élancer vers une mort honorable, loin de cette femme-enfant qui, tel Dieu, cherchait à éteindre son âme sur une route du Sud en pleine nuit.

Le bus conduisit Bennie à Hattiesburg, Mississippi, où, en compagnie d'autres garçons noirs qui semblaient comme lui abîmés par la charrue, il affichait désormais un sourire heureux. Ils abandonnèrent derrière eux leurs salopettes et ce qu'ils étaient autrefois, se douchèrent, enfilèrent des T-shirts et des caleçons blancs identiques, un uniforme marron clair qui leur accordait un nouveau départ, une tenue neuve en l'honneur de leur entrée dans l'âge adulte.

Dans le train qui le conduisait en Caroline du Sud, Bennie agita son chapeau, sortit la tête par la fenêtre. Le vent rafraîchissait son crâne sous ses mèches crépues récemment coupées. Il n'avait jamais su comment respirer profondément, jusqu'à ce qu'il essaie. À chaque arrêt, des mains brunes sur le quai saluaient les nouvelles recrues. Les soldats leur rendaient leur salut sous le soleil, comme s'ils partaient en Terre promise.

La section noire du Service de divertissement des armées avait organisé un bal dans un village de Caroline du Sud entouré de champs de coton, avec de la citronnade et des gâteaux préparés par les filles du coin venues en masse. Bennie se mit à danser sur des airs de blues avec les autres hommes, et à chaque minute divertissante qui passait, il savait qu'il avait fait le bon choix en se tirant du Mississippi. Plus de charrue ni de labours, il ne sentirait plus jamais sa virilité se heurter brutalement à la terre qui refusait de ployer sous sa force. Personne ne l'avouait à voix haute, mais chaque jeune noir qui dansait le blues au son de l'harmonica à ce bal pensait « Au diable le Mississippi ».

Il ne lui manquait plus qu'une femme agréable qui cède à ses caresses. Et au prix de la moitié de sa solde, il en eut plus d'une, au cours des dix-huit mois d'entraînement où il apprit à défendre sa patrie, à réparer et à entretenir des jeeps, des camions et d'autres véhicules militaires. Il exulta et jubila avec les autres Marines noirs le jour où il fut convoqué dans les quartiers de son commandant et reçut son ordre de déploiement loin du Sud, d'abord en Californie, puis à Séoul, en Corée.

Chapitre 3

Séoul, Corée du Sud
1950

Elle voulait que son enfant s'endorme. Lui jeter un sort afin de l'anesthésier, l'empêcher de commettre ces actes qui brisent les corps. Son âme s'inclina légèrement comme une mère qui ferme les yeux et chante une berceuse au-dessus du crâne rond de son bébé. Endors-toi, te fais pas mal, t'avise pas de devenir comme notre vieux bonhomme qui fut un jour un garçon comme toi. Elle s'éleva comme le soleil, ce matin-là, et l'appela, mais il ne répondit pas, le regard rivé vers son long voyage autour du globe, abandonnant derrière lui la paix, le repos et son foyer.

Bennie faisait partie des cinquante-quatre hommes de l'unité de la Negro Marine Reserve qui rejoignit le 7e régiment de la 1re division des Marines au début du mois de novembre 1950. Leur tâche : repousser les Nord-Coréens jusqu'en Chine, à travers les montagnes et le fleuve Yalu.

Leur division bivouaquerait au réservoir de Chosin, en altitude dans les montagnes glaciales de Corée. Un environnement froid, inadapté aux gars du Sud à la peau brune, censés avoir été entraînés au combat. Le général MacArthur avait établi sa stratégie sans prendre en compte la loyauté absolue des milliers de soldats chinois farouches et prêts au sacrifice ultime afin d'écraser les rangs disparates et désunis de la démocratie occidentale. MacArthur ignorait que mélanger les soldats blancs, qui passaient à l'offensive le jour et se cachaient sous leurs capuches la nuit, avec les soldats noirs, qui appuyaient l'offensive le jour et montaient la garde la nuit contre des démons encapuchonnés, risquait de révéler aux Chinois les fissures dans les fondements de la loyauté américaine. Ces jeunes Américains qui prêtaient un serment mensonger, « Une nation, sous l'autorité de Dieu, indivisible, où règnent liberté et justice pour tous », alors que la survie individuelle était à leurs yeux un motif de lutte et que cette conviction coulait naturellement dans leur sang sudiste.

L'unité de Bennie rejoignit la centaine de Marines qui débarquaient des camions, persuadés d'avoir enfin la chance de prouver leur valeur au combat. Ils inspirèrent une dernière bouffée de chaleur à l'arrière du camion où ils étaient assis, genoux contre genoux, encore à l'abri de l'épuisement et des engelures.

Il prit position dans la file qui gravissait la route de montagne sinueuse. Ils portaient des manteaux semblables à d'épais sacs de couchage, la capuche relevée sur leur casque. Le soleil sur la neige – il n'avait vu de la neige qu'une seule fois dans sa vie et souriait avec ses camarades, essayant de raconter des histoires lorsqu'ils ne se protégeaient pas le visage de la morsure du froid. L'humeur était au beau fixe, comme s'ils partaient tester la glace sur un étang gelé.

On leur indiqua que leur régiment se contenterait d'appuyer les troupes déjà efficaces sur le terrain et de sécuriser la route d'approvisionnement. C'est mieux que rien, songèrent-ils.

Dans la vallée ce soir-là, Bennie s'allongea au fond de sa tranchée. Derrière lui, la montagne Yudam-ni le surplombait, telle une mère immobilisant les épaules de son fils entre ses genoux. La terreur couvait au plus profond de son cœur maternel, voyant ce qui se profilait dans ses vallées.

« Bennie ? Bennie ? » Dans la tranchée entre ses genoux où Bennie était étendu, elle chuchota un avertissement sur le matin qui s'annonçait, mais sa voix fut masquée par le bourdonnement régulier des âmes défuntes et à naître qui savent toutes qu'il faut parfois brûler la vermine pour sauver une récolte.

À la nuit tombée, il sombra dans un profond sommeil, son casque contre celui de son nouveau camarade blanc originaire du Mississippi.

Avant l'aube, il entendit le tonnerre d'une explosion. Un clairon retentit et la clameur de voix rugissantes lui noua l'estomac, comme les grognements des chiens dans l'arène.

— Restez à vos postes !

— Feu à volonté !

— Maintenez vos positions !

Les ordres déferlaient plus vite que son cerveau ne pouvait les enregistrer.

Son corps roula instinctivement, resta tapi dans la tranchée et tira dans la direction des éclairs qui avançaient vers lui. Le temps n'existait plus au milieu de la nuit, rien que le souffle, l'écoute attentive des ordres, recharger, recharger.

Juste avant les premières lueurs du jour, le clairon retentit encore, et les éclairs des armes chinoises s'éteignirent. Les soldats ennemis disparurent au fond de la vallée. En plein jour, la neige étincelante et moqueuse révéla des visages familiers ensanglantés, tournés vers le ciel.

— Récupérez les corps, récupérez les corps.

Ses camarades et lui n'eurent pas le temps de soulever par les épaules et les pieds tous les cadavres des Marines tombés, de sentir le poids de leur vie une fois les ordres accomplis, qu'on leur hurlait à nouveau, « En formation ! », pour contrer la nuée de fantassins chinois qui avançaient dans leurs manteaux et leurs casquettes vert foncé, comme des lièvres dans la neige éblouissante.

Une bise mordante s'insinua sous le manteau et la chemise de Bennie jusqu'à ses sous-vêtements militaires, semblables à ceux qu'il portait pendant les nuits d'hiver dans le Mississippi. *C'est comme ça que je vais mourir*, songea-t-il, et, au-dessus de sa tête, un bourdonnement régulier dispersa ses pensées morbides dans la fumée des armes qui flottait en une nappe de brouillard sur la neige. La scène sous ses yeux lui semblait pourtant irréelle. Les lièvres firent halte, prirent position et, dans un mégaphone, leur supérieur hurla une phrase qui rebondit contre les rochers gelés :

— Aujourd'hui, les Américains meurent !

Des balles de mitrailleuse sifflèrent à ses oreilles. D'un instant à l'autre, l'une d'elles traverserait l'air cristallin et viendrait le cueillir à l'œil, à l'épaule ou dans le muscle palpitant de son cœur. Il vit ses funérailles au cimetière noir en périphérie de Sampson, Mississippi.

— Couvrez le flanc gauche ! hurla le colonel.

Un nuage de vapeur se forma dans l'air à l'endroit où son officier tendait le bras vers la gauche. Son semi-automatique M1 à la main, des grenades stockées dans ses poches comme autant de pommes de pin, Bennie parcourut d'un pas lourd le sol gelé avec son camarade blanc du Mississippi afin de couvrir les soldats qu'on fauchait sur le flanc gauche du front. Une brume de mort planait, glaciale, au-dessus de Yudam-ni. En contrebas, les hommes réduits à la taille de fourmis gelaient et se dispersaient dans la neige.

— Maintenez la formation !

L'ordre parvint alors que Bennie et son camarade étaient déjà en mouvement et il entendit le feu rythmé de la mitrailleuse cesser, puis recommencer. À chaque détonation, un délai de deux secondes s'écoulait puis un Marine en position de tir s'écroulait soudain dans la neige. Le bourdonnement se mua en un sifflement strident qui assourdit tout à l'exception du souffle de Bennie et du martèlement étouffé de ses bottes dans la neige, des sons se frayant un chemin à travers la chaleur de son corps. Bennie revit les deux corbeaux de son enfance dans le champ de tabac tomber avec un temps de retard en suivant le rythme de son pistolet à billes. Il vit son propre corps tomber avec les autres ; il voulait que son corps tombe avec les autres, mais les portes du paradis ne s'ouvrirent pas devant lui et ne saisirent pas son esprit au vol.

Laissez-moi mourir ici, supplia-t-il, et il entendit une faible voix enfantine ajouter « *Keefah, Keefah, Kifo* », puis une voix plus profonde et familière au parfum discret de gin l'attira loin du danger : « Cours ! »

Sur le flanc de montagne gelé, son camarade et lui s'élancèrent bien qu'ils aient reçu l'ordre de tenir leur position. En périphérie de son champ de vision, il aperçut les ombres de quelques fuyards qui gravissaient comme lui Yudam-ni, des cibles faciles sur la neige blanche. Derrière eux, les soldats chinois pareils à une nuée de sauterelles avançaient sur son régiment. Il vit et entendit le vrombissement des monomoteurs qui volaient aussi bas que des avions d'épandage au-dessus des cimes nues des arbres. Bennie, son camarade et les ombres des survivants en fuite se réfugièrent contre le flanc rocheux pour se protéger du déferlement de feu prévisible et dévastateur.

Le napalm ne leur était pas destiné. Il explosa au pied de la colline, brûlant la nuée de fantassins derrière eux. Bennie avait un goût de rouille dans la bouche, en accord avec un spectacle qu'il n'avait encore jamais vu dans le ciel coréen, un coucher de soleil couleur rouille illuminé par les flammes, qui le poussa avec son camarade à fuir les lignes ennemies et à grimper plus haut dans l'obscurité presque totale. Quand ils atteignirent enfin le sommet, la gravité les attira de l'autre côté, à l'ombre des rochers gelés où ni hommes ni esprits ne pourraient les retrouver.

Séparés de leur unité, ils s'accrochèrent tous deux à leur M1 comme si le contact froid du bois de noyer taillé et poncé dans une usine de l'Ohio pouvait apaiser la terreur de la pénombre grandissante. En l'absence de lumière, le froid gelait la chair des mains de Bennie, de ses pieds et de son nez.

Il ne savait pas prier mais il entendit son camarade gémir et, par la pensée, il demanda à Dieu de les emporter tous les deux. Mourir d'une mort honorable après avoir survécu aux raclées d'Old Deddy et à l'abandon par Lottie. *Laissez-moi mourir ici*, supplia-t-il. Puis il entendit un son qui réduisit au silence ses prières de mort. Les couinements se firent plus précis alors qu'il suivait instinctivement l'appel de la nourriture. Un cochon pris au piège apparut dans son champ de vision flou, se débattant dans les barbelés où il s'était empêtré. Afin de soulager sa faim et d'abréger les souffrances de l'animal, Bennie plongea son couteau dans le cou du cochon. Son camarade et lui chassèrent leurs visions morbides grâce à la chair rose, grâce au feu, au bois et à la chaleur dans la hutte qu'ils ne se souvenaient pas avoir vidée de leurs habitants – leurs couteaux plongés dans le corps d'un homme frêle, deux femmes penchées au-dessus du cadavre, leurs hurlements épaississant l'air de lamentations aiguës jusqu'à ce que de nouveaux coups de couteau les réduisent au silence. Une douleur comateuse gagna Bennie et son camarade blanc, bercés par les battements ralentis de leur cœur.

Son esprit se reposait dans les braises du feu, tapi là sans souffle véritable. Sans rien d'autre que son âme pour sauver la vie de son fils, elle frissonnait à mesure que l'énergie l'attirait à nouveau dans cette vie. L'énergie qui avait chassé le garçon d'un lieu calme et sûr jusque dans ce monde où elle regretterait à jamais d'être tombée dans le piège, de lui avoir donné naissance et de l'avoir abandonné. Son esprit rassembla les braises et, entre deux respirations, chuchota une supplique inaudible, l'implora de poser le regard sur les tâches inachevées de sa mère, de promettre de sauver davantage que sa propre vie. D'accepter de révéler la vérité, la vérité honteuse, la vérité fatale, la vérité qui ferait de lui le véhicule et permettrait le retour de la petite enfant dont il avait éteint la vie sans le savoir, bien qu'elle soit destinée à les sauver tous.

Il fallut une journée entière au feu pour mourir dans la hutte, deux jours avant que Bennie et son camarade soient retrouvés, recroquevillés l'un contre l'autre. L'équipe de sauveteurs blancs et noirs qui les localisèrent pensa d'abord qu'ils étaient à compter parmi les victimes gelées dans la hutte, mais non.

On les héliporta dans un hôpital de la Navy au Japon. On prépara Bennie à l'opération afin de lui retirer les pans de peau gelée et irrécupérable ainsi qu'un orteil lui aussi condamné. De l'iode sur la peau, un anesthésiant dans les veines qui lui fit pousser des branchies et l'emmena loin sous la surface des souvenirs. Il était assis au pied de l'arbre où Lenard et lui allaient si souvent se cacher d'Old Deddy. Le parfum d'eau de rose de Lottie, volé dans un magasin où il n'était jamais autorisé à entrer. Puis la surprise du crépuscule sur un étang de libellules aux ailes vertes et turquoise si gorgées d'humidité qu'elles voletaient au ralenti. Il entraperçut un mouvement dans la rangée d'arbres. Avec Lenard, ils écaillèrent et vidèrent leur dîner, versèrent le cœur, les poumons, les entrailles et les œufs dans l'étang.

Il peinait à respirer sous l'effet de l'anesthésiant dilué qui le maintenait à peine endormi. « Ne te réveille pas. » Il entendait la voix l'attirer vers les abysses de la mémoire.

Quand le chirurgien coupa la chair nécrosée de ses oreilles, Bennie coula à pic depuis la berge de l'étang où ses pieds et ceux de Lenard s'enfonçaient dans la végétation. Il appela Lottie en hurlant, il la vit apparaître dans l'obscurité verdâtre de l'eau où la vase lui obstruait le nez et la bouche, comme une femme sur le point de naître mais encore incapable de respirer. Elle leva le visage pour attirer Bennie vers autre chose, vers l'apaisement de sa nostalgie.

L'effet de l'anesthésiant s'estompait, le chirurgien coupa cependant le petit orteil d'un coup de scalpel et sectionna l'articulation de la phalange distale, à la manière dont Bennie avait appris à sectionner une aile de poule au niveau de l'os. Puisant dans le peu de volonté qui lui restait, il ferma son esprit aux Coréennes gémissantes prisonnières de cette journée oubliée quand il avait survécu dans la montagne de Yudam-ni avec son camarade du Mississippi, et à la matinée oubliée quand il avait survécu à la disparition de sa mère.

Les rescapés furent alignés au soleil, tous vêtus d'uniformes impeccables qui cachaient les hommes déchiquetés sous le tissu. Ses camarades Marines blancs affichaient un peu plus d'assurance, convaincus qu'ils rentreraient dans le Sud dans le rôle de survivant, de héros. Lui, ce serait dans le rôle de survivant et de négro qu'il rentrerait au pays à bord de cet oiseau de métal gris.

Chapitre 4

De Séoul, Corée du Sud, à Sampson, Mississippi
1953

Ses fils étaient une espèce presque éteinte. Chasseurs et chassés, les calebasses et les cordelettes en poils de phacochère qu'on agitait, avertissant les endeuillés et les esprits portés par le vent de fuir, loin des enfants abandonnés et déjà trop affamés pour être sauvés. Mais elle était plus sage, elle savait qu'en conservant les résidus des promesses partiellement tenues, on pouvait nourrir la récolte suivante, et la suivante, jusqu'à ce que « presque éteinte » laisse place à une nouvelle enfant-esprit qui se balançait doucement dans la brise matinale.

Alors qu'il survolait Jackson, le paysage changea sous les yeux de Bennie, les vastes champs plats, verts, bruns et beiges du Midwest laissèrent place à la densité du Sud, ses arbres aux feuillages verts et crépus. Le parfum de vin sucré le ramena chez lui. Le hurlement aigu de l'avion à l'atterrissage relia soudain le ciel à la terre, et replaça le soldat de deuxième classe Benjamin Lee parmi tant d'autres récoltes : tabac, coton, canne à sucre, nègre.

Bennie allait transmettre à son frère adolescent un serment dont il ne savait pas qu'il l'avait entendu murmuré à son oreille au cours d'une nuit d'agonie. Il dirait à Lenard qu'il l'emmènerait à Saint-Louis, qu'ils fuiraient le Mississippi et son enchevêtrement de glycine et de chèvrefeuille, s'installeraient dans le paysage plat du Midwest chez leur frère James jusqu'à ce qu'il puisse gagner sa vie grâce aux promesses du GI Bill, aux usines automobiles et aux entreprises gérées par des propriétaires noirs dans la ville du jazz, des barbecues, des prédicateurs et des grands magasins. La promesse inconsciente de sauver la vie d'un autre, pas seulement la sienne. La promesse de ne jamais perdre personne, victime collatérale de sa propre douleur enfouie et muette. Arracher la broussaille, préparer sans le savoir le terrain de sa descendance que fouleraient les pieds tendres de l'enfant-esprit chargée de prendre les rênes à partir de cet instant.

Mais le jour de son retour fut également celui où Old Deddy remboursa ses dernières dettes sur les champs qu'il avait négociés avec le corps de Lottie. Ce jour-là déclencha l'inertie qui ralentirait l'accomplissement de ses promesses. Old Deddy devint dangereux pour d'autres personnes que ses fils et leur mère ; il devint un homme noir qui possédait ses propres terres.

En début d'après-midi, Lenard maniait seul la charrue, lui qui avait tant grandi, ses muscles assez puissants pour guider l'outil et la nouvelle mule. Sa tignasse laineuse qu'il avait lui-même coupée. Le fils de celui qui avait manié le fouet jusqu'à ce que ses yeux ne lui permettent plus de voir où atterrissait chacun de ses coups. Lenard avait fait ses calculs et étudié la chronologie des événements, une stratégie d'évasion différente de celle de ses frères James et Bennie. Il avait lu, continué à s'instruire, poussé la charrue, s'était montré docile mais honnête envers le pacte qu'il avait passé avec lui-même, celui de ne jamais commettre d'erreur qui lui attirerait le fouet d'Old Deddy ou les foudres des Blancs en ville qui les avaient catalogués comme nègres indigents sur des terres infertiles. Sa stratégie avait payé – les terres étaient à eux.

Le soleil faisait peser sa chaleur estivale sur la nuque et les larges épaules de Lenard, qui ne portait que sa salopette loqueteuse empreinte d'années de sueur et d'un parfum de broussaille brûlée, un parfum de terreau, de feuilles de tabac mâchées et excrétées au fil des décennies par les sauterelles. Le bruit lointain d'une Packard noire 1953 se fit entendre avant que le nuage de poussière orange apparaisse à deux kilomètres sur la route en terre, à l'intersection avec l'autoroute Dixie Overland. Le moteur ronronnait, indiquant à Old Deddy que quelqu'un approchait. Assis sur le porche, il tendit l'oreille à mesure que ce quelqu'un comblait la distance.

Les hommes blancs du Mississippi, comme les Noirs du Congo, annoncent les changements de propriétaire en se frappant le torse, sans cesse à l'affût de nouveaux terrains de chasse. Le clerc du tribunal, qui fréquentait la taverne de M. Genorette près du marais et qui y connaissait là une ou deux femmes noires, avait évoqué à J.W. Pritchard deux clauses qu'Old Deddy était incapable de lire. Clause

Une : « Elle doit être gardée et entretenue », une clause jamais lue, vingt-quatre ans après ce « X » qui avait scellé le destin de Lottie.

Depuis le champ, Lenard vit Old Deddy se lever, il aperçut un vieux Blanc aux cheveux blancs et vêtu d'une chemise blanche, accompagné d'un jeune homme blanc en chemise blanche et bretelles. Lenard arrêta la mule afin d'entendre la conversation, « Hoo, hoo, hoo ! ». La lanière pressa à l'endroit où la peau caramel de son dos avait durci et séché. Il avait appris à ne jamais rien éprouver pour ou contre Old Deddy, mais à voir son père acquiescer comme il ne l'avait encore jamais vu faire, il se sentit soudain suspendu entre deux mondes. Lenard se tenait dans le champ sous un soleil brûlant et l'étendue vaste du ciel bleu traversée de rares nuages fragiles. Quelque chose en cet instant lui rappela un jour particulier, une femme, une odeur de cigarette, un parfum d'eau fleurie, une douceur sur ses lèvres, un rideau d'épaisses boucles noires. Il vit Old Deddy tomber à genoux comme s'il s'apprêtait à prier, puis il entendit le bruit de ce que le jeune homme brandissait dans sa main. La détonation d'un pistolet.

Lenard ne se souvenait pas d'avoir détaché la lanière de la charrue, mais il traversait les sillons de terre comme s'il nageait à contre-courant. La Packard noire disparut dans un nuage orange. Le corps d'Old Deddy, un tas gigantesque de chair, de salopette et de mort, s'effondra sur le porche quand Lenard eut enfin réduit l'espace qui les séparait. Il défit les bretelles de la salopette, posa l'oreille dans la bouillie de sang, de terre et de courts poils gris sur le torse paternel, mais il n'entendit rien. Sous la tête de Lenard, le corps d'Old Deddy lui évoquait les racines sèches du tronc creux où il dormait ce matin d'autrefois, quand il avait été réveillé par une détonation, par une sensation de vide, Bennie avec son pistolet.

J.W. Pritchard avait passé dix ans dans l'Alabama à augmenter ses bénéfices en achetant le long de la rivière Tombigbee des terres qui (il l'ignorait) perdaient peu à peu de leur valeur après la construction du barrage de Demopolis qui tarirait bientôt le cours d'eau. Il aurait beau essayer, il ne développerait jamais cette fibre commerciale à l'image des Blancs dont les aïeux avaient fait fortune dans la traite d'esclaves. Par une journée qui s'annonçait fatidique, Pritchard revint dans le Mississippi afin de mettre la main sur d'anciens investissements. Il se rendit d'abord au tribunal, où il découvrit qu'il avait deux heures de retard sur Old Deddy, venu chercher l'acte de propriété à la minute où les bureaux d'administration avaient ouvert. Songeant qu'il pourrait au moins récupérer la mulâtre, Pritchard suivit une piste après l'autre.

Il entendit dire que sa propriété vendait son corps sous l'égide d'un nègre et qu'elle s'était un jour enfuie avec l'argent. Le shérif apprit au vieux Pritchard :

— Une salope à la peau presque blanche qui part avec cette quantité de fric, elle pourrait être n'importe où, alors j'ai pas pris la peine de chercher. Mais ouais, la dernière fois qu'on l'a vue, c'était chez Genorette.

Ses adjoints et lui le savaient car ils se souvenaient des liasses de billets entre leurs doigts, la dernière fois qu'ils les avaient glissés entre ses seins.

Pritchard se rendit avec le shérif et ses adjoints à la taverne de Genorette, où ils arrêtèrent l'homme. Ils firent condamner l'établissement mais les adjoints ne martelèrent que deux fois chaque clou dans les planches aux fenêtres, le temps d'apaiser Pritchard avant de rouvrir la taverne et de rendre cet atout aux hommes de Sampson.

Frustrés et les mains vides, Pritchard et son fils quittèrent les représentants de l'ordre, la prison et Genorette. Pritchard soutenait qu'Old Deddy n'avait pas respecté sa part du marché. Le shérif cogita longuement, affirma le contraire, puis s'attela à ses tâches du jour, comme tenir Pritchard à l'écart de la prison suffisamment longtemps pour lui permettre d'aller pêcher avec le shérif du comté voisin.

Le shérif se méprenait, puisque la législation du Mississippi autorisait l'assassinat d'un homme sans scrupule qui refuserait d'honorer la deuxième clause, elle aussi sans scrupule. Clause Deux : « Si elle n'est pas gardée et entretenue comme le prévoit le contrat, son gardien devra renoncer aux terres du propriétaire. » Pritchard et son fils prirent donc les choses en main.

Old Deddy n'avait eu aucune nouvelle de son propriétaire blanc pendant dix ans. Il avait laissé Lenard gérer l'argent et rembourser leur dette une fois par mois jusqu'à ce que les terres soient rachetées à la moitié de leur valeur. Leander Lee inclina la tête vers Pritchard et son fils au pied du porche :

— Vous vous prenez pour qui, à venir chercher cette salope ici après toutes ces années ? Barrez-vous de mes foutues terres, sales fils de pute.

Le tir punitif, puis la voiture du directeur à la peau noire des pompes funèbres, la maison vide sans personne d'autre que Lenard, assis sur le porche, figé dans le temps. « Chhuuut, chhuuut. » Il entendit les murmures de l'esprit accablé qui le réconfortait et qu'il confondit avec le chant des cigales.

Les roues de l'avion de Bennie embrassèrent le tarmac à quarante kilomètres de là, alors que le corps d'Old Deddy tressautait dans le plateau d'un pick-up qui peinait à éviter les nids-de-poule sur la route vers la ville.

d'autre que Lenard, assis sur le porche, figé dans le temps. « Chhhuuut, chhhuuut. » Il entendit ces murmures. L'esprit accablé qui le réconfortait et qu'il confondit avec le chant des cigales.

Les roues de l'avion de Beaunie embrassèrent le tarmac à quarante kilomètres de là, alors que le corps d'Old Daddy tressautait dans le plateau d'un pick-up qui negrait à éviter les nids-de-poule sur la route vers la ville.

Chapitre 5

De Sampson, Mississippi, à Saint-Louis, Missouri
1953

Une fois qu'ils ont suivi votre folle promesse de vie, vos enfants restent vos enfants même après la disparition de leur corps. Ils débarquent avec la conviction arrogante qu'ils ont leur place ici, ils attendent qu'on les nourrisse, qu'on les soigne, qu'on les protège, qu'on en ait les moyens ou non. Et si vous partez d'ici sans avoir nourri, soigné ni protégé votre enfant, il vivra dans un crépuscule partiel jusqu'à trouver un premier amour de substitution. Et, pendant ce temps, vous suivrez les mouvements de la lune, à la poursuite des migrations de son âme.

Personne ne vint à sa rencontre dans la chaleur pesante de l'aéroport de Jackson. Tous les héros arrivèrent en Marines jusqu'à ce qu'ils soient séparés dans la foule entre Noirs et Blancs. Son camarade survivant se fondit dans le barrage de peaux beiges, dans les étreintes qui le ramenaient chez lui.

Le bus passa devant la prison où, il l'ignorait encore, M. Genorette était assis, la tête entre les mains, puis le déposa en ville, devant le grand hangar aux portes ouvertes où il était un jour allé voir les combats de chiens. Il prit une profonde inspiration et contre toute attente se sentit ancré. Il accéléra le pas, enjambant ses souvenirs d'une démarche amnésique. Il espérait qu'à la vue de sa maison les souvenirs enneigés de Yudam-ni fonderaient, se changeraient en eaux printanières, dévaleraient en cascade le flanc de la montagne jusqu'à la rivière qui les emporterait au loin. Bennie s'engagea sur le chemin de terre entouré des plants de tabac en fleur. Il s'arrêta, ferma les yeux et admit qu'il s'était langui du parfum suave du tabac, qui pénétrait si loin sur sa langue qu'il le confondait parfois avec celui de la canne à sucre.

Il chercha Lenard du regard, s'imagina l'étreindre à la manière des soldats à l'aéroport qui avaient salué virilement les hommes de leur famille, torse contre torse, se frappant le dos à grands coups de paumes comme s'ils tapaient sur un tambour. Il comptait adresser un hochement de tête à Old Deddy, lui serrer la main, épaule contre épaule, lui montrer l'homme qu'il était devenu. Mais il n'y avait que le silence, la grâce interrompant le cours de toute chose – les oiseaux, le mouvement des nuages, le balancement lent des feuilles de tabac –, une telle immobilité qu'il ne remarqua pas Lenard assis là, une version de lui enfant, plus brun et plus grand dans sa salopette usée, camouflé contre les planches et les murs érodés de leur maison. Et l'espace d'un court instant, il vit Lottie penchée au-dessus de la tête de Lenard, comme si elle cherchait des poux dans les boucles de l'enfant. Elle leva le regard, le blanc crème de ses yeux et le blanc laiteux de sa robe vichy à carreaux bleus s'effacèrent, abandonnant Lenard tête baissée à l'endroit où elle l'avait laissé terminer une tâche qu'il était incapable d'accomplir.

Le lendemain, ils se tenaient tous deux dans l'église baptiste noire où ils n'avaient jamais mis les pieds. Ils écoutèrent chanter une femme qu'ils ne connaissaient pas. Les deux frères et les quatre membres de l'église qui assistaient aux funérailles par habitude étaient comme nus, enveloppés dans la voix profonde de la femme. Elle chanta a capella en direction des vieilles poutres moisies, les vibrations de sa voix faisant pleuvoir sur eux une poussière de particules de terre, de peau et de cheveux. Son chant guttural leur était indéchiffrable – une vie avant le Mississippi, une vie harmonieuse, une continuité de garçons à la peau brune pêchant dans l'océan au large des côtes africaines, chassant sous le soleil, devenant adultes sans connaître la morsure du fouet. Leur ventre se nouait tandis que la voix appelait, chantait *Amazing Grace*. Sa mélodie réveillait les codes génétiques endormis de leur ADN. En cet instant, le temps était comme grand ouvert, un portail entre le Congo et le Mississippi, et ils inclinèrent tous deux la tête. Secoués par la perte de leur père, ils pleurèrent la perte de leur mère. Le deuil de Lenard s'accrochait aux rumeurs affirmant que cette salope presque blanche avait volé de l'argent à Genorette et s'était enfuie. Le deuil de Bennie obligeait les deux hémisphères de son cerveau à s'éloigner l'un de l'autre : meurtrier, enfant.

Le Marine et le grand jeune homme étaient assis, solitaires, sur le banc de l'église, et chacun avait fait un pacte : tabac bon marché, fouet de mule, notes gracieuses murmurées par les bouches inconnues d'une congrégation, mais les promesses sont difficiles à tenir quand le désir de survivre surpasse toute autre intention.

Cette nuit-là, Bennie traversa ses rêves en somnambule, à la recherche de Lottie. Il franchit les vieilles fenêtres sombres de la taverne de M. Genorette, retira les toiles d'araignée sur les bocaux de whisky de maïs, enveloppa ce médicament dans les chemises réglementaires de son uniforme et le fourra dans le sac en toile fourni par les Marines ; son esprit à elle s'y était faufilé, enroulé dans les chemises, passager clandestin déterminé à revoir le garçon emprisonné qui n'avait jamais goûté la grâce à son sein.

Après l'enterrement d'Old Deddy, Bennie monta à bord du bus pour Saint-Louis avec Lenard. Loin du Mississippi, en quête d'une vie meilleure.

— Je vais payer tes études à l'université. T'as la tête sur les épaules, et c'est une bonne tête.

— Où tu vas trouver l'argent ?

— T'inquiète pas. J'ai l'argent de l'armée et tu es plus doué que moi pour les études.

Quand le bus entra dans la gare de Saint-Louis, Bennie essaya de maintenir ses yeux exorbités de curiosité à une taille raisonnable. Lenard et lui fendirent la foule, marchant à contre-courant dans le bruit métallique des trains sur les rails, des bus crachant leur fumée derrière les gigantesques baies vitrées qui montaient du sol au plafond.

— Hé oh ! cria Lenard, et sa voix rebondit contre les murs et le sol en marbre. Bennie scruta son visage souriant comme l'aurait fait Old Deddy.

— Tais-toi, abruti !

Dans la lumière électrique de la gare, la poitrine de Bennie s'épanouit : les larges colonnes, la façon dont elles soutenaient l'immense plafond voûté, et l'odeur sèche d'usine qui s'était échappée du colis envoyé par James pour son dix-huitième anniversaire dans le Mississippi. L'espoir chatouilla le sommet de son crâne, à l'endroit où il commençait à se dégarnir. Il inspira profondément les gaz d'échappement des bus, puis Lenard et lui s'engouffrèrent dans la ville pluvieuse, lui en uniforme, Lenard dans un imperméable fin aux manches juste assez courtes pour montrer qu'il n'était pas encore un homme, bien qu'il soit aussi grand que Bennie.

Il y avait des hommes blancs et noirs en manteaux, et Bennie se demanda ce qu'il s'était déjà demandé au sujet de James : comment pouvaient-ils se payer de tels vêtements ? Et il fit quelque chose qu'il n'avait plus fait depuis l'enfance – il pouffa de rire car il savait qu'il avait survécu et surmonté l'insurmontable.

La première partie des économies de Bennie leur permit de s'installer dans un petit appartement à l'étage du Sara Lou Café, le restaurant de frites et de crevettes possédé par une femme noire. Des tables de pique-nique dans l'arrière-cour où la musique s'élevait d'une chaîne Hi-Fi, accompagnée du joyeux brouhaha des gens qui avaient quitté le Sud et travaillaient à l'usine le jour, puis s'arrêtaient manger et bavarder en bonne compagnie. Ce jour-là, ils gravirent ensemble les marches en bois menant à leur appartement et, à la vue de leurs visages souriants fraîchement débarqués du Mississippi, Sara en personne leur cria

— Allez, vous autres, venez prendre votre premier repas ici, c'est votre proprio qui régale !

— Oui, m'dame.

Et ils se hâtèrent de ranger leurs affaires dans les placards de la chambre au papier peint décollé qui promettait de les abriter et de les protéger.

Bennie glissa les bocaux de whisky et l'esprit clandestin dans les tiroirs de la commode, non sans boire une gorgée pour se calmer les nerfs et en verser dans sa flasque avant d'aller retrouver James que tout le monde semblait connaître dans les quartiers ouest. Il but une autre gorgée en comptant l'argent qui lui restait, mit de côté une liasse de billets à destination des frais scolaires de Lenard au département d'éducation de l'Université Harris-Stowe. Quand il compta le reste, il en conclut qu'il pourrait payer deux mois de loyer en avance et qu'il aurait assez pour un troisième mois, mais qu'il lui faudrait trouver un travail. Il but encore une gorgée qui le rassura sur ses finances, et une autre pour engourdir les émotions à l'idée de revoir ce frère qui l'avait abandonné des années plus tôt.

Dans leurs chaussures en cuir usé couvertes d'une couche de poussière orange du Mississippi, ils entrèrent dans la taverne de James, et le désespoir se lisait dans ses yeux – la peur que ses deux frères aient traversé des montagnes et franchi des fleuves pour venir perturber le calme de sa vie en apportant avec eux les souvenirs de son propre passé. Des années à être appelé Négro plutôt que Monsieur, à échapper aux coups de fouet d'un homme envers qui il n'éprouvait aucun regret et avec qui il s'était efforcé de gommer toute ressemblance. Leurs yeux enfantins dans leurs visages d'hommes firent renaître en lui le souvenir de ses propres mains pécheresses désormais tendues en prière.

Lottie chantait, un matin. À treize ans, elle et James avaient développé la rivalité jalouse d'un frère et d'une sœur, cherchant et détestant l'attention d'Old Deddy. Lottie frottait le linge sur la planche à laver, sa chanson dévoilant cette part de son âme qui trouvait le bonheur où qu'il soit – dans le parfum du printemps par cette matinée ensoleillée car, si les arbres fleurissaient déjà, l'air cristallin était encore frais. James l'observait depuis le porche à l'arrière de la maison, agacé de l'entendre chanter si fort.

Couds ensembl' les carrés de tissu
Lâche le fouet, lâche la charrue.
Tourne donc un peu Suzy, sais-tu
Que des chaînes à mes pieds, j'en ai plus
Laisse-moi prendre ta main, jolie fille,
Lâche ton fil, lâche ton aiguille,
Quand l'homme dira Tourne et Vrille
On partira en dansant loin de la ville

James restait planté là, vêtu de la vieille chemise sale qu'il portait chaque jour aux champs. Ses cheveux coupés de travers, mais aussi noirs et bouclés que ceux de Lottie. Il cracha depuis le porche, l'air mi-souriant mi-méchant, dans l'espoir de se montrer plus homme qu'enfant.

— Tu chantes quoi, là ? Old Deddy, il aime pas qu'on chante. Fais gaffe, si y rentre pour son petit-déj après le premier labour et qu'y trouve pas de biscuits sur la table, mais que t'es encore là à faire la lessive et à chanter…

Elle leva les yeux au ciel et entonna le couplet suivant pour lui faire comprendre qu'il n'avait pas d'ordres à lui donner. « C'est moi, la femme de cette maison ! » Et elle lui tourna le dos.

Suzy tourne et tourne sans s'arrêter
Autour des hommes elle danse et tournoie
Et quand ils lui crient jolie poupée
Fais pas trop attention cette fois.

Elle lui lança un regard comme celui du taureau qui s'agace d'être aiguillonné, et James contourna la maison, s'approcha d'elle les poings serrés. Il marcha jusqu'à la bassine, son souffle s'échappait de sa bouche en un nuage de buée, et il lança d'une voix semblable à celle d'Old Deddy :

— Tiens ta foutue langue, grosse vache !

Au lieu de la gifler, il lui jeta une poignée de farine au visage et s'obligea à rire car c'était toujours mieux que d'admettre combien il était choqué de voir ses mains reproduire les manières d'Old Deddy. C'était la première fois qu'il avait envie de s'enfuir mais il ne savait pas où aller, ni où courir, à part en boucle dans son propre esprit. Il toussa dans le nuage de farine, se redressa et partit à toutes jambes rejoindre Old Deddy dans les champs.

— T'as intérêt à ce que ces foutus biscuits soient prêts à notre retour.

Elle trouva des façons de remettre James à sa place. Elle déposait parfois sa cigarette sur la chaise où il allait s'asseoir puis s'excusait quand il se brûlait le cul. La situation perdura des années, jusqu'à la bagarre et les coups de poing quand ils avaient tout juste vingt ans.

Le vieux prédicateur vint parler à James alors que Lottie était assise avec ses deux enfants sur le porche. Il était tard ce dimanche-là après le service, et il effectuait la tournée des hommes qui, comme James, ne pratiquaient pas mais cherchaient clairement leur salut. Le prédicateur se tenait devant lui, une chaussure miteuse posée sur le porche, l'autre fermement plantée au sol, pareil à une aigrette à l'affût des têtards dans le marais. Bible à la main, il s'adressa à James :

— Dieu, il a dit que l'homme était maître en sa demeure, mais frappe jamais une femme.

Lottie fit mine de l'ignorer et allaita Bébé Lenard sous son mouchoir en tissu. Elle faillit exposer son sein au grand jour lorsqu'elle empoigna Bennie de l'autre main. Elle marmonna :

— La Bible dit un truc mais les hommes chez moi, y z'ont une manière bien tordue de s'occuper de leurs femmes.

Puis elle s'exprima à voix haute, décochant un regard en coin à l'intention de James.

— Vous pouvez pas attendre des gens qu'y vous respectent, juste parce que vous lisez la Bible et que vous avez jamais cogné une femme.

Lottie avait souvent le dernier mot, elle ne disait que le nécessaire, mais toujours assez pour donner matière à réfléchir aux hommes pendant plusieurs jours.

Un soir, James, qui était désormais grand et imposant, décida de faire un tour à la taverne du marais où Old Deddy défendait toujours à Lottie d'aller.

Le soir même, elle coucha Bennie après lui avoir coupé les cheveux et Lenard après l'avoir laissé téter, puis elle s'engagea sur la route entre les arbres, à dix pas derrière James. À chaque fois qu'il se figeait, cherchant à savoir s'il était suivi ou s'il n'entendait que le bruit de ses propres pieds crisser sur le sol au milieu de l'obscurité, elle s'arrêtait et se cachait derrière un arbre.

Des lampes jaunes étaient suspendues sur la terrasse. Les grenouilles de printemps chantaient, des festons de mousse pendaient aux branches des arbres. C'était la plus belle musique que Lottie ait jamais entendue, le piano et la contrebassine, et un homme qui soufflait dans un harmonica. Vêtue d'une robe ample qui ressemblait davantage à un sac à patates, elle s'engouffra dans la taverne juste derrière James. Tout le monde dévisagea cette campagnarde aux pieds nus, des ricanements fusèrent et le pianiste accompagna les rires en jouant une mélodie plus entraînante.

Lottie s'en fichait, la musique était une invitation à être libre et joyeuse comme elle ne l'avait pas été depuis qu'enfant, son papa disait : « May, laisse pas not' fille danser comme ça, la laisse pas parler aux gars comme ça, avec ses airs d'êt' la chef. »

Lottie se déhancha au rythme du blues entraînant et James se joignit au cercle pour voir qui se donnait ainsi en spectacle. Il la saisit brusquement par le bras.

— Putain, mais qu'est-ce que tu fous ?! Old Deddy va te buter. Et puis y va me buter, moi. Tire-toi d'ici !

Il la poussa et elle hurla à son tour.

— Le prédicateur t'a dit de pas cogner les femmes !

Elle savait qu'elle avait l'avantage, elle serra ses poings café au lait et le frappa. La musique s'interrompit car, bon sang, tous voulaient voir s'il riposterait.

C'était la première fois qu'elle voyait M. Genorette. Elle entendit d'abord le bruit de ses pas, la foule s'écarta comme devant Moïse descendant de la montagne avec les

Tables de la Loi. James et elle restèrent plantés devant lui, comme deux enfants taillés du même bois. M. Genorette ressemblait à Old Deddy, en plus jeune et en plus soigné. Il n'hésita pas un instant quand il flanqua une beigne dans le dos de James qui le projeta au sol. Puis il colla un coup de pied dans le fond de sa salopette propre, et les rires des clients s'envolèrent vers les poutres comme s'ils assistaient à un spectacle de clowns itinérants, et l'on s'en tint à cela.

M. Genorette dit à Lottie :

— Tu peux venir ici quand tu veux, ma chérie, et je m'assurerai que tout le monde te traite correctement.

Il dit à James :

— Avise-toi d'en parler à ton père et je te bute (ce qui revenait à dire : « C'est moi le patron ici, et chez toi aussi. »).

Le lendemain, James rassembla sa Bible, ses chemises et ses salopettes, et partit pour Saint-Louis. Le petit Bennie le regarda comme si quelqu'un venait de lui ôter la nourriture de la bouche par une journée de disette. James lui rendit son regard, marqua une pause en voyant la tête ronde de Bébé Lenard sur la paillasse, puis il franchit la fenêtre, bottes aux pieds.

Lenard apparut à la porte dans la lumière de Delmar Avenue, le blanc de ses yeux toujours aussi blanc, le regard alerte, et James décida d'accorder toute son énergie à l'homme qu'il vit en premier. Bennie titubait derrière Lenard, ses yeux jaunis illustrant la manière dont le foie et les reins colmataient les artères et affichaient les pires vérités du corps. Jaunis, comme les yeux d'Old Deddy restés enfouis et anonymes dans la mémoire de James jusqu'à ce que Bennie croise son chemin, fantôme inopportun qui ressemblait bien plus à leur père que Lenard.

James ne travaillait pas le mardi soir. Il avait prévu d'aller à la réunion de son groupe paroissial, chercher dans la prière une réponse et un plan d'action quand ses frères franchiraient le seuil de sa taverne, apportant dans leur sillage le chaos du Mississippi.

James essuya le comptoir et, de l'autre main, versa un verre de bourbon à Bennie qui tendait le bras, sans autoriser les émotions à entrer dans ce lieu où il était seul maître de sa vie. Il ignora le pincement de son estomac au souvenir du visage triste de son petit frère et du visage dur d'un père qui aurait dû le protéger, subvenir à ses besoins, mais qui l'avait obligé à survivre dans une existence d'émotions sévèrement réprimées.

— Le premier point à l'ordre du jour, c'est l'église.

Bennie avait déjà vidé le contenu d'une flasque cachée dans sa poche tandis que Lenard et lui arpentaient Delmar Avenue depuis Union Station pour prendre le bus qui les avait déposés devant la porte de la Lee's Wagon Wheel Tavern. Il avait bu d'une traite le shot de bourbon qu'on lui avait offert et s'était resservi deux fois. Il afficha un sourire tordu, puis lâcha un rire qui jurait avec les propos de son frère aîné. Son rire envoya des éclaboussures de bourbon sur le comptoir et Lenard laissa échapper un ricanement nerveux.

— Arrêtez de faire les idiots.

James ne tolérait pas leur attitude campagnarde et il cria à l'intention de la barmaid :

— Mary, remplis la glacière, tu veux bien, ouais ?

Il terminait toutes ses phrases par « ouais », et son intonation ne laissait plus entendre la moindre tonalité gutturale typique du Mississippi. James s'était depuis longtemps éloigné des champs, il n'avait plus de terre sous les ongles. Il avait quitté le Mississippi en douce, et il était passé en douce à travers le chas d'aiguille de la guerre.

Bennie plaqua la paume de sa main sur le comptoir et lâcha un rire qui ne reflétait en rien la peur de leurs retrouvailles ni la maturité de son corps mince mais musclé, du haut de son mètre quatre-vingts et de ses quatre-vingt-dix kilos. Il en était à son quatrième bourbon quand James lui prit son verre et le laissa tomber dans l'eau de vaisselle mousseuse.

— Tu ne boiras plus rien ici aujourd'hui, mais vous êtes les bienvenus si vous voulez m'aider.

Lenard se redressa et suivit ce frère qui lui était étranger mais représentait le modèle d'homme qu'il allait devenir.

Les relents des gaz d'échappement qui envahissaient la ruelle accueillirent James et Lenard au-delà des portes battantes noires de la cuisine, d'où ils ressortirent bientôt en portant chacun une caisse de bouteilles de Smirnoff.

— Je suis venu pour les femmes, s'écria Bennie d'une voix mal articulée et en frappant la caisse que Lenard portait.

— Arrête, mec !

Lenard tituba et rit comme s'ils étaient encore deux gamins à se chamailler dans l'étang et à se lancer de la boue. Puis, comme un petit garçon pris d'une soudaine envie de faire pipi, Bennie marmonna :

— J'vais aux chiottes, mec.

Quand Bennie eut disparu aux toilettes, James posa la dernière caisse et désigna une table à Lenard. Ce dernier sourit et s'essuya le nez sans se départir de son humour, encouragé par l'attitude de Bennie.

— Je peux boire un coup, moi aussi ?

James le dévisagea d'un air sévère.

— Assieds-toi, mec.

Il tira deux chaises autour de la table et leur crissement ramena Lenard au sérieux.

— Bon, écoute, mec. Faut que t'arrêtes de suivre l'exemple de Bennie. Pour l'instant, il doit se sortir de cet enfer d'après-guerre, mais toi t'es pas obligé de subir l'enfer avec lui.

Il répétait ce qu'avait essayé de lui expliquer le vieux prédicateur avant qu'il ne quitte le Mississippi, avec ses citations bibliques tronquées et sa sagesse simpliste. « Certains hommes arrivent à reprendre pied quand leur vie déconne, et d'autres pas. »

Lenard plissait les yeux à force de sourire. James se pencha et posa la main sur son épaule, son regard attira son frère vers la lumière, même si autour d'eux la pénombre de la taverne était semblable à une grotte.

— Viens avec moi aux réunions de prière.

C'était, d'après James, la voie du salut.

Ce soir-là, James houspilla Lenard.

— Contente-toi de lire les paroles, mec.

Il pointa son index épais vers le livre de cantiques. Il lui avait conseillé en chemin de ne pas passer pour un ignorant mais de se tourner vers l'esprit d'entreprise, l'instruction et la religion, loin de son frère encore assis au comptoir pendant qu'ils se trouvaient à la réunion hebdomadaire de prière ce mardi soir.

Lenard avait demandé :

— Et Bennie, alors ? On l'attend pas ?

— Non, il est là où il veut être.

James était arrivé à Saint-Louis dix-huit ans avant ses frères, à la fin du printemps 1935, après un long périple en bus qui lui avait fait traverser des villes où il espérait rester invisible, à l'arrière du véhicule. Un trajet d'une journée à travers des cols de montagne où la route était à peine plus large que le bus. Il imaginait le bord, la chute mortelle et magnifique jusqu'à la cime des arbres dans la vallée en contrebas. Quand ils avaient atteint les vastes étendues de l'Illinois, l'excitation et la peur l'avaient poussé à coller son visage contre la vitre sale. Peu importait qu'il n'y ait plus de terre orange, que l'odeur d'huile, le raffut métallique des marteaux et les grues industrielles du paysage broient son souvenir des élégantes grues blanches juchées sur leurs hautes pattes dans son marais du Mississippi. Il n'y prêtait pas attention. Il se frottait le menton, déterminé à gagner sa vie comme le chantait Bessie Smith, à se faire de l'argent et à le rapporter chez lui quitte à mendier, à emprunter, à voler. À son arrivée à Union Station, il avait déjà écouté plusieurs conversations au fond du bus et savait où trouver un bon sandwich aux tripes.

— C'est vrai, ça ? J'peux vous accompagner pour manger un bout et me trouver un coin où pieuter ?

— Ben ouais, mon pote, mais avant, faut que tu perdes ton accent campagnard, on dirait que tu parles avec le bide alors qu'y faut parler avec le bout des lèvres.

Ils avaient ri et ajouté :

— Mec, mec, tu vas adorer vivre ici.

Il s'était retrouvé à l'endroit où les passagers noirs du bus enverraient Lenard et Bennie, chez Sara Lou. La maman de Sara Lou, Big Sara, avait été la première propriétaire de l'établissement. Elle avait viré le papa à coups de pied au cul puis avait transformé les trois pièces de l'appartement familial en pension, où elle cuisinait des recettes du tonnerre avec l'aide de la petite Sara Lou, assez âgée pour préparer les fritures et faire les courses. Du haut de ses dix ans, ses boucles étaient coiffées en tresses serrées contre son crâne. Elle remontait les chaussettes qui maintenaient ses longues jambes au chaud à chaque fois qu'elle grimpait les marches, frappait aux portes et déposait un repas chaud devant la chambre d'un locataire. James était l'un d'eux et, suivant les conseils de Big Sara, il alla rencontrer le vieux M. Drake qui possédait la meilleure taverne pour Noirs, lui demanda un emploi, puis se rendit le dimanche à l'église avec tout le monde afin que son âme soit en règle avec Dieu, et afin de rencontrer les nouveaux arrivants du Mississippi.

— Va pas devenir un clodo, lui dit M. Drake. Sois pas triste d'avoir quitté c't'endroit.

M. Drake forma le jeune James.

— Enlève-moi tes bretelles, là. Garde la tête haute. Memphis et Sampson, et tous ces coins, on y fait de la bonne nourriture, on y fait de la bonne musique, et des bons services religieux, mais tout le reste, laisse-le là-bas.

M. Drake partageait des bribes de sagesse à chaque fois qu'il soulevait une caisse de whisky à demi-pleine d'alcool de contrebande, la transportant avec James depuis le camion dans la ruelle jusqu'à sa cachette sous le comptoir en bois où il rangeait également son fusil.

— Ici, disait M. Drake, ici, quand quelqu'un fait le mariole, on le met en prison sans poser de questions. Alors parle aux autres Noirs comme si tu les respectais mais que tu serais prêt à leur coller un coup de pied au cul s'ils te mettent en rogne. Comme ça, tu t'entoureras que de gens qui t'éviteront un séjour en taule.

M. Drake disait aussi :

— Va à l'église. Rase-toi. T'es grand, alors marche comme un grand, pas comme un gamin qu'on a fouetté toute son enfance. Arrive chaque matin à l'heure, qu'on puisse compter sur toi. Et puis, surtout, ne suis jamais l'exemple d'un homme qui n'a pas gagné ton respect. Suis toujours l'exemple des hommes qui ont mérité que tu les suives.

James fit comme on lui conseillait et, au décès de M. Drake, la taverne fut transmise au jeune homme qui ne s'était jamais dégonflé, au jeune homme qui avait organisé des veilles et des prières autour du lit de mort de M. Drake comme l'aurait fait un fils. M. Drake récolta les fruits des graines qu'il avait semées dans ce jeune cerveau. James, l'homme connu pour être toujours à la hauteur, gagna en reconnaissance. Les ombres du Mississippi s'effacèrent lentement, jusqu'à ce que ses frères franchissent la porte de la taverne, lui rappelant qui était son véritable père.

Le soir suivant, alors que Bennie cherchait du travail en inspectant chaque taverne et en buvant un dernier verre à chaque comptoir, James et Lenard gravirent les marches de l'appartement chez Sara Lou dans les quartiers ouest de Saint-Louis, et ils emportèrent les maigres possessions de Lenard.

Deux semaines plus tard, James passa leur troisième réunion de prière à guider Lenard dans les bras de Dieu. Bennie était assis seul dans son appartement au-dessus du restaurant. Deux semaines durant, il avait subi ce qu'il appelait un silence de merde.

— C'est ce que j'appelle une putain d'hypocrisie ! Ce fils de pute s'occupe de son bar le jour et il va louer le Seigneur le soir. Va te faire foutre ! Allez vous faire foutre ! hurla-t-il dans son appartement.

Cette nuit-là, Bennie se trouva en proie à des rêves agités. James et Lenard, redevenus de petits garçons mais prisonniers de leurs corps d'adultes, se tenaient devant leur ancienne école et se moquaient de lui : « T'as pas de maman. T'as pas de maman. » Il se réveilla, son visage d'homme trempé de larmes d'enfant.

Il rangea ses affaires dans son sac en toile des Marines.

— C'est moi qui paye pour ses putains d'études et il se barre avec ce connard prétentieux ?

Il fourra ses vêtements dans le sac à coups de poing et, entre les habits, il déposa toutes ses vexations, l'esprit clandestin et les bouteilles de bourbon volées derrière le comptoir de James.

— Qu'ils aillent se faire foutre, ces fils de pute.

Il attendit à Union Station sans trop savoir où aller.

L'esprit s'accrochait à la bouteille d'alcool à chaque fois que Bennie buvait une gorgée. Elle voulait lui dire que le monde était fait d'argile rouge et qu'il pouvait s'en servir pour bâtir une maison, qu'il pouvait obtenir tout ce dont il avait besoin, que nous ne sommes pas tous destinés à la Terre promise. Pour certains, c'est un leurre d'essayer d'obtenir des choses au lieu de récolter ce qui leur revient.

Elle voulait lui dire qu'il a une maman. Que tout va bien, que sa tombe n'est ni froide ni triste, que ses péchés y reposent et se décomposent, se transforment en nourriture pour les racines des navets qu'il mangera avec du vinaigre quand il rentrera chez lui. Que le meurtre n'est pas la fin d'une histoire. Que la méchanceté peut s'écouler et disparaître dans le sang versé, et que, par le témoignage, elle peut se muer en liberté.

À contre-courant du juron lancé autrefois, « Au diable le Mississippi », Bennie monta dans un bus qui traversa le fleuve frontière, partant d'abord vers l'est jusqu'à Louisville dans le Kentucky où il fut jeté d'une discothèque par la peau des fesses, comme il avait été jeté de la taverne de Genorette. Le propriétaire était désolé, affirmant que Bennie et bien d'autres ne s'en sortaient pas après la guerre mais qu'il n'allait pas laisser les vétérans noirs gâcher ce qu'il avait réussi à accomplir en tant qu'homme d'affaires noir. Bennie grimpa à bord d'un bus à destination de Virginia Beach où il espérait trouver un emploi et une vie nocturne correcte autour de Camp Pendleton. Dans une discothèque gérée par un Noir sur le front de mer, il commença à raconter comment il avait tué des bridés et baisé des femmes jaunes jusqu'à ce qu'un Noir, un jeune enseigne de vaisseau, élève la voix :

— Ferme ta gueule, sale connard de plouc.

Bennie entendit la voix d'Old Deddy, « Connard de bon à rien ». Il entendit les propos incompréhensibles des

Coréennes et leurs lamentations chaotiques sur les cadavres de leurs proches, des sons que seuls la fuite et l'alcool pouvaient faire taire. Il replia les doigts, prêt à ravaler la douleur à coups de poing et à frapper le jeune enseigne de la Navy, à le laisser pour mort. Mais poussé par le groupe furieux de ses camarades noirs qui menaçaient de le tuer et par l'esprit qui le suppliait dans son inconscient, il prit deux bus à contre-courant du flot migratoire et repartit vers chez lui, dans le Sud. Pas le sud profond où les os des corps noirs alimentent le soufre des marécages, où des passerelles en bois accueillent les escapades nocturnes. Mais juste assez au sud pour que les rivières familières, les tiges de bambous et les arbres aux épais feuillages verts apaisent son âme, la ramènent vers une jungle innée et intérieure au temps où la peau noire n'était pas encore traquée. Il voyagea sept heures dans son uniforme militaire afin de récolter le respect, les hochements de tête, et parfois les regards doux de jeunes filles à la peau brune qui rêvaient d'épouser un Marine de Fort Bragg.

Chapitre 6

Fayetteville, Caroline du Nord
1954

Elle aimerait qu'il puisse l'entendre dans le vent, l'entendre murmurer à son oreille, l'inviter à s'exprimer pleinement, ne pas se contenter de simples mots comme une couche de cirage sur sa douleur terne, mais qu'il parle aussi de son histoire et de sa faute afin de laisser place au soleil. Puis à l'amour.

Son transistor, une petite glacière en polystyrène pleine de glaçons, prête à accueillir les poissons qu'il pêcherait et à rafraîchir sa bière. Le crépitement de brume froide qui s'échappait de l'opercule d'une cannette fraîche. Sur le fond de sa langue, le goût de l'orge liquide d'un champ lointain. Il était chez lui dans des instants comme celui-ci. Ray Charles qui chantait ses désirs, « *I got a woman, that's good to me* », hochement de tête, claquements de doigts, chaleur, sardines, soleil et pêche, une bonne solitude. Les glaçons qui faisaient ruisseler la bière fraîche sur sa langue comme le soleil qui faisait fondre la neige à la cime des montagnes et laissait couler un fin torrent vers la vallée. Des ions positifs s'élevaient du courant rapide de la rivière jusqu'à la semelle de ses bottes sur le pont. Il pêchait, la main sur la canne en bambou, la ligne en nylon dans le cours d'eau. C'était son temple. Il était relié à tout, il était calme.

Ses premiers jours de mécanicien dans une station-service Texaco près de Fort Bragg lui avaient permis de se sentir à nouveau vivant. Il louait un mobile-home, il se rasait, il se lavait et se récurait chaque matin, il était heureux que son statut militaire et le respect qu'il inspirait l'aient suivi en Caroline du Nord sans les boulets qu'il traînait. « James, Lenard, Old Deddy, Yudam-ni, allez tous vous faire foutre ! » Et il commença une nouvelle vie, embarquant dans son voyage les vérités de son enfance enfouies au plus profond de lui-même.

Chaque jour avant de quitter le travail, il ôtait sa combinaison grise tachée d'huile, enfilait un polo et un pantalon qu'il avait roulés avec un soin militaire et rangés dans son casier au début de son service matinal. Le bus le déposait dans Ramsey Street où il entrait d'un pas fier dans l'épicerie du coin et achetait un paquet de cigarettes Kools, une livre de jambon en tranches, un sachet de pain de mie Wonder Bread, quelques conserves de sardines et un pack de six bières Michelob.

Deux jeunes femmes étaient accoudées à la rambarde de leur porche, deux filles qui n'étaient pas censées prêter attention aux garçons rebelles des mauvais quartiers. Rebecca et sa sœur Beverly avaient dix-huit et dix-neuf ans mais leur père les traitait comme des jumelles. Elles avaient la peau couleur caramel, Rebecca affichait un léger sourire taquin, Beverly, un sourire plus large et entendu. Bennie avait remarqué Rebecca, pas sa sœur. Elle portait une robe en coton bleu sans manche qui lui évoquait un vague souvenir et qu'elle assortissait d'un châle quand elle allait à l'église.

— L'est où ton père, ma jolie ? lui cria Bennie en jetant sa Kool à demi-fumée au milieu du chiendent qui poussait dans les fissures du trottoir de Colonial Drive.

— Mon père est pas là. Pourquoi ? Tu veux venir discuter un peu avec nous ?

Elle lâcha un rire cristallin et sa sœur aînée l'imita avec moins d'enthousiasme. Leur père, Thomas Jemison, était un homme indépendant qui passait ses journées à forer des puits et des fosses septiques dans les nouvelles maisons de Fayetteville, et qui creusait à titre bénévole les fosses au cimetière de son église où les membres de la congrégation étaient enterrés. On lui avait refusé le prêt bancaire réservé aux vétérans qui lui aurait permis d'acheter sa maison, si bien qu'il avait creusé assez de tombes et de trous à merde pour acheter comptant leur vieille masure. Ses filles étaient destinées à faire leurs études au département d'éducation de l'Université de Fayetteville. Il aurait battu Bennie à mort, lui ou n'importe quel autre mécano, s'il les avait surpris en train de flirter avec ses filles. Il aurait toléré un vétéran comme lui, qui allait régulièrement à l'église, à la rigueur. Mais un gars comme Bennie, jamais de la vie.

Bennie lâcha un petit rire, fourra la main dans sa poche puis lui lança quelque chose. Un coquillage qu'il avait ramassé le jour où il avait pris le bus pour Virginia Beach et qu'il avait arpenté la plage jusqu'au coucher du soleil, laissant les vagues et l'écume emporter sa douleur juste avant une nuit de beuverie et de bagarre.

Rebecca l'attrapa au vol.

— Mec, c'est quoi ça, un caillou de fiançailles ?

Beverly et elle s'esclaffèrent, et il continua son chemin en sifflotant, une main dans la poche, l'autre bras portant son sachet en papier brun, se répétant qu'il aurait cette nana. *Que James et Lenard continuent à louer le Seigneur, moi j'ai prévu de vivre comme jamais aucun Noir n'a jamais vécu dans le Mississippi ou à Saint-Louis.*

Rebecca jouait du piano chaque dimanche à l'église baptiste à l'angle de Ramsey et de Colonial. « Accrochez-vous à vos filles », prêchait le révérend Boller, comme si son visage brun et rond dégoulinant de sueur sentait la présence des hommes rentrés de Corée, des vétérans brisés qui projetaient désormais leur ombre sur les jeunes femmes de la congrégation. « Accrochez-vous à vos filles », prêchait-il à leurs pères et à leurs mères. Il s'essuyait le visage avec son mouchoir et Rebecca ne l'écoutait pas tandis qu'elle jouait doucement la mélodie de *Walk the Streets of Glory*, accompagnant les paroles du révérend comme si elle jouait une chanson d'amour. Elle rêvait éveillée, elle s'imaginait debout devant la chaire aux côtés du Marine qu'elle voyait chaque jour. Quelque part dans son cœur elle savait qu'il n'était qu'une version déformée de lui-même, mais le cœur est constellé de crevasses obscures qui attendent simplement d'être colmatées par d'autres illusions vaines – un asphalte noir que viendront combler davantage de graviers et de goudron.

Depuis sa chaire, le révérend Boller avait prêché « Accrochez-vous à vos filles, frère Jemison » le jour où les fillettes de six et sept ans, assises de chaque côté de leur père, pleuraient sur ses genoux. Le visage de leur mère, couvert d'une épaisse couche de maquillage d'une mauvaise nuance de brun, dépassait du cercueil en pin verni qu'on abaisserait bientôt dans une fosse plus profonde que les autres, creusée par les mains de leur père, assez profonde pour empêcher les germes de la tuberculose de traverser les parois de ses poumons et de contaminer la communauté. Rebecca jouait du piano, sourire aux lèvres, imaginant sa vie sous le nom de Madame Bennie, Madame Benjamin Lee.

La journée suivante débuta comme n'importe quel lundi dans Colonial Drive. Le soleil se leva sur la rivière au bout du quartier. Les enfants, petits et bruns, ou grands adolescents portant les promesses ou les inquiétudes dans chacun de leur pas, arpentaient la route nouvellement goudronnée vers Ramsey Street où ils traversaient, puis tournaient à gauche ou à droite suivant leur classe. Leurs parents, souvent isolés et élevant seuls leurs enfants, déposaient un baiser sur la main d'un aïeul qu'on laissait à la maison pour la journée, ou jetaient les restes de nourriture aux chiens avant de partir vers leur emploi domestique ou agricole. Ils marchaient à vive allure car ils avaient peu de choix : être miséreux et plein de regrets, ou plein d'espoir, le regard tourné vers la prospérité que l'on récolte, un sillon de terre après l'autre.

Ce lundi matin, les mains terreuses de Thomas Jemison tenaient contre ses paumes les manettes rondes de la tractopelle. Il poussait et tirait, sans écouter les avertissements des muscles tendus dans sa poitrine, sans se laisser décourager.

Il était indépendant, il avait deux adolescentes à envoyer à l'université. S'il ne le faisait pas, personne d'autre ne s'en chargerait. Mais le cycle régulier des levers et des couchers de soleil, les vingt-huit nuits de lune ne savent rien faire d'autre que de donner la vie et la reprendre à la prochaine marée descendante. Son cœur cessa de battre et il tomba tête la première dans le trou qu'il venait de creuser pour installer une nouvelle fosse septique chez son voisin.

Deux mois après les funérailles de Thomas Jemison, Rebecca et Beverly étaient assises sur le porche à l'ombre des larges feuilles de tabac du voisin, une feuille et un crayon à la main. Elles étaient à deux semaines de commencer les cours à l'université de Fayetteville. Beverly portait la robe d'un jaune éclatant de sa sœur, qui la faisait remarquer bien plus qu'elle ne le souhaitait. Elles n'avaient pas eu le temps de s'occuper de la lessive, avec le chagrin et le deuil qui les avaient tant accaparées. Beverly faisait des calculs afin de savoir si sa sœur et elle avaient les moyens, en tant qu'héritières de la maison, d'en payer les impôts. Rebecca calculait ses chances de mettre le grappin sur le Marine à demi-ivre quand il passerait devant elle, trempé de sueur, les doigts encore noirs d'avoir changé les filtres à huile. Elles cherchaient toutes deux désespérément à sauver leur maison, menacée d'être mise aux enchères si elles ne parvenaient pas à payer les sommes exigées.

Parfois, les rescapés d'une guerre travaillent d'arrache-pied afin de ne pas provoquer le diable. Thomas Jemison avait passé toute sa vie d'adulte à mener cette stratégie de non-provocation, mais sa mort réveilla des démons au visage rougeaud depuis longtemps convaincus qu'il était acceptable, au nom de leurs ancêtres, de voler les terres que leurs aïeux avaient déjà volées avant eux. La mort d'un propriétaire noir résonnait comme les mégaphones chinois qui hurlaient aux soldats sur le champ de bataille de quitter l'abri de leurs tranchées.

Ce jour-là, un vent sec balayait les rues de Fayetteville ; il portait les gaz d'échappement du bus qui caressaient les poils sur les bras de Bennie. Il bruissait et donnait vie aux minuscules feuilles de chêne froissées qui tournoyaient sur le trottoir. « Rentre à la maison », l'avertit-il, mais Bennie ne se hâta pas chez lui, il ne longea pas le porche de Rebecca et de Beverly en direction de son mobile-home rouillé près du lierre entremêlé en bordure de rivière. Bennie essaya plutôt de faire taire la voix en franchissant la porte d'un bar qui donnait dans une ruelle derrière l'épicerie du coin. « Rentre à la maison ! », entendit-il à nouveau, et il s'obligea à se concentrer sur l'endroit où il se trouvait, une pièce humide à l'arrière de l'établissement où il acheta la nouvelle drogue en poudre blanche qu'ils saupoudraient sur les joints de marijuana qu'ils roulaient pour les Marines.

Il se laissa aller loin de la voix puissante, vers un soulagement couleur turquoise, une lumière dans le ciel au-dessus d'un étang juste avant l'aube. Tandis qu'il planait, il aperçut des taches bleues et noires pareilles à des ailes de libellules et aux boucles sombres de sa mère. Pendant ce temps, les deux sœurs s'efforçaient de planifier leur avenir.

Depuis le sommet de Colonial Drive, à l'endroit où la circulation dense dans Ramsey Street dissimulait les habitants en bas de la rue et les empêchait d'être témoins, trois hommes blancs attendaient, eux qui avaient déjà acheté et commencé d'aménager tous les lopins de l'autre côté de Ramsey Street. Leurs têtes cachées sous des taies d'oreiller se découpaient derrière les vitres de la Chevy rouge et beige dont Bennie avait changé les pneus et le filtre à huile la veille. Derrière eux, une note grave s'échappa de la nouvelle église baptiste en briques rouges réservée aux Blancs, la même note qui s'échappait des cordes à moitié rouillées du piano de l'église baptiste réservée aux Noirs devant laquelle ils patientaient. Dans la lumière du vitrail sous lequel le révérend Boller avait conseillé, comme un mauvais augure, de s'accrocher à ses filles, le conducteur anonyme relâcha l'embrayage de la voiture.

Plus tôt dans la journée, assis chez le barbier pour Blancs, ils avaient tendu l'oreille et écouté les ragots sur la propriété de Jemison qui allait être léguée à sa descendance. La circulation dans Ramsey Street grondait derrière eux, ils s'inclinèrent en avant, leur souffle audible sous le tissu des taies blanc crème alors qu'ils descendaient Colonial Drive. Ils arrivèrent à proximité de la maison à bardeaux de bois où étaient assises deux femmes à la peau brune, une en robe jaune, l'autre en noir. Ils se penchèrent par les vitres et hurlèrent « Sales putes nègres ! » et tirèrent deux fois. Alentour, les porches se vidèrent de leurs occupants, les portes moustiquaires claquèrent. Les pneus de la voiture crissèrent et tournèrent au bout de la rue. Les balles tournoyèrent côte à côte, fonçant vers les deux sœurs. L'esprit se tenait à l'embranchement sur la route et sanglotait en choisissant celle qui accueillerait l'esprit-fillette, l'hôte qui porterait le nouveau bébé de la famille. Une balle s'enfonça droit dans le cœur de Beverly ; la robe jaune, la cible la plus facile à viser pour un assaillant en mouvement. Comme certains coquelicots qui virent du jaune au rouge, une fleur s'épanouit soudain sur sa poitrine. La trajectoire de l'autre balle changea sous la force d'une rafale soufflée par l'esprit, faisant exploser la fenêtre du salon.

— Papa !

Rebecca prit le corps inerte de sa sœur dans ses bras et hurla, tandis que le moteur grondant de la Chevy toussait et crachait de la fumée après le changement d'huile négligent de Bennie. Le conducteur, le passager et le tireur qui avait arraché la vie d'une héritière et manqué celle de l'autre, foncèrent dans Ramsey. Dans le sillage de leurs ancêtres, ils inversèrent le cours du jour et de la nuit dans le cœur et l'esprit des enfants qui s'agitaient entre les parois fendues de leur maison.

Bennie descendait Colonial Drive et quand il découvrit Beverly sans vie, les effets de la drogue se dissipèrent assez pour qu'il la prenne dans ses bras et beugle « Infirmier, infirmier ! » comme s'il tenait un Marine blessé sur un flanc de montagne gelé, perdant presque la tête, serrant contre lui un camarade qui risquait de mourir d'hémorragie avant l'arrivée des secours.

Cet été-là, Rebecca et lui se tenaient par la main face au révérend Boller dont les yeux débordaient de tristesse devant ses ouailles pour qui aucune porte ne s'ouvrait jamais. Il se mordit la lèvre et lut les versets qui uniraient ces deux moitiés blessées.

Trois jours avant la fête nationale du 4 juillet, un jour avant la mise aux enchères, sans rien dans les poches que des miettes de tabac et les coordonnées de l'emplacement de la tombe de Thomas Jemison griffonnées sur un papier froissé, ils montèrent dans un bus en direction du tribunal, payèrent les impôts exigés grâce au salaire de Texaco et aux fonds de collecte de la paroisse.

Ses cauchemars de pieds gelés transpercés d'une douleur acérée sur la montagne cessèrent. Cessèrent aussi les rêves réalistes où il sentait quelque chose lui écraser la poitrine jusqu'à lui couper la respiration, où il se rendait soudain compte qu'il était enterré vivant. La lumière s'alluma dans son cœur et il émergea de son univers souterrain. Aucun d'eux ne savait que leur amour n'était qu'un chagrin en rémission.

Pendant un temps, par habitude, il se tournait vers la marijuana mélangée à de la PCP en songeant, *J'en ai besoin, non ?* Puis il oublia la drogue, fumait ses Kools, buvait une ou deux bières comme n'importe quel homme. Son regard se faisait moins vitreux, sa barbe poussait et il la taillait soigneusement, il sentait ses muscles bandés autour de la haute structure de son corps, capable de soutenir son propre poids, il se sentait fier et entier, comme un homme ressuscité.

Durant la période de gestation où une vie nouvelle grandissait dans le ventre de Rebecca, il pensait que le passé ne pouvait pas l'atteindre, lui qui s'était retiré sur la côte atlantique, dans un coin reculé du Sud avec sa jeune épouse. Homme d'une maison en règle devant les impôts et l'administration, un enfant en route. Les serpents qui flottaient au-dessus de sa tête comme des décharges électriques interférant avec les signaux de son cerveau se dissipèrent.

L'amour, c'était quand Rebecca le serrait contre elle. Le corps de Bennie se souvenait de quelque chose, puis son cerveau à son tour, puis son cœur, le contact des genoux maternels contre ses épaules, le réconfort interrompu par le fouet qui avait déchiré les chairs de la mère et du fils.

L'amour, c'était quand Rebecca le serrait contre elle. Sous les caresses de Bennie, elle s'écarta des berges du chagrin, de cet instant où la tristesse vous mène au bord de l'eau, chancelant, vous fait oublier la vie et ses sensations, vous empêche de ressentir le froid ou la brûlure de l'eau dans vos poumons. Quand elle le serrait contre elle, elle savait qu'elle ne suivrait pas son père dans la mort. En l'absence de son père, elle était réconfortée par l'odeur musquée de Bennie, la rugosité de ses mains juste assez calleuses qui tentaient de les tirer tous deux vers le haut.

Réconfortés. Sauf quand ils s'agaçaient mutuellement, empêtrés dans le deuil maladroit de ceux qui les avaient abandonnés.

— Tu peux pas te souvenir de sortir cette foutue poubelle ?

— Tu peux arrêter d'être tout le temps sur mon dos et me laisser une minute tranquille ?

— Négro, y a personne sur ton dos. T'as jamais besoin de penser à rien, tu fais que changer les filtres à huile des voitures.

— Et toi, qu'est-ce qui te fait croire que tu vaux mieux que moi ? Y a aucun autre négro qui voudrait de ton cul maigrichon.

Puis le silence entre eux, qu'aucun ne pouvait supporter. Et les promesses qu'aucun ne pouvait tenir : je serai le jeune Noir intelligent et instruit que tu as toujours voulu ; je serai la jeune femme au foyer, noire et dévouée. Puis l'explosion de leurs désirs intenses, laissant leur existence suspendue dans l'orgasme jusqu'à ce que la première graine soit fertilisée.

L'esprit se lovait dans le soleil, au creux des gouttes de pluie qui tombaient derrière leur fenêtre quand ils faisaient l'amour. Elle poussa un soupir de satisfaction, comme une mère qui songe que ses larmes tariront enfin, que l'attente aura peut-être porté ses fruits.

Et l'infirmière noire véhémente à la maternité du comté essuya le sang et le mucus sur le corps du nourrisson, puis jura au-dessus de sa tête.

— Seigneur, Dieu du ciel. Comme si on avait besoin d'un autre enfant noir dans cette ville.

Quand ils rentrèrent avec la petite âme, la maison sembla se refermer autour d'eux pour enlacer l'enfant, comme si les murs étaient toutes les grands-mères qui s'étaient penchées depuis la nuit des temps sur d'innombrables berceaux, contemplant l'enfant qui s'apprêtait à reprendre le flambeau de leur parole et de leur œuvre.

Deux mois après la naissance de Benjamin Junior, Bennie mit son chapeau noir un dimanche matin.

— Je t'avais bien dit que ce serait un garçon, se vanta-t-il. C'est mon petit négro.

Rebecca ne le contredit pas mais songea avec insolence que son négro savait que dalle.

Bennie et Rebecca imitèrent les catholiques et amenèrent leur nouveau-né vêtu d'un bonnet, d'un gilet et de chaussons en laine bleue. Rebecca demanda au révérend Boller de ne pas attendre que l'enfant puisse consentir, mais de l'éclabousser des eaux saintes du baptême juste après que son âme fut entrée dans ce monde.

Bennie vit son reflet dans l'eau du baptistère, tête nue, en chemise blanche et costume bleu. Rebecca, dans sa robe rose, sa veste blanche et son petit chapeau à voilette. Il vit son bébé, délicat paquet emmailloté de fleurs bleues entre ses bras. Le révérend se pencha dans sa robe noire, son corps rond et solide. Bennie sentit. Il sentit la neige fondre sur la montagne Yudam-ni, il sentit les cicatrices du fouet d'Old Deddy qui s'entrecroisaient sur son cœur comme des barbelés s'aplanir sous leur chéloïde protectrice.

— Au nom du Père, du Fils et du Saint-Esprit, une psalmodie qui attira un esprit capable de maintenir leur fils dans cette vie-là.

Dehors, autour de l'église, le matin printanier était fidèle à la saison – du soleil et des averses passagères, et le vert éclatant des feuilles naissantes, le fuchsia des fleurs de cornouiller. Bennie huma le parfum de la pluie sur l'asphalte qui sifflait sous les pneus des voitures dans Ramsey Street. Il emplit ses poumons de l'épais pollen de pin taeda qui récurait doucement le napalm couleur rouille sur la paroi de ses organes. Il sentait l'amour, et c'était étrange, mais il était heureux.

Et l'esprit se reposa, elle se souvint que la liberté est plus facile à trouver avec un compagnon, mais elle oublia que si la liberté est travestie, les compagnons se dirigent droit vers l'enfer. Si elle baissait la garde, si elle oubliait que les mères noires doivent toujours guetter le diable protéiforme tapi dans le corps de leurs enfants – le diable né de cette conviction que la liberté et la fuite ne sont pas des options –, alors les lacérations, les blessures par balles, les brûlures de la corde dont elle espère les sauver planeront comme des mauvais présages sur leur bonheur éphémère.

PARTIE II

Le fils

Chapitre 7

Fayetteville, Caroline du Nord
1960

Avant qu'une divinité naisse, il faut d'abord que naisse son protecteur. « Acceptes-tu de me donner asile ? Moi, et tout ce que je suis, tout ce que je dois accomplir ? » Et quand la réponse est « Oui », ils deviennent une vie entière, un pacte sacré.

Le jour du sixième anniversaire de B.J., Rebecca s'activait à préparer des sandwichs dans la cuisine avant l'aube. Ses chaussons glissaient sans bruit sur le lino poussiéreux. B.J. la suivait en chuchotant car elle lui avait dit de ne pas faire de bruit et de laisser Bennie dormir.

— Maman, elle est loin, la plage ? C'est comme un grand coin de pêche ?

— Chut, tais-toi un peu.

— Et papa, il va pêcher ?

— Mon garçon, je t'ai dit de te taire.

Dans la pièce voisine, les longues jambes de Bennie s'agitaient et s'agitaient sous la couverture comme deux baguettes noires remuant des nouilles glissantes. Quand le soleil vint réchauffer la cuisine, B.J. sut qu'il était trop tard pour aller à la plage. Il s'assit sur les marches à l'arrière de la maison et écouta Sheila, la petite voisine, la fille de M. Tunnelson, qui ne venait voir son père qu'à l'été. Elle chantait d'une voix libérée, à propos de quoi, il l'ignorait, mais le vent estival soufflait dans les feuillages, portant avec lui chaleur et ennui, et B.J. voulait jouer avec elle. Rebecca lui disait toujours « On ne va pas dans les maisons des voisins », aussi dut-il attendre de voir si elle apparaissait entre les plants de tabac de M. Tunnelson.

Quand il aperçut les deux chignons duveteux en afro de son amie, coiffée par son père, il s'éloigna de sa mère qui mélangeait le sel gemme aux glaçons pour préparer sa crème glacée d'anniversaire. Dans son pantalon coupé en short, il galopa après elle sur ses petites jambes potelées et tous d'eux s'élancèrent dans une course pleine de sueur, de mouches et de moustiques, partageant un moment de jeu comme seuls peuvent le faire des enfants de six ans par une matinée étouffante de juillet.

Dans le champ de tabac urbain de M. Tunnelson, ils couraient entre les longues rangées, lâchant ce que Sheila appelait des bruits de jungle. Des bruits que son père l'autorisait à émettre, mais des bruits que Bennie ne tolérait pas dans sa maison, surtout quand il dormait, des bruits qui risquaient de réveiller en lui l'envie de flanquer une raclée à Rebecca et B.J., comme s'ils lui appartenaient et qu'il pouvait les fouetter à sa guise. Les hurlements de Sheila et de B.J.

augmentaient à chaque fois qu'ils atteignaient l'extrémité d'une rangée et qu'ils s'affalaient contre le grillage métallique du jardin de B.J. Un amusement qui lui soulevait la poitrine et le secouait de rire, dégageant le mucus logé dans ses poumons depuis sa naissance.

Quand Bennie se réveilla, il était trop tard pour aller à la plage, mais il emmena son fils à un kilomètre de l'autre côté de la voie ferrée, où il pêchait dans le courant puissant de la rivière Cape Fear. Son but était de rester immobile et silencieux, sa canne dans l'eau, à regarder l'eau boueuse passer sans rien entendre, juste pêcher. C'était la seule chose qui le calmait et l'équilibrait, à l'exception de la liqueur brune et des joints à la PCP. Il avait apporté son transistor, antenne dressée, prêt à écouter un match. Il voulait que son fils s'amuse mais il avait mis son cœur sous scellé afin d'empêcher l'enfant ou quiconque de le déranger dans l'unique endroit où il n'était pas obligé de contenir, de supporter, ou de chasser les démons qui envahissaient sa tête. La glacière rouge et usée avec ses packs de bière, ses glaçons et ses appâts de pêche était posée sur le pont, comme un foyer rassurant loin de chez lui. Un érable tendait ses branches et offrait une maigre parcelle d'ombre, comme s'il était de son devoir de fournir une canopée protectrice. Et assis sur le pont en ciment, son fils balançait dans le vide ses jambes couturées de plaies.

Bennie avait flanqué une bonne raclée à B.J. avant de quitter la maison, afin de lui montrer ce qui l'attendait s'il ne se tenait pas tranquille, autrement dit s'il ne restait pas assis en silence à pêcher. Il avait donné la même raclée à Rebecca avant que B.J. revienne de son escapade. « C'est ta putain de faute, s'il se tient mal. Personne ne veut d'une femme qu'est pas capable d'apprendre à ses mômes à se tenir correctement. »

Les raclées incitaient Rebecca à bien réfléchir avant de jeter un regard en coin vers un autre homme. Pour B.J., la raclée annonçait les bâtonnets de glace que son père lui achèterait s'il était sage. Mais ils risqueraient tous les deux une nouvelle raclée s'ils s'avisaient de troubler sa tranquillité. Bennie pensait expliquer ainsi à son fils que ces moments lui rappelaient les rares instants bénis en compagnie de son petit frère Lenard, la paix loin d'Old Deddy, mais il défendait sa tranquillité par la force et, après la raclée, il avait dit à son fils « La pêche, c'est pour les hommes qui savent être silencieux, pas pour les femmelettes qui passent leur temps à geindre », puis il avait ajouté « Joyeux anniversaire, mon petit négro. Allez, on y va ».

Avant qu'ils partent, Rebecca avait badigeonné les petites jambes de B.J. de peroxyde là où, sous la sueur, les lacérations commençaient déjà à gonfler. B.J., qui ne connaissait rien d'autre, appréciait comme un cadeau les soins réconfortants de sa maman et l'attention agressive de son papa. Rebecca le câlina et le rassura car c'était le premier jour où, les regardant partir, elle chercherait elle-même une porte de sortie à son propre malheur.

Après son premier jour d'école, B.J. ne demanda pas à sa mère les raisons de son absence. Il ouvrit la porte moustiquaire et s'élança dans la cuisine, où ne flottaient ni l'odeur de bacon ni le parfum d'eau de rose maternel.

— Maman !

Il courut dans leur chambre, personne. La maison s'étirait autour de lui comme les murs et le plafond du grand magasin J.C. Penney, par une journée qui s'annonçait pourtant si prometteuse. La semaine précédente, Rebecca et lui avaient enfilé leurs plus beaux habits, et sa mère l'avait emmené dans Hayes Street où elle comptait lui acheter le nécessaire pour sa première rentrée d'école. Il était excité à l'idée de s'habiller comme les enfants assis derrière Buffalo Bob Smith dans l'émission télévisée *Howdy Doody*. Rebecca, elle, voulait retrouver cette liberté qu'elle n'avait plus connue depuis l'adolescence. Elle fouillait dans le bac des soldes, en quête d'un jean noir et d'un pull à col roulé.

Assis par terre dans le grand magasin près du bac de vêtements, il faisait danser et chanter ses deux figurines GI Joe, « *Betcha goin' fishin' all yo time, baby goin' fishing too. Bet yo life, yo sweet life, I'm gonna catch mo fish than you.* » Il ne se souvenait pas où il avait appris cette chanson mais c'était sa préférée. Les jambes brunes de Rebecca dans ses collants, son parfum d'eau de rose et sa voix étouffée au milieu des vêtements lui apportaient un grand réconfort, comme celui qu'il éprouvait à s'appuyer à la jambe de Bennie sur le pont où ils pêchaient, ou à regarder les jambes de sa mère évoluer dans la cuisine pendant qu'il jouait sous la table.

Depuis le fond du bac à vêtements, elle lui avait demandé :

— Qu'est-ce que tu chantes, petit bonhomme ?

— 'Sais pas.

Puis il avait entendu la voix maternelle s'écarter du bac et s'adresser à quelqu'un : « Hé, salut, comment tu vas ? » Il avait senti l'absence des jambes de Rebecca. Il s'était levé.

— Maman ?

Mais ses ballerines beiges aux talons usés avaient disparu, et elle avec. La lumière des néons l'avait enveloppé, les notes d'un piano d'ambiance. Il avait regardé derrière le bac, observé les gens et le magasin qui s'étirait à l'infini. Il avait serré dans ses mains les petits soldats en plastique et gémi « Maman », jusqu'à sentir la main de Rebecca sur son bras.

— Hé, gamin, j'étais juste là, je parlais à quelqu'un. On dirait que je t'ai abandonné dans la jungle ou je sais pas quoi.

Assis à la table de la cuisine, vêtu du pull à col roulé et du jean noir achetés à J.C. Penney, B.J. écoutait la maison. Il balançait ses jambes et chantait *Fishing Blues*. Il avait si hâte de raconter sa journée d'école à Rebecca, comment il avait appris cette mélodie aux autres enfants alors qu'ils étaient réunis pour le cercle de chansons. Le son de sa propre voix aidait à maintenir la maison à une taille rassurante, aidait à faire revivre le souvenir des enfants assis en cercle, aidait à avaler le silence.

Ce fut la première fois que B.J. entendit la voix, cette même voix qui avait crié « Cours ! » à son père sur la montagne de Yudam-ni, face aux fantassins chinois. C'était une voix douce qui lui répondit en chanson. « *Bet yo life, yo sweet life, gonna catch more fish than you.* » Il resta assis là sans déranger l'esprit, il balança ses jambes comme si elles trempaient dans l'eau de la rivière et sa curieuse résistance liquide. Il chanta à nouveau, ses petites lèvres dirigées vers le plafond, « *Any fish bite if ya got good bait* », et il attendit. Mais un bruit de pas rapides et pressés retentit sur les marches à l'arrière de la maison et l'esprit le laissa seul.

Rebecca entra en trombe derrière lui comme si elle avait manqué un bus à quelques secondes près.

— Salut, petit bonhomme. Ouh là, désolée, je suis un peu en retard. Allez, je range les courses et je prépare le dîner.

Elle était différente. Ses cheveux, généralement coiffés en deux tresses africaines épaisses et laineuses rassemblées sur sa nuque, étaient désormais lisses, sa mèche plaquée sur le côté. Sa mère grande et mince, changée en mannequin grand et mince.

B.J. se mit debout sur une chaise et inspecta le contenu du sac de courses dans l'espoir d'y trouver une friandise. Il contempla les aliments qu'ils n'avaient généralement pas les moyens d'acheter – une tranche de steak sur une plaque de polystyrène blanc, une douzaine d'œufs, de la crème pour son café et une boîte entière de glaces à l'eau pour lui. Plutôt que d'être ravi de toutes ces nouveautés, il s'inquiéta des articles habituels :

— Et la bière de papa ? Et la couenne de porc ?

Rebecca se tourna vers son fils et fronça les sourcils. Il gâchait sa bonne humeur, comme son père la lui gâchait quand, adolescente, il l'interrogeait : « Où est-ce que tu étais, jeune fille ? Je ne te le demanderai pas deux fois. » Et elle entendait alors sa sœur Beverly, plus âgée et plus raisonnable, répondre : « Je l'ai envoyée à l'épicerie mais ils n'avaient plus de margarine Crisco. » Un mensonge pour protéger Rebecca qui faisait des allers-retours réguliers à l'épicerie du coin dans l'espoir d'attirer le regard d'un Marine.

La chaise où B.J. se tenait d'un air maladroit en observant l'attitude inhabituelle de sa mère chancela et menaça de le jeter à terre. Il sauta et saisit sur elle une odeur de sueur inconnue. Un agacement primitif lui tira grimaces et gémissements à chaque pas qu'il fit vers le salon, où il ponctua son mécontentement en s'asseyant lourdement sur le sol.

— Je veux regarder *Howdy Doody* !

Rebecca entra derrière lui dans le salon, le pas lourd elle aussi, et elle appuya sur le bouton de la télé neuve. Le torse de B.J. sembla s'affaisser comme le faisait sa cage thoracique de nourrisson lorsqu'il pleurait dans son berceau et quémandait le lait de sa mère pendant qu'elle se disputait avec Bennie. Envahi de fatigue et d'un sentiment de rejet maternel, il se mit à sangloter bruyamment dans le salon.

Rebecca l'empoigna par son bras potelé, ses ongles parfaitement manucurés lui percèrent presque la peau. Elle le traîna derrière elle et éteignit la télé.

— Tais-toi ! Tu m'entends ?! Tu veux regarder la télé ? Alors arrête de chialer comme ça !

Elle retourna dans la cuisine à grandes enjambées, ses talons résonnant dans le vide sanitaire sous la maison, tirant à B.J. d'autres larmes et de profondes inspirations, sans expiration. Elle lui fourra une glace à la cerise dans la bouche. Le papier d'emballage autour du bâtonnet absorbait les gouttes sucrées qui fondaient et se mêlaient à la morve.

— Bon, et maintenant, tu restes assis en silence comme les enfants sages derrière Buffalo Bob.

Quand le clown Clarabell se présenta à l'écran avec ses facéties qui lui tiraient des rires comme si le salon était rempli d'une multitude d'enfants, il avait déjà oublié l'absence de sa mère à son retour de l'école.

Toute la semaine, B.J. rentra à pied dans Colonial Drive avec ses camarades d'école, certains plus âgés, d'autres au cours préparatoire comme lui. Ils se séparaient les uns après les autres. Il quitta le groupe avant les deux frères qui marchaient jusqu'au bout du quartier, là où le chiendent camouflait les mobile-home rouillés. Il mit ses mains en visière et jeta un coup d'œil par les mailles métalliques de la moustiquaire avant d'entrer dans la cuisine, se demandant si sa mère était là, elle ou sa version adolescente enragée. La maison était vide.

Il ne songea pas à tirer une chaise pour appuyer sur l'interrupteur de la cuisine et repousser l'invasion des ombres en cette fin d'après-midi d'automne. Il traîna la lourde chaise en plastique et en métal jusqu'au frigo, se hissa sur la pointe des pieds et attrapa une glace tout au fond du congélateur où Rebecca les avait poussées au-delà du givre épais qui se formait sur les parois, et hors de portée du garçon dont les bourrelets de l'enfance semblaient grandir avec lui. Il obéit au dernier ordre qu'elle lui avait donné quelques jours plus tôt et s'assit sur le sol du salon, devant la télé. C'était un vendredi, Rebecca rentra à la fin de l'émission et leur soirée ordinaire débuta.

Le samedi matin, il se réveilla dans une maison déserte. Il ne s'était encore jamais réveillé dans une telle solitude. Leur lit était vide, le parfum de leur sueur émanait des couvertures emmêlées. Il se rendit à la cuisine, sentit son cerveau tourner et se concentrer tandis qu'il tirait la chaise jusqu'au congélateur, sortait une glace et restait planté là, perdu au milieu de la pièce, cherchant à se réconforter. Il entendit soudain le doux chant de l'esprit le cajoler et l'encourager à trouver une échappatoire à sa solitude : « C'est l'heure de *Howdy Doody*. C'est l'heure de *Howdy Doody*. » Il alla dans le salon de la même manière qu'il allait s'asseoir sur le tapis quand sa maîtresse chantait : « C'est l'heure de la musique. C'est l'heure de la musique. » Il oublia le vide de la maison quand, enchanté, il vit apparaître à l'écran le visage souriant de la marionnette constellé de taches de rousseur, en ce samedi matin comme après l'école, et il resta là dans un ravissement absolu, devant le paon aux couleurs vives, bien que leur télé n'affiche que des nuances de gris, de noir et de blanc.

Buffalo Bob s'approcha de l'écran. Il s'adressa aux filles et aux garçons chez eux, d'un ton plus lent et plus solennel qu'à son habitude.

— Salut les enfants. Bon, c'est l'émission numéro deux mille trois cent quarante-trois de *Howdy Doody*.

B.J. cessa de sucer sa glace et, dans son pyjama en flanelle, il se rapprocha de la télé en glissant sur ses fesses.

— Et, les enfants, c'est aussi notre toute dernière émission de *Howdy Dowdy*.

B.J. comprit le mot « dernier ». À l'école, ils avaient appris « premier », « deuxième » et « dernier ». Après « dernier », il n'y avait plus rien.

Il s'approcha encore davantage, bien plus près qu'il n'y était autorisé, et il regarda l'épisode entier, plus long d'une heure entière à cette occasion, il le savoura comme il savourait la glace sucrée qui imbibait le papier d'emballage. Il lapa lentement le sirop en regardant même les publicités pour les céréales Honey Wheat qui le poussaient d'habitude à s'agiter et à gémir d'inquiétude.

Le bourdonnement du ventilateur sur le rebord de la fenêtre accéléra et le berça. Dans cet espace juste avant que ses paupières papillonnent et ferment, il entendit l'esprit affectueux lui chanter *Fishing Blues*.

Il agita la main dans l'air du salon qui passa d'une fraîcheur matinale d'automne à une chaleur étouffante d'après-midi. B.J. fit la moue, « Arrête, laisse-moi tranquille », comme un enfant qui se languit de sa mère et qu'on essaie de distraire en l'invitant à jouer. Il voulait que tout reprenne son cours, même si cela impliquait des ecchymoses et des pans de peaux lacérés. Dans son cerveau de petit garçon, sa mère bouleversait l'ordre familial, et il ne voulait pas sentir l'odeur de sueur de quelqu'un d'autre sur ses mains, il n'aimait pas sa nouvelle coiffure ni ses ongles vernis.

Rebecca franchit bruyamment la porte à l'instant où l'émission se terminait et où B.J. sombrait dans une sieste d'après-midi baignée de tristesse. Il sanglota à chaudes larmes comme un minuscule fantôme furieux et Rebecca l'ignora. *Qu'il pleure jusqu'à épuisement. Qu'il aille jouer avec ses GI Joe dans le chiendent du jardin jusqu'à oublier son chagrin.* Mais il n'oublia rien.

Le soir, il retourna une vieille liste de courses. Il agrippa son crayon et, concentré, écrivit les mots qu'il avait appris en classe. Sa mère était assise sous l'ampoule nue au-dessus de la table de la cuisine et fumait une cigarette de Bennie. Il écrivit :

Papa, maman été pas la kan je suis rentré de l'école. Maman été pas la ojourdui.

« Non ! » se mit à crier sa compagne de chant à travers toute la maison, mais il fit mine de ne rien entendre et déposa le mot sous la couette qui recouvrait l'oreiller de son père. Quand il vint jeter un coup d'œil à sa mère dans la cuisine, elle se tenait dans la lumière grise juste derrière la porte moustiquaire, lâchait des « hm hmm » comme si quelqu'un la réprimandait. Il entendit la voix grave et discrète de M. Tunnelson, leur voisin qui cultivait du tabac.

— Vous devez faire au mieux pour votre fils. Partez, s'il le faut, mais vous savez bien que votre papa n'aimerait pas vous voir traîner en douce avec un autre homme et commettre ce genre d'erreurs.

Sa voix avait la tonalité monotone et méditative des abeilles bourdonnant dans les fleurs de tabac. Son épouse était partie avec un autre homme et avait brisé leur famille en deux. Sa fille, Sheila, avait l'âge de B.J. et ne voyait son père qu'occasionnellement.

— Hm hmm. Ouais. Je sais bien. Hm hmm.

Rebecca, poignets croisés devant son bassin, aurait voulu dire, *Mais vous entendez comme il me bat, qu'est-ce que je suis censée faire, à part trouver un autre homme ?* Elle aurait voulu dire, *Votre femme, c'était une traînée, tout le monde le sait. Moi, j'ai besoin d'un homme qui m'éloigne de Bennie. C'est différent.* Au lieu de cela, elle écoutait cet homme à peine plus âgé qu'elle qui se comportait pourtant comme un père. À son retour de Corée, contrairement à Bennie, il s'était mis à travailler d'arrache-pied, restant dans le droit chemin. Elle l'avait connu toute sa vie et elle le respectait.

— Oui, monsieur. Je comprends.

M. Tunnelson ne parla pas tout de suite ; il la regarda, les yeux dissimulés dans l'ombre du porche sous la visière de sa casquette.

— Alors vous feriez mieux d'envisager de partir, plutôt que de rester et faire du mal à votre enfant.

Quand Rebecca vint chanter une berceuse à B.J. avant de dormir, « *He's got high hopes, he's got high hopes* », Bennie n'était pas encore rentré. Elle alluma un joint de Bennie mêlé de PCP, tira quelques bouffées pour se calmer les nerfs. Une lueur verte d'endorphines illumina la maison et l'apaisa, puis la voix monocorde de M. Tunnelson résonna dans sa tête. « Vous feriez mieux d'envisager de partir, plutôt que de rester et faire du mal à votre enfant. »

Elle alla se faire couler un bain sans cesser de fredonner, « *He's got high apple-pie-in-the-sky hopes* ». Se sentant jugée indigne des attentes de son père, elle laissa la honte s'échapper en un flot de larmes qui se diluèrent dans l'eau du bain. *Où est-ce que je suis censée aller ?*

B.J. fut réveillé quelques instants à peine après s'être endormi, quand il entendit le bain couler, quand il entendit sa mère renifler et se racler la gorge.

B.J. fut réveillé une deuxième fois par l'esprit, « Réveille-toi, réveille-toi », puis il entendit les pas de son père qui rentrait par la porte de derrière, il entendit la voix de Rebecca qui s'élevait puis chuchotait, essayait d'expliquer quelque chose, mais elle était interrompue par les aboiements graves de Bennie. Dans son sommeil, B.J. dépliait de petits papiers, des emballages de chewing-gum où l'on pouvait lire des devinettes et des blagues. Il était parfaitement éveillé quand elle cria, « Enfoiré ! Lâche-moi tout de suite ! » et que son corps heurta le mur derrière son lit d'enfant. B.J. courut jusqu'à la porte de leur chambre dans son pyjama où de minuscules cow-boys combattaient des Indiens, à l'endroit et à l'envers sur la flanelle. Il cogna à la porte pour qu'ils le laissent entrer.

— Maman ! Papa !

Mais ils n'entendaient pas sa petite voix, masquée par leur dispute et les chocs sourds de leurs corps contre les murs et le sol.

Quand Rebecca se releva avec peine et grimpa dans le lit, Bennie tituba et s'approcha d'elle en riant. Dans sa tête se mêlait un brouillard de musique et des cris de leur fils qui tambourinait à la porte. L'alcool dans le corps de Bennie et la marijuana dans celui de Rebecca attirèrent les deux âmes vers le plaisir, juste au seuil de la douleur. Il la pénétra et donna des coups de reins jusqu'à ce qu'ils jouissent et s'assoupissent dans un ultime soupir simultané. Tous trois, plongés dans un silence de mort, B.J. endormi à même le sol dans le couloir, ses parents épuisés dans le lit.

Ils dormirent comme des gardiens enivrés, ignorant qu'à l'instant où un spermatozoïde était entré en collision avec un ovule, ils avaient reçu la visite de celle qui avait attendu en sommeil le jour où elle pourrait s'incarner en chair et en os. Elle se blottit contre la paroi utérine de Rebecca, se laissa pousser des branchies qui deviendraient une gorge à travers laquelle elle raconterait la vérité de leurs existences.

Quatre mois s'écoulèrent, assez de temps à la lune pour effectuer ses quatre cycles autour de la fillette qui grandissait et se développait en forme de petite sœur à peine plus grosse qu'une patate douce, avec des yeux et des mains qui professaient déjà dans le sanctuaire du corps de Rebecca. C'était le matin de Pâques, mais B.J. et Rebecca ne se rendirent pas à leur église baptiste de Fayetteville où le révérend Boller prêchait toujours en épongeant la sueur de son front et postillonnait tous les dimanches, où la congrégation chantait les cantiques habituels. Ils allèrent à l'église pentecôtiste où personne n'interrogerait Rebecca sur l'ecchymose violette de sa joue ni n'imaginerait les contusions sous sa robe de Pâques ornée d'iris violets. Ils seraient trop occupés à louer le Seigneur. Ils auraient besoin de monopoliser toute leur concentration pour se laisser submerger par l'extase et effectuer la Danse Sainte, prier dans une langue inconnue, courir dans les allées de l'église comme s'ils étaient en feu. Atteindre ce degré d'abandon exigeait de frapper dans ses mains, de chanter, de marteler les touches du piano, tout comme la combinaison adéquate d'alcool et de drogue permettait à Bennie d'évacuer ses soucis terrestres. Ils ne connaissaient pas la famille de Rebecca et, contrairement à la congrégation de son église d'enfance, ils ne se complairaient pas à répandre des ragots et à discuter de qui avait fait quoi à qui.

Elle habilla B.J. d'une chemise blanche à manches courtes et de son jean noir acheté à J.C. Penney. Elle se coiffa du chapeau violet au tissage serré qu'elle avait réservé à cette fête de Pâques afin de couvrir l'arrière de son crâne en sueur, et ils prirent le chemin de l'église pentecôtiste. À la maison, Bennie s'attela à sa première bière du matin – d'abord la bière, puis la liqueur, et les joints pour planer de manière équilibrée.

— C'est ça, dit Rebecca à B.J. ce matin-là, sa lèvre enflée lui donnant l'air de parler avec une chique de tabac dans la joue.

— C'est ça, dit-elle, l'index pointé sur le pack rouge et blanc de bière qui cachait les œufs dans le frigo.

— C'est ça qui a fait disparaître le Marine et m'a laissé avec cette épave.

Chapitre 8

Fayetteville, Caroline du Nord
1960

Une mère sait quand passer à l'action, quand il est nécessaire de tout mettre en œuvre, mais son esprit est parfois trop perturbé pour lui permettre de regarder dans la bonne direction. Quand les transgressions de son homme menacent d'entraver le retour de l'enfant divin, les battements de son cœur affamé supplantent le grondement des pierres qui tournoient dans la rivière et transforment un lieu familier, un lieu meilleur, en un embranchement sur la route.

Rebecca aurait pu se rendre à l'église baptiste, ce matin-là, car rien n'avait plus franchement d'importance ; la congrégation et la communauté autour d'eux avaient appris à éviter la famille Lee et leurs courants domestiques trompeurs qui menaçaient d'emporter n'importe qui avec la force d'une tornade. À l'église et au magasin A&P, les gens s'éloignaient en hâte après un succinct « Salut, Rebecca. Salut, petit B.J. » et ils mettaient en garde les non-pratiquants comme M. Tunnelson : « À votre place, j'éviterais de trop m'approcher, au risque de rester empêtré dans leur merdier. »

Bennie n'avait bu qu'une seule bière et n'avait pas encore fumé son premier joint, il se rendait au tourne-disque pour poser le diamant sur *Johnny B. Goode* de Chuck Berry à l'instant où Rebecca et B.J. rentrèrent à la maison. Tout allait de travers, c'était avant son rituel dominical de bière, d'alcool et de joints qui pourrait le guider vers la sérénité de la rivière Cape Fear où Dieu l'enlacerait sur un pont où remontaient l'odeur sulfurée de l'eau saumâtre et les gargouillis du courant, et où il resterait à planer pendant une heure. Ils n'étaient pas censés être à la maison. Le claquement de la moustiquaire dans leur sillage résonna comme la trappe d'un piège qui se refermait sur leur cage, les emprisonnant tous les deux avec lui.

La douleur dans le crâne de Bennie lui martelait l'os frontal. B.J. entra dans le salon et se dirigea vers la télé dans l'espoir de regarder les dessins animés du dimanche matin qu'il avait rarement l'occasion de voir. Bennie passa devant lui et se rendit à la cuisine où il s'affala sur une chaise en plastique, la tête entre les mains. Rebecca fit son rapport à Bennie avec sa lèvre enflée, riant de son histoire sans cesser de circuler entre les placards et le frigo pour préparer le repas.

— Ces foutus pentecôtistes, ils se sont mis à chanter *Oh Mary don't ya weep* en tapant dans leurs mains, ils ont chanté et chanté encore, jusqu'à ce qu'ils se mettent à crier et à louer le Seigneur, et ils ont flanqué la trouille à B.J. Quand il a vu un adulte bien sapé en costume se mettre à transpirer et à courir partout dans les allées de l'église en agitant les bras, B.J. a beuglé « Maman, je veux rentrer à la maison ! ». Bon sang…

Elle ponctuait son récit de petits rires qui apaisaient sa propre inquiétude. L'anecdote lui permettrait de détendre Bennie avant de lui annoncer sa grossesse.

Bennie tourna la tête entre ses mains et l'ignora, envahi de douleur.

— Et puis une grosse bonne femme s'est mise à sautiller sur place.

Chaque syllabe prononcée par Rebecca martelait les tympans de Bennie.

— Le môme a fourré sa tête dans ma robe et il s'est accroché à ma cuisse en pleurant « Maman, je veux rentrer à la maison ! ». Tu aurais dû entendre ça.

— Arrête de parler ! Mais qu'est-ce qui va pas chez toi ? hurla Bennie.

L'esprit dans le ventre maternel prit une inspiration dans le silence qui suivit l'éclat de Bennie. B.J. s'était posté devant la télé, la main sur le bouton, attendant de voir si la scène de ménage dans son dos virerait au chaos. Rebecca demeurait figée, une boîte de purée instantanée dans la main, dévisageant son mari dont le corps tout entier semblait lui dire, *Ma vieille, si t'arrives pas à te taire et à arrêter ce bordel qui me casse la tête, je vais te faire valser jusqu'à dimanche prochain.*

Rebecca s'imagina suivre les conseils de M. Tunnelson – se lever un matin, faire ses foutues valises, celles de son gamin, et se barrer avec le bébé dans son ventre pendant que Bennie était au travail. Mais elle savait bien que le monde extérieur n'avait rien à offrir à une femme noire avec des enfants et sans instruction. Elle cria en réponse à Bennie, à Dieu :

— Et qu'est-ce que je suis censée faire, moi ?! Je peux plus aller à mon église. Je peux pas aller à leur église à eux ! Je peux pas partir d'ici ! Je peux pas rester dans cette foutue maison ! Mais qu'est-ce que je suis censée faire, putain ?! Et en plus, je suis encore enceinte !

Sa voix hérissa les âmes du paradis. Un cri guttural et poignant qui poussa B.J. à venir s'accrocher à ses jambes, tandis que Bennie n'entendait que les hurlements déchirants des Coréennes qui avaient gardé le silence dans sa tête huit années durant.

Les cris de Rebecca furent emportés dans le silence dominical des rues alentour, où les voisins ne pouvaient pas l'entendre. Ils étaient tous à l'église, sauf M. Tunnelson qui mettait à profit le calme d'un début de printemps pour labourer au tracteur la terre de son potager.

— Mais qu'est-ce que je suis censée faire, putain ?! Tu m'entends ?

Rebecca décrivait à présent des cercles comme si son corps, la cuisine, la maison avec son toit et ses murs ne pouvaient plus contenir son âme. B.J. tournait avec elle jusqu'à ce qu'elle se baisse en hurlant et l'arrache de ses jambes.

— Lâche-moi !

D'un mouvement sec et brutal, elle l'envoya rouler contre la porte. Et ce geste la glaça sur place. Bennie se leva de table dans son débardeur, muscles bandés. Rebecca la vit distinctement dans le regard de son mari : cette âme dépouillée, semblable à ce matin d'autrefois où il avait fixé son épouse droit dans les yeux sans la voir vraiment, les mains serrées autour de sa gorge comme pour en presser la dernière goutte de vie, coupant le flot de lait destiné à B.J., coupant la circulation du sang vers son cerveau, jusqu'à ce que le soleil se lève soudain dans son esprit, « Réveille-toi ! Réveille-toi ! », et que les rayons fassent fondre la pellicule de gel opaque laissée sur ses yeux par une montagne coréenne.

Elle cria à son fils en pleurs qui se relevait maladroitement :

— B.J. ! Va vite chercher le voisin !

B.J. dévala en trébuchant les trois marches jusqu'au jardin. Les plants de tabac dans le champ de M. Tunnelson étaient déjà plus grands que lui et le potager se trouvait de l'autre côté de la maison. Il se mit à courir comme quand il sprintait pour rattraper le petit groupe d'enfants du quartier en chemin vers l'école, il courut dans Colonial Drive et contourna la maison de M. Tunnelson. L'homme était juché sur un tracteur bleu et retournait les racines dans le sol, le dos tourné au garçon. Le raffut des lames qui tintaient sur les cailloux noya les pleurs et les cris de l'enfant, « M. Tunnelson ! M. Tunnelson ! ». Sa voix étouffée évoquait au voisin un curieux bourdonnement, sans doute un avion dans le lointain. M. Tunnelson leva les yeux vers le ciel où il s'attendait à voir un pilote écrire « 7-Up », vantant la marque de soda dans la fumée pétaradante d'une publicité aérienne. Aucun nuage ne surplombait Fayetteville et ses maisons qui s'empliraient bientôt des effluves de poulet grillé et de pain de maïs. Il tourna le volant du tracteur sous ses coudes repliés et entama la rangée suivante.

Sous la visière de sa casquette élimée, ses yeux tentèrent de comprendre ce qu'ils voyaient – le petit garçon des voisins, assis sur la route dans sa chemise et son pantalon du dimanche, en pleurs. Le petit enfant sous le soleil implacable, bouche grande ouverte pour dire quelque chose qu'il n'entendait pas dans le vacarme des pierres et des lombrics que la lame remuait sous lui.

Avant qu'il ait le temps de tourner la clé et de réduire le moteur au silence, il aperçut derrière le garçon, dans la lumière crue de l'après-midi, son camarade vétéran dans son débardeur au milieu de Colonial Drive, à l'endroit où l'on avait récemment repeint une ligne médiane d'un jaune flamboyant. Il vit Rebecca qui courait et appelait son fils en criant, bras tendus vers lui, une scène qui fit défiler une série d'images de femmes coréennes et de leurs enfants, séparés à tort par son choix d'avancer dans ce monde en obéissant aux ordres. Il n'entendait pas Rebecca au milieu d'un tourbillon de souvenirs qu'il s'efforçait d'étouffer à coups de battements de paupières acharnés.

B.J. ne bougeait pas, ne détournait pas les yeux de son voisin qui coupa le moteur, dont les bottes martelèrent la terre desséchée comme elles avaient crissé en quittant le plateau du camion militaire et dans la neige, le jour où il avait chargé sur les flancs de Yudam-ni pour sauver les unités frigorifiées prises au piège de la montagne. Le deuxième classe Joseph Tunnelson courut et hurla, conscient qu'il n'atteindrait jamais Bennie à temps au milieu de Colonial Drive.

— Nan, mec ! Fais pas ça ! Nan !

Rebecca ne rejoignit jamais B.J. Sa robe aux iris violets entravait ses mouvements. La détonation retentit et elle s'effondra sur l'asphalte. Son corps inerte écarta un rideau dans l'esprit de Bennie, assez pour lui permettre d'entendre

Lottie le réveiller d'un murmure sur la berge de l'étang, « Bennie, Bennie », assez pour lui permettre de voir le corps de Lottie s'écrouler juste devant la rangée d'arbres qui bordaient une forêt du Mississippi.

— Rebecca !

La voix de Bennie fut l'unique son qui accompagna l'écho faiblissant de la détonation. Un cri à glacer le sang, adressé à sa mère, et à son épouse.

— Rebecca !

Et il n'y avait qu'une seule façon pour la mère d'anéantir le diable qui vivait en lui. Bennie se tenait sur la double bande jaune au milieu de la rue alors que la voiture marron du shérif roulait vers lui. « À la maison ! » entendit-il crier toutes les âmes et tous les corps autour de lui. Bennie leva la main, loin de tout-ce-qui-est, et il choisit le côté de tout-ce-qui-sait. Il posa le canon de son arme contre sa tempe et cessa d'être. Rebecca cessa d'être, elle aussi, et la divine enfant-esprit fut arrachée du ventre protecteur par une force dévastée.

Chapitre 9

Fayetteville, Caroline du Nord
1960

Le protecteur divin fut abandonné lors de la migration. Son corps et son âme de six ans demeuraient prostrés, engourdis au bord d'un champ de tabac. Sur son corps, il était écrit : « Prière de le sauver et de l'aider à mûrir jusqu'à son retour chez lui dans le Sud, où la divine enfant jaillira des jardins arides. » Sur son âme, il était écrit : « Reste. »

Lenard entra dans le salon de M. Tunnelson où le garçon était assis sur le canapé, refusant de bouger, à moins qu'un besoin pressant d'uriner ou de manger le pousse à courir vers les toilettes ou le frigo. La mâchoire carrée et rasée de près, Lenard apparut, et B.J. ignorait qu'il avait de la famille. Il n'était qu'un enfant vivant dans sa bulle de silence après que ses parents aient perdu la tête et l'aient abandonné là. Il ignorait qu'il existait un vrai adulte, le petit-garçon-Lenard dont son père se rappelait dans les moments d'ivresse qui se transformaient rapidement en un prétexte pour flanquer une raclée à son fils. Dans la faible lumière du salon, un homme se penchait sur lui, une version plus stable et lucide de Bennie, et le garçon tendit la main vers son oncle.

B.J. fut emmené d'urgence loin du chaos de son enfance par son proche parent. Ses paupières s'ouvrirent un peu plus à chaque kilomètre qui passait, à mesure que l'écho cauchemardesque du hurlement maternel s'éteignait peu à peu derrière lui.

Le long trajet était un défilé flou d'arbres en fleurs, dans le murmure constant de la route sous la nouvelle Ford Falcon bleu ciel de Lenard tandis qu'il prenait la direction du nord-ouest, laissant aussi peu d'empreintes que possible dans la terre du Sud.

Les grands arbres laissèrent place à la nudité du paysage du Midwest. Trois stations-service tenues par des propriétaires noirs à Roanoke en Virginie, à Lexington dans le Kentucky et à Mount Vernon dans l'Illinois furent leurs uniques pauses au cours des mille quatre cents kilomètres qui séparaient la Caroline du Nord du Missouri.

— Tâche de toujours avoir un bidon d'essence dans ta voiture, au cas où tu ne trouves pas de station-service noire, expliqua Lenard pour alimenter son monologue nerveux, mais le garçon n'avait pas encore l'âge de comprendre le poids de ce conseil.

À Saint-Louis, le contraste de la vie facile effaça tous les autres souvenirs de B.J. Lenard signa un bail pour une maison de plain-pied dans University City, une banlieue de Saint-Louis. Il savait qu'il agissait bien, qu'il remplissait son devoir en soignant et en nourrissant son neveu ;

il pensait suivre les conseils du pasteur Johnson : s'assurer que le garçon sache ce qui lui était arrivé, sans songer qu'en refusant d'évoquer le passé de manière régulière, il éloignait l'enfant encore davantage de son âme. « Laisse le passé dans le passé, lui avait enseigné James. Laisse ton frère où il est. » Lenard ignorait alors qu'il ne reverrait plus jamais Bennie. Et, à présent, le moins qu'il puisse faire était de protéger son neveu des souvenirs qui l'empêcheraient d'avancer dans la vie, comme James l'avait fait en se bâtissant une existence convenable ; en laissant le passé dans le passé. Lenard acquiesça quand le pasteur Johnson dit « Ce sera à lui de porter le fardeau du chagrin. N'essaie pas de lui faire oublier cet enfer, essaie de l'aider à le traverser ».

À l'heure du coucher, Lenard répétait :

— Prie pour Rebecca et pour Bennie.

C'était devenu une routine qui annonçait simplement le moment d'aller au lit.

Lenard préparait le petit déjeuner, le déjeuner et le dîner. Il s'adressait à l'enfant d'une voix douce et ferme, « Réveille-toi, fiston, c'est l'heure d'aller à l'église », « Non, tu auras du dessert quand tu auras fini les côtelettes et les légumes que j'ai mis dans ton assiette », « Oui, tire sur le câble de lancement jusqu'à ce que ça démarre mais ne mets pas la main trop près de la lame », « Fais tes devoirs », « Quand on te parle, réponds ⊠Oui, monsieur⊠ ».

B.J. voulait faire plaisir, éprouver un sentiment d'appartenance. À l'église, il frappait dans ses petites mains, écrasait entre ses paumes le souvenir de Rebecca et de Bennie, « *Glory, glory, hallelujah, since I laid my burden down* ». Mais quelque chose dans les yeux de l'enfant leur rappelait à tous les abysses de leurs propres âmes qu'ils refusaient de sonder – c'était comme entrer dans une salle de bains obscure et apercevoir son reflet dans un miroir, un visage sans yeux, rien que deux orbites noires et creuses.

Sœur Collier, la jeune diaconnesse, se penchait vers l'enfant avec ses seins prêts à jaillir de sa robe, et elle pinçait ses joues potelées, « Si t'es pas le plus mignon de tous », confirmant ainsi que les souvenirs cauchemardesques n'avaient leur place que dans les cauchemars.

B.J. avait une routine, il persistait chaque jour à s'asseoir devant *Romper Room* dès son retour de l'école. Ni lui ni son oncle ne comprenaient pourquoi il s'obstinait religieusement à regarder cette émission comme s'il pouvait y trouver le salut, mais quelque chose dans le groupe d'enfants blancs et sages rassemblés autour de Miss Lois l'apaisait tandis qu'il mangeait son goûter de céréales Nabisco Sugar Honey Grahams.

— Je serai dans *Romper Room*, moi aussi, disait-il à son oncle Lenard. Tu veux bien m'emmener à KTVI, tonton ?

Mais Lenard fronçait les sourcils sans comprendre l'origine de cette demande. S'il y avait eu certains progrès dans le quotidien des Noirs, comme l'instruction, B.J. devait pourtant bien savoir qu'aucun adulte noir qui se respectait n'envisagerait d'exposer sa progéniture au milieu d'un groupe d'enfants blancs qui chantaient *Une souris verte* à la télé. C'était tout simplement impensable.

Lenard ne dissimulait pas intentionnellement la vérité à son neveu, mais à chaque fois que B.J. demandait à son oncle de faire quelque chose qui risquait de remuer le passé, ce dernier coupait le garçon de ses propres souvenirs, il tirait un rideau comme il l'avait fait sur sa propre enfance, il le tirait juste assez pour épargner B.J. tout en lui offrant la vie qu'il méritait. Comme père et fils, ils traversèrent avec fierté les années formatrices de B.J. dans leur existence bien rangée. Mais la vérité ignore le temps qui passe, elle attend la révélation, à l'image d'un enfant qu'on a posé devant une télé jusqu'à ce que son monde remonte à la surface.

Au terme de son année de Cinquième, Lenard prépara une surprise à B.J. en récompense de ses bonnes notes. Le garçon avait regardé tant d'épisodes de l'émission animalière *Wild Kingdom* qu'un vendredi après-midi passé au zoo à observer des singes, des zèbres et des phoques serait un rêve devenu réalité.

B.J. arborait un pantalon pattes d'eph' à carreaux beige et orange, et un T-shirt rayé aux couleurs de l'arc-en-ciel qui accentuait sa silhouette dégingandée d'adolescent. Il faisait toujours en sorte que ses tenues soient assorties, « C'est super en vogue, tonton ». Son oncle trouvait ses choix vestimentaires ridicules mais ne voulait pas piétiner la virilité naissante du garçon, ni ce qui pouvait couver sous les différentes strates de sa personnalité, contrairement aux membres de l'église qui lui demandaient :

— Mon garçon, tu ne préférerais pas opter pour un pantalon uni et une chemise rayée ?

— Non, monsieur.

Ce jour-là, ils se rendirent au zoo, chantant ensemble *Busted* de Ray Charles qui passait à la radio :

My bills are all due and the baby needs shoes and I'm busted
Cotton is down to a quarter a pound, but I'm busted

Ils riaient car, contrairement à la chanson, ils n'étaient pas fauchés. Ils traversèrent Forest Park dans le cabriolet Oldsmobile 98 bleu marine, une voiture flambant neuve à capote en vinyle blanc. B.J. tenait dans sa main les cartes d'animaux qu'il avait collectionnées, où figurait la description de leur habitat naturel, de leurs prédateurs. Il regardait autour de lui avec cet air d'appartenance arrogante que tous les adolescents de treize ans devraient pouvoir afficher. Lenard contempla son neveu et sourit avec fierté. Capote baissée, ils roulaient dans une voiture que peu de Noirs pouvaient s'offrir à Saint-Louis. Fidèle à ce qu'il avait toujours été, Lenard était un prudent économe.

Sur l'allée en ciment gris clair du zoo, B.J. s'agenouilla avec quelques pièces de monnaie, fit tourner la mollette du distributeur qui ressemblait à une machine à bonbons, et acheta deux poignées de grains pour les canards. Ils restèrent sous le ciel brûlant à observer les oiseaux miteux becter les grains, se disputer parfois en battant des ailes, briser de vaguelettes le reflet plat du soleil à la surface de la mare. Les rires joyeux de B.J. qui oscillaient entre ténor et soprano avaient un écho doux et familier dans le cœur de Lenard.

Lenard dit au garçon :

— Reste ici, je vais chercher une autre poignée de grains.

Il tourna les talons, actionna la mollette mais quand il revint, la rambarde au-dessus de la mare était déserte, son neveu n'y était plus accoudé. Des poissons nageaient et levaient leurs yeux ronds comme des billes vers Lenard qui baissa involontairement le regard vers l'eau boueuse, y cherchant son neveu. L'espace d'une seconde, il entendit la voix de sa mère qui flottait dans un rêve noir et aveugle au-dessus de la chaleur et de l'humidité, il sentit la main moite de son frère Bennie le réveiller d'une secousse à l'endroit où ils dormaient enfants jusqu'à l'aube sur la berge d'un étang du Mississippi. *Lève les yeux, lève les yeux,* se répéta-t-il, et il scruta des visages blancs inconnus. Il ne devait pas montrer la panique qui lui serrait le cœur, il le savait, ou ils s'imagineraient qu'il venait de voler le sac à main d'une femme. Et de l'autre côté de la mare, sur un autre pont, il aperçut d'abord le pantalon à carreaux orange et beige, puis le T-shirt rayé et le visage brun de B.J. sous la couronne de son afro.

Quand Lenard vit B.J. de l'autre côté de la mare, des souvenirs agréables déferlèrent et irriguèrent les lieux de son être asséchés par le vide et l'attente. Mû par une énergie familière, il marcha vers son neveu sans jamais quitter des yeux les images qui l'entraînaient – les chaussures marron à semelles compensées de B.J. qui se balançaient au-dessus de l'eau depuis le bord du pont. Ses chaussures étaient deux pendules hypnotiques qui attiraient l'enfant sur le territoire du souvenir. Son menton reposait sur ses mains, calées sur le premier barreau du parapet. Le soleil donnait à son afro une teinte presque rousse là où la brise l'agitait comme les roseaux duveteux de ses souvenirs au bord de la rivière Cape Fear. L'air chaud séchait une larme sur sa joue.

Lenard entendait presque ce que B.J. entendait, le transistor qui diffusait une chanson d'Otis Redding, le dernier interlude musical avant le début du match. Il voyait presque ce que B.J. voyait dans sa mémoire, la glacière rouge avec ses bières et ses appâts tandis qu'il pêchait avec son père, et il percevait presque les feux sans fumée, les cannes en tiges de bambou de ses propres souvenirs de pêche à côté de son frère, quand tout allait presque bien. Les regards insistants des visiteurs blancs qui passaient près de son neveu ramenèrent Lenard à la réalité. Gêné, il observa autour de lui et se pencha pour saisir B.J. par le coude.

— Allez, viens, on s'en va.

Dans la voiture, ils restèrent plongés chacun dans leurs pensées. Les yeux de B.J. semblaient glisser de la route aux bâtiments, puis vers le ciel, jusqu'à ce qu'il dise d'une voix ensommeillée :

— Mon papa me manque.

Et le silence régna. L'unique lien qui les réunissait en cet instant était un son qu'aucun d'eux n'entendait, la voix de Bennie. *Allez, on va pêcher.* Des souvenirs précis que Lenard ravalait. S'il restait concentré à corriger les copies de ses élèves, à s'occuper de B.J., à tondre la pelouse, faire la lessive, aller à l'église, alors il ne serait pas obligé de lutter contre sa culpabilité, *J'aurais dû inviter Bennie aux réunions de prière, j'aurais dû interroger les gens et trouver sa nouvelle adresse, j'aurais dû…* des pensées qui se taisaient s'il appelait son neveu à la table du dîner, s'il remplissait le caddie de gâteaux pour son goûter, s'il l'emmenait au zoo. Mais cette fois, c'était différent, son neveu avait lui-même réveillé la culpabilité, le chagrin, l'abandon qu'il essayait tant d'enfoncer au plus profond de lui, à travers les vertèbres de sa colonne et jusque dans le siège en cuir de sa nouvelle voiture. Des demi-souvenirs qui troublaient B.J., qui naissaient à la base de son crâne adolescent et provoquaient une tempête confuse de voix et d'images familières qu'il ne parvenait pas à relier à son existence actuelle.

Le lendemain matin, c'était le dimanche de Pâques. Ils se rendirent à l'église et B.J. écouta les membres de la chorale battre le tempo de leurs pieds et frapper dans leurs mains en chantant « *Oh ! Mary, don't you weep* ». Il pressa sa langue contre son palais pour se réconforter, comme s'il suçait une glace au sirop, se rappelant un vague souvenir d'un jour de larmes et de douceur sucrée. Il suçota si fort que sa dernière dent de lait qui refusait de tomber se délogea d'un seul coup. Il lança un regard interrogateur à son oncle, « Qu'est-ce qui m'arrive ? ». Lenard lui rendit son regard et lui tendit son mouchoir où il déposa la dent. Il sonda les yeux de son neveu mais se persuada rapidement que le garçon vivait sa première extase mystique.

Plus tard cet après-midi-là, Lenard corrigeait des copies dans son bureau avant d'aller avec son neveu à la soirée barbecue organisée à l'arrière de la taverne de James. Dans le salon, B.J. était assis sur le canapé à motifs en relief dorés et lisait un volume de la *World Book Encyclopedia*. Il enfourna une boîte entière de biscuits secs au fromage, les enfonça dans sa bouche comme autant de bourres ouatées colmatant les fissures de son cœur.

Les pensées qui démangeaient l'esprit de B.J. montaient crescendo comme une mélodie de jazz fusion. Ses yeux se posèrent sur un nombre. Il sauta du canapé, entremêlement de longs bras et de longues jambes, et il se précipita dans le bureau de son oncle. Le livre grand ouvert, son dos vert au titre embossé en lettres dorées, menaçait de lui tomber des mains.

— Tonton, la Lune est vraiment à 384 400 kilomètres de la Terre ?

Il restait planté là, incertain, l'air de tituber très haut au-dessus d'un gouffre périlleux.

Pendant sept ans, il n'y avait eu aucun éclat de lumière dans les recoins sombres de l'esprit de l'enfant où se côtoyaient les bons et les mauvais souvenirs de ses six premières années de vie. Mais ces chiffres réveillèrent et illuminèrent quelque chose, la réminiscence d'une matinée lointaine. Il était désormais presque aussi grand que l'oncle Lenard. Debout dans l'embrasure de la porte, l'encyclopédie ouverte entre ses mains, il laissa échapper un gémissement involontaire. Il venait de réveiller le petit enfant de six ans qui dormait, blotti dans sa mémoire depuis l'annonce de la dernière émission de Buffalo Bob. Ses lèvres entrouvertes, couvertes d'une pellicule de sel des biscuits au fromage, s'arrondirent pour caresser une glace au sirop invisible. Il mesurait un mètre soixante-dix et sa croissance était loin d'être terminée mais, en cet instant, il se sentait à peine plus haut qu'un mètre vingt. Ses chaussures en cuir à semelles compensées se transformèrent en pantoufles sur le sol du salon de son enfance, « Émission numéro deux mille trois cent quarante-trois ».

Il se figea et bafouilla, se demanda pourquoi ce nombre était illuminé dans son esprit, et il s'écria malgré lui dans le bureau :

— Tonton, 384 400 kilomètres ? 384 400 ?!

Lenard prit à tort le bouleversement inattendu de son neveu pour une frustration mathématique. Sans cesser de corriger ses copies, sans lever les yeux ni prendre garde à l'exemple qu'il choisit pour illustrer son explication, il répondit à B.J.

— Oui, B.J., c'est un très grand nombre mais il n'est pas impossible à se représenter.

Le garçon l'écoutait, attendant que les fourmis qui lui démangeaient le cerveau se calment.

— Tiens, regarde. Le jour où je suis venu te chercher à Fayetteville, on a roulé mille quatre cents kilomètres. Si on fait cet aller-retour encore 138 fois, on aura parcouru la distance jusqu'à la Lune.

Dans la mémoire de B.J., les lumières diffuses qui éclairaient ses souvenirs du dernier week-end avec ses parents vacillèrent quand son oncle prononça le nom « Fayetteville » d'une voix si semblable à celle de Bennie.

Son cri emplit l'espace de la maison, sa voix passant du ténor à l'alto.

— Je veux rentrer à la maison !

Il revoyait les iris sur la robe de sa mère quand il s'était détourné de l'homme en costume et de la grosse dame qui couraient dans les allées de l'église pentecôtiste en criant et en soulevant en lui une vague de peur.

— Je veux rentrer à la maison !

Il vit une fois encore les iris se mélanger en une tache informe de tracteur bleu, de terre orange, de ciel couleur bleuet.

— Je veux rentrer à la maison !

Sur la défensive, l'oncle Lenard se redressa devant ce garçon qui se muait en homme prêt à mordre la main qui l'avait nourri, sans savoir que c'était le cri d'un corps à qui l'on ordonne de regagner la demeure de son âme. Les propres souvenirs refoulés de Lenard émergèrent de sous les tapis avant même qu'il puisse réfléchir à la réponse qu'il adressait à son neveu.

— Tu crois que tu aurais été mieux dans le Sud profond ? C'est ici, ta maison !

Lenard fut abasourdi par son propre ton.

Ce soir-là, quand Lenard et B.J. arrivèrent au barbecue du dimanche de Pâques, quinze années s'étaient écoulées depuis que Lenard s'était assis à ces tables de pique-nique et s'était laissé convaincre de cesser de s'inquiéter pour Bennie, de savoir où il était ou ce qu'il faisait. James lui avait enseigné à river les yeux droit devant, sans regarder en arrière vers Bennie et les gens de son espèce. Il lui avait enseigné à laisser couler hors de lui les parties indésirables du Mississippi et, comme dans une saignée, à faire en sorte que Bennie disparaisse dans le flot d'hémoglobine.

James lui avait enseigné les manières d'un Noir urbain – le travail acharné, l'église, le respect durement gagné, l'appui d'une communauté qui vous soutient si vous êtes obligé de repousser quelqu'un qui ne vous respecte pas. Lenard était déstabilisé par son neveu, assis dans la voiture d'un air boudeur, furieux et perturbé, qui lui donnait l'impression d'être impuissant.

— Tu peux pas m'obliger à y aller, répétait simplement le garçon.

Avec ses yeux et sa mâchoire aux angles de plus en plus marqués, il ressemblait à une version en pierre de son père, comme si son esprit avait quitté son corps et avait laissé la charge à cette coquille vide de subvenir à ses besoins vitaux.

Lenard laissa B.J. et sa tempête d'émotions enfermés dans l'habitacle de la voiture garée dans la rue passante devant la taverne de James, et il fit de son mieux pour reprendre l'apparence du grand professeur de mathématiques au discours net et précis tandis qu'il traversait la terrasse vers sa communauté paroissiale où se mêlaient les gérants de commerces et les migrants nouvellement arrivés du Sud.

Les poignées de main et les accolades l'entraînèrent dans un tourbillon d'odeurs, vinaigre, tomates, côtelettes fumées et épicées, volutes de fumée à l'endroit où James se tenait devant le tonneau et la grille du barbecue, ses épaules larges et son rire tonitruant. Des costumes gris et des robes de Pâques couleurs pastel, une foule de paroissiens qui emplissait l'arrière-cour et dissimulait les tables de pique-nique où, quinze ans plus tôt, Lenard et James prenaient leur pause dans l'air froid et vivifiant de la ville, tabliers sales, mains aussi douloureuses de porter des caisses de bouteilles qu'elles l'avaient été autrefois de conduire la charrue.

« On a bossé comme des hommes, alors on mérite une pause d'hommes », disait James sans regarder son frère adolescent dans les yeux, mais observant la ruelle à l'arrière de l'établissement, bien plus propre que derrière les autres commerces de Delmar Avenue, avec ses bacs de poubelles soigneusement alignés et sa passerelle en bois amovible où déchargeaient les camions de livraison. Au-dessus d'eux, Lenard n'avait jamais vu un ciel aussi bleu. Il avait passé une si grande partie de l'adolescence le regard rivé sur le cul d'une mule, sur la lame de la charrue fendant la terre orange argileuse, sur les larges feuilles de tabac, sur ses propres mains. À cette époque, le bleu rassurant du ciel lui apparaissait uniquement quand il se penchait en arrière pour étirer les muscles de son dos. Si les nuages s'agglutinaient comme la brume matinale de ce fameux jour dissimulé sous les strates de silence, alors son étirement ne durait que le temps d'une brève inspiration. « Au boulot ! » ordonnait Old Deddy, une injonction qui lui permettait aussi de rester entier et protégé, loin de ce petit garçon qui pleurait, enfoui au plus profond de sa propre poitrine. Faire une pause risquerait de briser le barrage entre Sampson et Saint-Louis.

James avait guidé Lenard, « Écoute la cloche de l'église, va aux réunions de prière, arrive à l'heure chaque jour au travail, sois constant, garde la tête haute et efface de ta bouche l'accent traînant du Mississippi ». Entre Bennie et Lenard, seul ce dernier possédait encore assez de jeunesse intacte pour être modelé comme M. Drake avait modelé James. Et le dernier conseil, qui n'était pas dans la nature de Lenard : « Gagne le respect des gens, et si un autre négro te respecte pas, tout le monde te soutiendra si tu dois lui botter le cul. »

Lenard se présenta au barbecue de Pâques devant les tables de pique-nique derrière la taverne, là même où, autrefois, lui et James se reposaient un instant après avoir porté des caisses de bouteilles et nettoyé la hotte des cuisines, de la salive aux commissures des lèvres, le corps en surchauffe dans le froid mordant de Saint-Louis, s'attelant aux tâches rudes des hommes qui savaient dans quelle direction mener leur barque.

James se détourna du grill, spatule à la main.

— Où est B.J. ?

Sa voix était assortie à sa large stature assurée, à sa nuance de peau brun clair, à son autorité d'homme noir.

— Il est vexé, il boude dans la voiture, dit Lenard sans regarder son frère dans les yeux.

Et James sut que Lenard n'avait pas compris une partie de sa leçon, lui qui avait tendance à confondre deux choses – l'âge auquel un garçon doit être dorloté entre les mains d'un homme attentionné, et l'âge auquel un garçon doit grandir entre les mains d'un homme capable de toquer à la porte du bon sens et de le pousser à se comporter correctement.

B.J. le mettait à l'épreuve pour la première fois et ce test aurait dû avoir l'effet d'un miroir pour Lenard, il aurait dû y voir plus qu'une simple anxiété adolescente. Mais lui-même avait des souvenirs adolescents à apaiser, à cacher, à réduire au silence. B.J. avait poussé son oncle à lui acheter les débardeurs blancs que son père portait dans ses souvenirs et Lenard avait accepté, puis s'était retiré davantage en lui-même afin d'empêcher le réveil de sa mémoire.

B.J. avait demandé à Lenard des photos de ses parents, il les avait exigées d'un air hautain, et Lenard n'avait pas répondu, lui avait seulement rétorqué de baisser d'un ton. B.J. avait cessé de demander, il avait ordonné à Lenard de le conduire à son ancienne maison de Fayetteville, en Caroline du Nord. Il ne s'était pas exprimé de cette manière instruite qui, d'après Lenard, poussait les gens à écouter, mais il avait opté pour l'élocution de Bennie lorsqu'il exigeait son dîner auprès de Rebecca, « Ramène-moi à la maison, putain ! Arrête de me cacher des trucs ! ».

Fidèle à sa stratégie, Lenard ignora ses sentiments et lutta contre ses propres émotions, *Je t'ignorerai tant que tu ne me parleras pas comme si tu avais un minimum de jugeote.* Avancer et battre en retraite, avancer et battre en retraite, jusqu'à ce que la dynamique devienne celle d'un tuteur persévérant et culpabilisé face à un enfant persévérant et déchaîné.

Le pasteur Johnson affirmait qu'il s'agissait de la fureur qu'un garçon déchaîne quand on lui dissimule la vérité. James disait :

— Tanne-lui le cuir de temps à autre, il arrêtera de faire le mariole.

Mais c'était Lenard qui était désormais obligé de vivre avec ce fantôme furieux qui refusa de lui obéir après ce jour.

Chapitre 10

Saint-Louis, Missouri
1972

À dix-huit ans, B.J. s'éloigna de la vie que Lenard lui avait imaginée, la vie d'un garçon droit et pratiquant, membre de la chorale, dirigeant des réunions de prière.

— Négro, tu racontes plus de conneries que cet enfoiré de Richard Nixon.

Il était devenu coutumier de ces reparties qui transformaient son éducation privilégiée et son angoisse existentielle en commentaires venimeux.

Presque tous les soirs dans leur quartier d'University City, Lenard restait assis jusque tard à son bureau, sans autre éclairage que la lueur orange des lampadaires qui traversait les rideaux fins. Sur le tourne-disque, Mahalia Jackson chantait d'une voix douce les vertus d'une vie honnête qui menait au paradis. Sa voix suave suffisait presque à faire fondre le nœud dans sa gorge. Elle le ramenait presque à ses ancêtres qui avaient autorisé l'esprit à prendre possession de leur corps, il se souvenait presque de son premier jour à la réunion de prière où, accroché à sa chaise, rien ne l'avait préparé à sentir l'esprit remuer ses joies et ses peines jusqu'à ce qu'elles jaillissent en un flot de larmes. Il contrôlait sa vie, appréciait le côté sécurisant de sa religion mais ne se laissait jamais surprendre par les tempêtes de cet esprit.

Épaules voûtées et tête penchée, il ressemblait aux deux statues du Penseur qui faisaient office de serre-livres et maintenaient ses manuels de mathématiques à la verticale sur ses étagères. Il ne parvenait pas à résoudre l'équation que son neveu adolescent posait devant lui, une exactitude qui affirmait que sa douleur était égale aux siennes. « Tu me mets à l'épreuve, fiston, et tu mets ma foi à l'épreuve », c'est tout ce qu'il savait répondre. Mais ce n'était jamais efficace contre le sourire narquois du garçon dégingandé qui semblait lui dire, *Tu es tellement transparent que je vois tes points faibles et, oui, je souffre et c'est ta faute.*

Conflictuel, le garçon tentait le langage de la démoralisation.

— Ta foi en quoi ? En qui ? Dis ce que tu penses vraiment. Tu vois, négro, tu sais même pas de quoi tu parles.

Les yeux de Lenard sortaient de leurs orbites, ahuri, incapable qu'il était de réagir face à un tel irrespect.

Dix heures du soir, un jour de semaine, tout était fermé dans University City et dans Saint-Louis. Un ado noir qui traîne comme ça dans les rues… il risque de se faire tuer, arrivait seulement à penser Lenard. Il se surprenait à regretter de n'être ni fumeur ni alcoolique, ce qui lui aurait permis de traverser plus facilement les remous de l'âge ingrat, à devoir nourrir un être aussi grand, un homme en quelque sorte, bien que son cerveau n'ait pas encore mûri. James, lui, ne mâchait pas ses mots en présence du garçon, « Bon, écoute gamin, m'oblige pas à te coller mon pied au cul ». À l'église, le pasteur Johnson encourageait Lenard à donner des instructions différentes, « Reviens avec la voiture avant dix heures du soir, ou tu n'auras plus le droit de la conduire pendant un mois ». Le pasteur le guidait, partant du principe que Lenard avait suivi ses conseils depuis le jour où il était allé chercher l'enfant.

Douze ans plus tôt, James et Lenard étaient assis à une table bancale dans la lumière jaune artificielle de la taverne sans fenêtre, un lundi matin, après avoir reçu la nouvelle du shérif de Fayetteville qui avait appelé le poste de police de Saint-Louis pour signaler le décès de leur frère. Bennie avait emporté avec lui son épouse Rebecca, la femme qu'ils n'avaient jamais rencontrée. On leur avait également annoncé cette autre nouvelle, qui avait fait résonner l'écho de leur cœur battant dans le coffre de leur chagrin et de leur culpabilité : un fils attendait qu'on vienne le sortir de ce chaos.

James s'était levé et mis en mouvement sans émotions.

— Allons voir le pasteur Johnson.

Il avait tiré la lourde porte de la taverne au chambranle en bois gonflé et il avait tourné la clé dans la serrure. Ce matin-là, dans Delmar Avenue, ils avaient décidé de parcourir à pied les six pâtés de maisons jusqu'à l'église sous un ciel de printemps gris. L'entrée du sous-sol se situait à l'arrière de la bâtisse en briques. Le jardin de derrière ressemblait à tous ceux du voisinage – un grillage métallique, des tables de pique-nique sur la pelouse, un barbecue et une allée qui offrait une deuxième entrée dans le jardin. La Buick bordeaux du pasteur Johnson était garée juste au-delà du portail, et les frères descendirent la volée de marches jusqu'à la porte du sous-sol qui donnait dans son bureau. Ils s'engouffrèrent dans la fraîcheur humide de la pièce dont les murs en parpaing étaient couverts de lambris en bois foncé. La fenêtre à hauteur de rue laissait entrevoir l'herbe verte du jardin et donnait un point d'ancrage aux deux frères, qui poussèrent un soupir dans cet espace où l'homme en face d'eux connaissait toutes les épreuves qu'ils avaient traversées, sans qu'ils aient à expliquer quoi que ce soit, ni à raconter leur histoire.

Le pasteur Johnson avait la même teinte de peau café au lait que James, mais contrairement à ce dernier qui commençait à développer plus de masse graisseuse, le pasteur était musclé. Son costume gris lui moulait les biceps, aucune barbe ne venait ternir son visage chaleureux, lui donnant un air pur et saint. Il avait contourné son bureau et était venu les enlacer l'un après l'autre, leur assénant une claque dans le dos comme pour réamorcer leur cœur engourdi par le chagrin. Quand les frères s'étaient installés sur les chaises de l'autre côté du bureau et que le pasteur était allé se rasseoir à sa place, ils avaient brisé le rituel du silence.

— La croix que vous aurez à porter pèsera lourd sur vos cœurs, et ce pour le restant de vos jours. Rien ne pourra changer ça. Vous avez la tâche de porter le deuil, c'est inéluctable, et celle d'aller chercher son fils, et d'y aller tout de suite. Il ne faut pas tarder à aller le chercher, et il ne faut pas non plus remettre votre propre deuil à demain.

Les yeux de Lenard qui en avaient trop vu étaient redevenus ceux du petit garçon allongé sur sa paillasse tandis que le monde autour de lui le malmenait et le vouait à la solitude sans même lui demander son avis. Et il avait fait un pacte à cet instant même, celui de nourrir, de soigner et de protéger, renonçant à l'autre promesse, celle de maintenir ouvertes par la force les portes de la vérité. Il avait regardé le pasteur Johnson et annoncé d'une voix apaisée :

— J'irai le chercher dès demain.

Deux semaines à peine jusqu'à la remise de diplôme du lycée, l'objectif de Lenard, mais B.J. protestait.

— J'irai pas à l'université. J'irai à Los Angeles pour passer dans l'émission *Soul Train*.

Le garçon ne comprenait pas qu'il se piégeait lui-même entre sa rébellion et le service militaire obligatoire, qu'il se piégeait entre la sagesse de ses deux oncles et son besoin testostéroné d'avoir toujours raison. Un trop-plein de testostérone qu'il peinait à canaliser.

La nuit, il utilisait la banquette arrière de la voiture de son oncle, au risque d'être repéré par la police avec les autres adolescents noirs qui se garaient derrière le planétarium de Forest Park. Il soulevait les minijupes de ses camarades d'école qui lui avaient fait promettre, « Tu la fermes ou plus de baise sur la banquette arrière ». À dix-huit ans, il exigeait de la vie la même chose qu'avait exigée son père. Mais contrairement à son père, les à-coups de son pénis dans la chair tiède étaient contrôlés par les filles noires qui cherchaient à fuir leur routine de classe moyenne, et ils ne soulageaient aucunement sa peine à lui.

Lenard imita la signature du garçon dans les dossiers d'inscription à l'université locale de Forest Park. Il avait un plan qu'il mettrait à exécution quand B.J. reprendrait ses esprits. Même si B.J. manquait les deux dernières semaines de son année de Terminale, il finissait tout de même avec dix de moyenne générale. L'obtention d'un diplôme de lycée était indispensable et les études universitaires garantiraient sa survie, c'était la seule solution que Lenard avait trouvée afin d'empêcher la mobilisation militaire de B.J.

À l'instant où Lenard dodelinait de la tête dans son fauteuil de bureau, sa voiture déboula en trombe dans l'allée et s'arrêta juste avant de percuter la porte du garage. Une cassette dans l'autoradio déversait à plein volume le morceau *Slippin' Into Darkness* de War. Par respect envers la guitare électrique et la batterie, B.J. resta un instant dans l'habitacle pour terminer le morceau avant de couper le moteur, la voiture oscillant en rythme sur ses pneus usés par la conduite sportive. Il se dégagea du siège conducteur sous la lumière orange des lampadaires, dépliant son grand corps d'un mètre quatre-vingts surmonté d'une afro.

Traîner dans les rues sans manger beaucoup lui avait permis de perdre tous ses petits bourrelets enfantins. Le garçonnet malin et potelé avait disparu, ne laissant qu'un adolescent maigrichon retoqué à l'émission *Soul Train*. Il balançait mollement une canette de Michelob au bout de son bras tandis qu'il tournait dans l'allée vers la porte. Il passa devant le bureau de Lenard, continua d'un pas arrogant dans l'étroit couloir sous les yeux de son oncle. Il chanta, « *Slippin' into darkness, ooo, ooo* ».

— Où étais-tu passé, B.J. ?

Sévère, mesurée, convenable. La voix de Lenard ne fit même pas sursauter B.J. C'était devenu leur routine.

— T'inquiète pas, mec, et arrête de m'attendre comme si j'étais un petit négro qu'avait besoin d'une nounou.

Lenard se leva et posa à nouveau la question d'un ton véhément comme celui du pasteur Johnston où se mêlait sa propre intonation professorale. Quand il s'approcha de B.J., celui-ci se retourna et éprouva le besoin de se défendre mais il était trop ivre pour se mettre en garde.

— Je t'ai posé une question, fiston ! Où étais-tu passé ?!

— Arrête de me courir après, mec.

La voix de B.J. se fissura et, par la fissure, un éclat du petit garçon d'autrefois s'échappa.

— T'es pas mon foutu papa. Lâche-moi, putain.

— Je ne tolérerai plus d'irrespect sous mon toit.

B.J. éclata d'un rire qui évoquait davantage un bâillement ou un caquètement, et il rejeta la tête en arrière, le portrait craché de son père.

— Mec, tu me fais mourir de rire.

Puis, comme si un acteur sur scène venait de lancer une blague hilarante, il se plia en deux dans le couloir qui menait aux chambres et lâcha un rire d'hyène, décrochant au passage le portrait encadré d'un Jésus noir.

Lenard ne riait pas.

— Qu'est-ce qu'il y a de drôle, à être ivre et à faire l'imbécile ?

James avait posé la même question à Bennie, le jour de leur arrivée à Saint-Louis après leur trajet en bus depuis le Mississippi.

Quand ils étaient entrés dans la taverne de James, le son d'une cloche identique à celle de leur vieille vache les avait éloignés de l'obscurité du Mississippi et attirés en pleine lumière, dans le Wagon Wheel, le bar de James Lee dans Delmar Avenue. C'était Lenard qui avait pris l'initiative de regarder au-delà de Sampson et du Mississippi, d'envoyer un télégramme à l'unique membre de sa famille qu'il connaissait. James avait entendu dire qu'Old Deddy avait été tué et que Bennie avait pillé la taverne locale.

Lenard aperçut les yeux de Bennie jaunis par l'alcool dans les yeux de B.J. qui larmoyaient d'un rire ivre.

— Arrête de faire l'imbécile !

Il éleva le ton, ébranlé de perdre ainsi son sang-froid. Au mot « imbécile », B.J. se plia à nouveau de rire, des éclats qui virèrent à l'hyperventilation.

— Mec, mec. Oh ! mon Dieu !

Il n'arrivait plus à reprendre son souffle et peinait à articuler.

— On dirait la série, là, tu serais Fred Sanford et je serais ton fils, Lamont.

Il s'esclaffa encore et se dirigea vers sa chambre en prenant appui au mur.

— Bonne nuit, Pop.

Lenard ne ferma presque pas l'œil de la nuit et, au matin, il décida de mettre en place la méthode forte préconisée par James. B.J. avait déjà manqué son bus mais il leur restait encore quarante-cinq minutes avant que l'adolescent doive être assis en cours et Lenard debout dans sa salle de classe à enseigner. Lenard sortit dans le matin déjà chaud. Il adressa des saluts de la tête à ses voisins de la bourgeoisie noire qui enfournaient leurs enfants dans leurs voitures, les pères arborant cravate et chemise repassée, les mères en survêtement, prêtes pour leur promenade matinale. Les voisins lui rendaient son salut avec un sourire qui disait « Pauvre homme, obligé de s'occuper de cet enfoiré d'ado ingérable ». Il fit démarrer sa voiture dans l'espoir qu'ils se donnent moins longtemps en spectacle si le moteur tournait déjà.

Il prépara un sandwich à l'omelette et au bacon pour son neveu dégingandé, porta ses livres et le sandwich dans l'habitacle. *Si je calcule bien mon coup, je pourrai encore déposer B.J. avec sa gueule de bois au lycée et arriver à temps à la réunion des profs avant que la cloche sonne le début des cours.*

Il frappa à la porte de la chambre de B.J., ne s'exprima pas d'un ton raisonnable comme à son habitude, mais d'une voix factuelle comme celle de James.

— Debout, fiston.

Il attendit, la main sur la poignée de la porte, n'entendit rien et frappa encore avant d'entrer. Il ignora l'odeur de sueur alcoolisée qui s'échappait des pores de B.J. et envahissait la pénombre de la chambre derrière les rideaux tirés. Il se dirigea vers les portes en bois coulissantes du placard. En sortit un T-shirt et un jean pattes d'eph' qu'il lança sur le garçon allongé.

— Allez, je te donne dix minutes pour monter en voiture, sinon tu quittes ma maison !

B.J. repoussa les couvertures et dévisagea celui qu'il croyait être oncle James, debout à côté de son lit comme un ours brun clair. Mais c'était bien oncle Lenard placide, transformé en oncle Lenard exaspéré.

— Tu as bien entendu, fiston. Lève-toi ou tire-toi !

— Putain, mec ! T'as mis de la bière dans tes foutues céréales ce matin, ou quoi ?

La pluie avait formé une flaque juste devant leur porte d'entrée et, alors qu'il ne restait que deux minutes sur les dix, B.J. sortit vers la voiture et marcha dans l'eau, trempant ses chaussures à semelles compensées.

— Putain !

Dans un demi-sommeil, il ouvrit la portière côté passager et se recroquevilla dans l'habitacle, lui qui avait été au volant la veille au soir.

Lenard ajouta à son attitude ferme un ingrédient qui lui semblait couler de source : une leçon de morale.

— Tu es presque un homme, maintenant, et tu dois te comporter en homme.

Ils arrivèrent au coin de la rue et tournèrent à gauche, s'éloignant du quartier.

— Écoute, fiston. Tu n'as jamais senti la brûlure du soleil sur ton dos, ni le fouet, ni chaque jour les lanières de la charrue contre tes épaules, tellement rugueuses qu'elles te rendaient la peau calleuse. C'était ça, mon adolescence. Ton père et moi, on s'en est sortis de justesse…

Lenard s'interrompit, refusant de faire resurgir Bennie dans son cœur ni dans celui de B.J.

Ce qui restait du petit garçon obéissant disparut à l'évocation de son père, tout comme l'évocation de Fayetteville avait provoqué un accès de colère à treize ans.

— Va te faire foutre, marmonna B.J.

Lenard agrippa le volant et retrouva un peu de calme au feu rouge, sans songer qu'il offrait aussi une chance à un esprit volontaire et libre de prendre la fuite. Avant que le feu repasse au vert, il entendit la portière s'ouvrir. B.J. jaillit de la voiture. Il traversa la ligne médiane vers son salut, ou du moins l'idée qu'il s'en faisait. Lenard regarda dans le rétroviseur et vit ses propres yeux mais pas l'homme-enfant qui venait de disparaître sous le ciel matinal, enveloppé dans les gaz d'échappement des banlieues noires de Saint-Louis. B.J. courut, réduisant à néant les efforts de Lenard qui avait tant cherché à protéger son neveu des périls et des violences d'une vie d'enfant noir.

Derrière Lenard, les voitures klaxonnaient, leurs occupants noirs déjà presque en retard au travail qu'ils ne pouvaient pas se permettre de perdre. Les conducteurs ne se contentaient pas de donner un simple coup de klaxon, ils laissaient la main dessus, une sirène d'urgence, tous les esprits de son ADN lui hurlant de se réveiller et d'ignorer ce qui échappait à son contrôle. Lenard franchit l'intersection et continua vers le lycée sans son neveu.

Un sentiment d'échec se logeait dans sa poitrine tandis qu'il relevait la tête et feignait la fierté. Avec sa mallette remplie de copies corrigées, sa chemise blanche et sa cravate, son pantalon noir et ses chaussures bien cirées, il était comme une nature morte au milieu d'un océan d'adolescents noirs dans les couloirs du lycée. Il inspecta les lieux du regard comme il avait scruté la mare du zoo autrefois, songeant que B.J. lui avait échappé et était tombé sous la surface, vers les bas-fonds. Il s'accrochait à la poignée de sa mallette et espérait l'apercevoir dans la nuée de corps bruns, d'afros et de chaussures compensées qui paradaient devant lui, mines renfrognées ou souriantes, certains le fixant droit dans les yeux avec mépris, mais aucun de ces regards n'était celui de B.J. Il ouvrit la porte de la salle des profs, ravala son sentiment de défaite et alla à la rencontre de ses collègues majoritairement blancs dans un lycée d'élèves majoritairement noirs.

Et voilà. B.J. n'était plus là quand Lenard rentra à 16 heures. Le garçon était revenu à la maison le matin même, *Slippin' Into Darkness* tournant en boucle dans sa tête, et il s'était dit *Je vais pas me laisser traiter comme un bébé.*

Il se tenait sur une balance, corps noir qu'on pesait en sous-vêtements blancs, à l'endroit même où son père était venu chercher une échappatoire fictive : au bureau de recrutement des Marines. Il se trouvait à Saint-Charles, à moins de dix kilomètres de chez lui, presque douze ans après *l'incident*. Il répondait au médecin militaire avec un respect qu'il avait depuis longtemps cessé de témoigner à son oncle.

— Oui, monsieur ! Oui, monsieur !

Lenard était assis sur une chaise pliante dans la lumière crépusculaire d'un mardi calme dans le sous-sol de l'église, attendant le début de la réunion de prière. Il n'avait pas pensé à chercher B.J. si près de chez lui. Il songeait qu'il allait devoir retourner dans le Sud et y récupérer le garçon une deuxième fois. Il déglutit comme pour ravaler sa pomme d'Adam, se racla la gorge afin de contenir ses larmes, d'empêcher son esprit de comprendre que l'amour des deux oncles, un amour doux et consciencieux ou brusque et sévère, ne sauverait jamais B.J. de son passé, ni de son avenir.

Ce soir-là, à la réunion de prière, les membres de la congrégation entamèrent leurs supplications pieuses et terminèrent en claquant dans leurs mains, créant des rythmes qui, ils l'ignoraient, coulaient dans les cellules de leur sang, sous leurs peaux aux multiples nuances, flottant depuis la côte africaine jusqu'aux bancs de leur église. Ces rythmes invitaient à la célébration enjouée, ils n'étaient pas censés réveiller le cœur amorphe des vivants, les appeler à monter la garde et à éviter que leurs enfants ne soient capturés et traînés dans les broussailles pour être transformés en bêtes de guerre.

« Puissent les mots dans ma bouche, puisse le recueillement de mon cœur Te paraître satisfaisants », clap, clap, clap des mains gercées, et « Amen ». Au-dessus de l'église, deux nuages s'ouvrirent et laissèrent échapper des gouttes de pluie grosses comme les larmes du Serengeti.

Chapitre 11

Vietnam
1972

Quand ils sont jeunes, leurs trajectoires de vol ne sont pas motivées par l'instinct mais davantage par le désir de fuir les pratiques familières qui ont permis aux oisillons de grandir – alléluias, barbecues dans les arrière-cours, salons de barbier. Ils partent vers le nord puis bifurquent vers l'ouest, ou vers l'est pour aller au sud, tant que la direction est aux antipodes de la sagesse. Face à ces trajectoires de vol aléatoires, comment le destin peut-il réunir les deux moitiés d'un même être et le guider chez lui, vers ses terres natales ? Comment une mère peut-elle protéger ses oisillons, surtout si ces fils s'envolent tout droit vers les fusils des hommes blancs ? Comment peut-elle attendre la providence qui les sauvera tous, quand son esprit maternel tournoie aveuglément dans les nuages d'un vent cyclique, sans percevoir l'évolution linéaire de son enfant dans le rôle de protecteur ?

B.J. préférait les quarts de nuit car il était plus facile de dormir en plein jour que dans l'obscurité, quand il pouvait être réveillé en panique par des attaques surprises. La nuit, l'obscurité, les veilles, le sentiment de contrôle, tout ceci semblait plus paisible en comparaison. Il se transforma en vampire, à l'image des films de Bela Lugosi qu'il aimait regarder chez son oncle Lenard. La journée le plongeait dans un coma reconnaissant, la nuit réveillait ses meilleures aptitudes. Il observait les derniers rayons de lumière derrière la montagne et tendait l'oreille vers les collines lointaines, puis envoyait son trait point trait chaque heure à l'aide de sa radio, afin de connaître la situation des sentinelles de la Compagnie Bravo, étendues près de leurs transmetteurs. Ils guettaient des chuchotements, l'odeur de cigarette des soldats Viêt-cong en approche, puis envoyaient leur réponse en morse grésillant – trait point trait point, C de Charlie – pour signifier que tout allait bien.

La nuit, il pouvait rejouer l'embuscade en boucle dans sa tête et voir son erreur tactique : le moment où il s'était mis à genoux dans son pantalon pattes d'eph', le cœur battant, furieux contre son oncle qui se permettait de lui donner des ordres, et où il avait tiré sa petite valise de sous son lit pour préparer son évasion. Deux matins plus tôt, B.J. était assis à l'église, coiffé d'un borsalino en velours criard sous les regards désapprobateurs des femmes âgées, conscient de son accoutrement irrespectueux. Depuis sa chaire, le pasteur Johnson baissait les yeux vers lui au milieu de la congrégation, vers oncle Lenard assis le dos droit, l'air royal, tiré à quatre épingles à côté de son neveu adolescent qui dégageait une odeur de shit. « Deux hommes ne peuvent pas régner dans la même maison. Dieu en a fait ainsi. Une seule langue, une seule règle prévalent, et les mâles de chaque espèce doivent lutter pour trouver leur alpha. »

« Amen. » B.J. écoutait. Il savait qu'il devait partir mais refusait de s'entendre dire que partir signifiait aller à l'université, devenir le pion qui soulagerait les peurs de ses oncles, convaincus que les hommes noirs livraient les batailles de ceux qui les enchaînaient. Il ignorait qu'ils voulaient lui épargner le sort de leur frère.

B.J. voulait choisir la solution qui le rendrait maître de son propre destin, et pas responsable du leur. C'était là l'erreur tactique, foncer tête baissée vers les lignes ennemies sans l'artillerie adéquate. Il ne pouvait plus reculer, simplement rester éveillé et éviter de ressasser ses erreurs. Cette nuit-là, il écrivit une lettre à son oncle Lenard, avec la Lune pour seul éclairage.

Cher tonton,

commença-t-il, et il sentit son corps se détendre, retrouver l'état de plénitude qu'il avait connu entre six et dix-huit ans, la certitude d'être aimé qu'il avait pourtant prise pour argent comptant.

Tu dois déjà savoir que je me suis engagé dans les Marines. Je suis au Vietnam. J'ai tellement de choses à te dire mais je ne sais pas trop comment mettre de l'ordre dans mes idées. Je veux que tu saches que je suis vivant. Je ne sais pas comment c'est possible, mais je suis vivant. J'ai perdu un ami. J'ai des choses à régler et à réparer, des sacrifices à faire. Je comprends que tu essayais de me rendre responsable et de faire de moi un homme. Je vais sûrement mourir ici mais je veux juste que tu saches que je te suis très reconnaissant.

Avec tout mon amour,

Ton neveu, B.J.

Cinq mois plus tôt, il était allongé dans les broussailles avec son nouveau copain, Nick Porteli, qui s'était lui-même surnommé le Poète italien. Les deux adolescents plaisantaient sur leurs différences.

— Mec, t'as un accent tellement prononcé que je dois prendre des cours de bostonien pour te comprendre.

— Mec, tes cheveux sont tellement crépus que j'ai failli perdre mon paquet de clopes dans cette putain de jungle.

Des rires profonds et gutturaux qui éloignaient un instant les garçons de la gravité d'une vie adulte, où on leur ordonnait de faire le guet en attendant de tuer.

À quinze kilomètres derrière eux, les véhicules blindés qui les avaient déposés plus tôt dans la soirée patientaient sur la route ; devant eux, un entremêlement de végétation dense au pied d'une petite colline. Juste avant l'aube, cela leur ferait office de couverture lorsqu'ils avanceraient vers le hameau. Au-delà de la fine crête se déroulait une centaine de mètres de terrain à découvert, et, plus loin encore, des fossés, des barbelés et la palissade de bambou que leur section avait aidé à ériger. Leur consigne : monter la garde toute la nuit. Dans l'obscurité avant le lever du soleil, franchir la crête jusqu'au plateau, traverser le terrain à découvert, couper les barbelés et débusquer les intrus Viêt-cong dissimulés au sein de la population du hameau. On fixa les pinces coupantes au paquetage des artilleurs, qui seraient les premiers déployés sur place quand ils atteindraient le périmètre. Ils entreraient dans le hameau à l'instant où les lueurs grises de l'aube leur apporteraient la visibilité nécessaire à une attaque surprise contre les insurgés.

Mais, pour l'instant, leur tâche consistait à rester allongés en silence toute la nuit. Prendre chacun leur tour de garde, pendant que les membres de leur section dormaient chacun leur tour. Le silence était indispensable lors d'une embuscade matinale. B.J. se plaignit :

— Mec, cette saloperie, c'est pire que la nuit où on a dû dormir dans une putain de rizière.

— Le riz sauve des vies, plaisanta Nick.

B.J. ricana. Deux membres de leur section se retournèrent et les réprimandèrent d'un « chuuut ».

Ils se turent, l'immensité du ciel noir constellé d'étoiles comme leurs trente corps dispersés dans la végétation. Des corps vietnamiens étaient également tapis quelque part, croquemitaines cachés dans d'autres buissons à proximité. Les lézards, les singes, les libellules n'étaient que des éclats de lueur dans l'obscurité, attendant la prochaine escarmouche entre ces humains indésirables. B.J. laissa le poids de la peur peser sur lui jusqu'à ce que, obéissant aux ordres, il s'endorme.

Le lendemain avant l'aube, leur section avança dans la pénombre, sous les étoiles. Leur officier siffla une fois au milieu du chant matinal des oiseaux, signifiant « Halte ! ». Ils demeurèrent un moment au pied de la colline, les yeux rivés sur la broussaille dense et aussi noire que le ciel, se demandant comment traverser la végétation sans trahir leur présence. Ils n'avaient pas l'avantage du terrain, ignoraient tout de ces plantes grimpantes qui, une fois écartées, s'emmêlaient au-dessus de leur tête et s'enroulaient autour de leur corps. Ils ignoraient tout de ces gouttelettes d'eau suspendues à chaque fougère, qui trempaient leurs uniformes et leurs paquetages déjà alourdis par la sueur et l'humidité de l'air. Une fois le tissu trempé jusqu'à la dernière fibre de leurs chaussettes dans leurs bottes, la végétation inoffensive se réveillait soudain et les prenait au piège, défendant son peuple. Quand ils avaient observé cette végétation, un mois plus tôt alors qu'ils exploraient la zone, ce n'était qu'un muret de jeunes pousses à peine plus hautes que leurs chevilles.

Nick murmura :

— Comment on va pouvoir trancher ces merdes et passer sans faire de bruit ni se faire repérer ?

Leur officier siffla deux fois au milieu du chant matinal des oiseaux, signifiant cette fois « Avancez ! », et ils obéirent.

Ne panique pas, Lee, se dit B.J. tandis qu'il se voûtait comme les autres et gravissait la petite colline où il devait tuer pour la première fois. Mais lui et la moitié de sa section se trouvèrent pris au piège des plantes et durent attendre les pinces coupantes des artilleurs qui les sortirent de là.

L'aube était presque là quand ils se regroupèrent et atteignirent le sommet de la colline. Ils entendirent les deux sifflements d'oiseaux leur indiquant d'avancer encore. Ils n'auraient pas dû apercevoir leur officier agiter le bras à ce stade de l'offensive, mais les premières lueurs grisâtres du jour le révélèrent, lui et la ligne de front. Et soudain derrière lui, dans l'étendue de cent mètres avant les tranchées, les barbelés et les palissades en bambou, les nouvelles recrues Viêt-cong bondirent comme des nymphes sylvestres camouflées dans les broussailles. Ils jaillirent de leurs trous, armés de fusils et de machettes qui semblaient faits de branches et de bambou. Nick et B.J. et les autres bleusailles de la section se figèrent un instant, apeurés et incrédules, se demandant « Mais qu'est-ce que c'est ? ».

Puis leurs yeux firent ce pour quoi on les avait entraînés – repérer une cible mouvante et abattre ces buissons humains à mesure qu'ils avançaient. B.J. fit feu quatre fois en tirs rapides sur quatre soldats-buissons qui venaient de franchir la ligne de front. Entre la seconde où retentirent les détonations et la seconde où ils s'écroulèrent à terre, le soleil se mit à briller dans la brume matinale, et il vit leurs étroites poitrines se soulever sous leurs chemises mal ajustées avant la chute.

Les secondes s'écoulèrent tandis que son esprit glissait vers un souvenir, lui et la voisine Sheila qui n'apparaissait que l'été à la maison de M. Tunnelson. Dans le salon, Sheila et lui s'étaient battus pour des figurines GI Joe, luttant comme deux chiots. Bennie avait beuglé :

— Rebecca, je veux pas voir ces petits négros sauvages courir partout dans ma maison, fais-les sortir.

Bennie était entré dans le salon, une cigarette pendue aux lèvres, et il avait tiré B.J. par le dos de son T-shirt.

— C'est quoi, ton problème, négro ? Les garçons doivent pas taper les filles.

Pendant les quelques secondes où il resta perdu dans ses souvenirs, les buissons humains firent tomber plusieurs membres de sa section, comme autant de noix de coco coupées d'un arbre. Son cœur lui martelait la poitrine et lui coupait les voies respiratoires quand le chef de section leur fit signe de se replier. Leurs fusils et leur matériel cliquetant en orbite autour de leurs corps, les jeunes hommes s'élancèrent à toutes jambes, assez vite pour traverser le kudzu dans lequel ils avaient pensé rester pris au piège. Puis, « Tenez vos positions ! » hurla leur officier, dans l'espoir qu'ils contrôlent suffisamment leur terreur pour lui obéir. Ils se penchèrent près du sol, le souffle court et audible, et ils attendirent jusqu'à ce que les bruits de la nature retentissent à nouveau, deux oiseaux échangeant un sifflement aigu, « Nee, nee, nee ». Les casques restants le long de la ligne de front apparaissaient de temps à autre, levant un poing serré pour leur ordonner de tenir leur position, chefs d'orchestre indiquant aux cœurs des soldats de retrouver leur rythme tandis que les cerveaux entrevoyaient peu à peu l'horreur d'une embuscade véritable.

B.J. se souvenait de ses entraînements, garder l'œil rivé sur le viseur de son fusil si la situation venait à virer au chaos. Évoluant au ras du sol sur le champ de bataille, il regarda vers le nord, vers l'est, vers le sud et vers l'ouest, tournant en rond, le souffle court. Il s'arrêta sur l'image des corps abattus de femmes et de filles, agrandis par le verre de sa lunette. Sa respiration tenait plus du gémissement, à présent, mais il ne se détourna pas de son viseur tant qu'il n'eut pas la certitude qu'aucune cible ne bougeait plus.

L'unité resta immobile assez longtemps pour qu'on prenne des décisions dans les huttes silencieuses du hameau et que les Viêt-cong se faufilent hors de leurs cachettes par l'arrière du village avant de filer en douce dans la végétation montagneuse impitoyable.

Après une heure de silence, on leur ordonna de contourner ou d'enjamber les cadavres des femmes afin de retrouver au plus vite leurs camarades manquant à l'appel, de sauver les blessés et d'envelopper les morts. C'est alors que B.J. regarda autour de lui et vit des visages familiers sous les casques de guingois, puis se rendit compte que Nick n'était plus à ses côtés. Il cria son nom et perçut la terreur dans sa propre voix de ténor qui se répercutait contre la lointaine montagne que les Viêt-cong gravissaient sous le couvert du kudzu noueux, des fougères et des longues feuilles de palmier.

B.J. posta la lettre à son oncle et demanda à être retiré de la patrouille de nuit dans l'espoir de trouver le résultat de l'équation entre le garçon qui avait quitté sa maison sans un mot et l'homme qui refusait désormais de se cacher lors des tours de garde nocturnes.

Le dimanche matin à l'église, oncle Lenard chantait dans son costume bleu « Tout change et meurt, tout chancelle et s'écroule – Toi qui ne changes pas, reste avec moi », et la congrégation se balançait au rythme des cordes du piano. Certains fils étaient rentrés à la maison, des flammes dans les yeux et des membres mutilés. D'autres familles avaient ouvert leur porte à des inconnus en uniforme qui modifieraient la trajectoire de leurs rêves et réduiraient soudain au silence la ville, le pays, les émeutes raciales autour d'eux, à l'instant où ils leur remettraient ce drapeau américain plié en échange d'une vie humaine. « Dans l'ombre ou la clarté, reste avec moi », Lenard leva les mains vers Dieu, doucement, dignement, sans oublier que si les seules nouvelles de son neveu avaient été à travers cette courte lettre, la foi nourrissait l'espoir des deux oncles.

James était devenu diacre. Il arborait un veston trop serré, impossible à fermer sur l'avant, ses cheveux noirs ondulés désormais à moitié gris. Ils priaient pour B.J., le garçon doux dont le bon sens, comme souvent chez les adolescents, avait pris des détours par les ruelles de la vie jonchées de verre brisé.

Lenard chantait, James se balançait, et ils priaient pour le pardon de ces garçons noirs encore au Vietnam, pour les âmes déjà emportées, « Miséricorde, Seigneur, miséricorde, assez. Pardonne-nous, Seigneur, mais assez ».

Ils imaginaient Dieu voler au-dessus des rectangles verts des rizières, les femmes et les enfants vietnamiens en fuite se brouillant dans les rayons du soleil pour devenir les corps bruns des enfants africains traqués par l'envahisseur étranger, leurs propres fils à la peau brune devenus les chasseurs sous leur camouflage, tapis et prêts à précipiter des innocents au bas d'une falaise dans l'océan du génocide. Ils priaient, demandaient au Seigneur de s'élever des champs, des broussailles, de l'asphalte, des ghettos, de s'envoler si haut que la courbe de la planète pourrait absoudre les péchés des assassins, parmi lesquels figuraient leurs propres enfants. Ils imaginaient leur Père Tout-Puissant voler en basse altitude comme un hélicoptère pulvérisant une pluie baptismale de pardon. « Amen », dit la congrégation sans cesser de se balancer, mains tendues au-dessus de leurs têtes.

Leur Mère Toute-Puissante chantait en harmonie, souhaitant la même chose qu'eux. Son esprit volait au-dessus du champ de bataille, luttait contre les courants des hélicoptères qui fendaient l'air et tailladaient sa détermination à ramener B.J. chez lui avant la fin de ce périple belliqueux.

À chaque occasion, B.J. se portait volontaire pour arpenter les broussailles, les hameaux, pour explorer la ligne de front où il essayait de trouver un sens à la mort de Nick. Un destin bien préférable aux gardes de nuit, tapis à attendre une mort inévitable.

Au fil des mois, B.J. savait qu'il respirait puisqu'il voyait ses mains et ses pieds bouger, donc il était vivant. En compagnie de cinq autres hommes, ils formaient une petite unité d'exploration surnommée « La Tempête » car ils avaient tous dix-huit ou dix-neuf ans, et suivaient les ordres comme des zombies obéissant à leur maître vaudou. Ils voyaient uniquement ce qu'on leur disait de voir. Ils n'inclinaient jamais la tête d'un air dubitatif si leur officier leur demandait de tuer tous les habitants du secteur jusqu'au dernier. Ni s'il leur demandait d'augmenter leur quota de cadavres vietnamiens en contrepartie d'une journée de repos à boire des bières et à jouer au basket.

La Tempête fut envoyée repousser un petit effectif de Viêt-cong qui s'étaient échappés dans la montagne, avaient été débusqués par une attaque au napalm qui avait détruit leur couverture, puis s'étaient retrouvés piégés dans une parcelle marécageuse sans nulle autre échappatoire que la mer de Chine derrière eux. Le corps de B.J. appartenait à La Tempête mais son esprit avait depuis longtemps quitté la guerre, s'était mis en dormance, assis au bord du champ de tabac du voisin.

Hors des broussailles, hors des montagnes, hors des marécages, B.J. et sa section repoussèrent les Viêt-cong jusqu'à la mer. La Tempête s'accroupit dans les hautes herbes qui bruissaient et se balançaient comme des cheveux dans le vent en bordure de plage. L'odeur du sel emplissait l'air, le soleil se réfléchissait sur le sable qui générait sa propre chaleur.

C'était beau, et tous les hommes, ceux qu'on dénommait Viêt-cong, acculés à la mer, et les garçons américains dans l'herbe chaude, tous se changèrent soudain en enfants joyeux, s'ébattant par un samedi après-midi.

L'ennemi se tenait dans les vagues déferlantes de la marée montante qui s'écrasaient dans leurs dos, un dernier souvenir en tête – leurs vacances d'enfance en compagnie de leur famille vietnamienne, le soleil sur leur peau et le sable dans leurs cheveux noirs. Ils se remémoraient tous les mêmes sensations, leurs petits corps soulevés par l'assaut de l'eau salée, puis aspirés, et le contact des mains maternelles dans les leurs. La mélodie d'un rire féminin comme un cocon les protégeant des sons d'une mort imminente.

B.J. se rappelait un jour où Rebecca et lui avaient fui son père. Ils avaient parcouru la longue route jusqu'à Wilmington Beach où ils s'étaient assis en silence dans le chant paisible des vagues devant eux, les chuchotis des herbes sèches dans les dunes derrière eux. Pendant ces instants, il avait été libre. Rebecca et lui se tenaient pieds nus dans le sable chaud ; la douceur de sa main, la sueur de son petit corps d'enfant qui dégageait une odeur de chien mouillé.

Le soldat de deuxième classe Lee ferma les yeux pour tenter d'entendre une fois encore la voix maternelle, en vain. La Tempête ne put venir à bout des Viêt-cong enfoncés dans l'eau jusqu'aux genoux, puisant dans leurs dernières munitions avant d'accepter de se laisser avaler par la mer. La marée monta et les emporta dans le courant. Tendant les bras vers leur dos et leur ceinture, ils y décrochèrent les grenades fixées là comme les papayes qu'ils cueillaient sur les branches basses des arbres à l'époque où ils aidaient leur mère à porter la récolte jusque chez eux. Ils lancèrent les grenades dégoupillées dans les airs avant qu'une dernière vague les entraîne vers les profondeurs. Au-dessus des six Marines, les grenades semblèrent planer un instant avant de fusionner le ciel et le sable, avant que les explosions ne fassent aucune discrimination entre les garçons américains et les garçons vietnamiens, réduisant indifféremment les corps en bouquets de pétales colorés.

B.J. resta prostré dans le sable sous les prières de ses oncles. Il reprit connaissance au bruit assourdissant d'un hélicoptère. L'étoile blanche l'effraya d'abord, puis il oscilla entre deux états de conscience, écoutant l'esprit qui chantait la berceuse apaisante du *Fishing Blues*.

Et l'infirmier lui murmura à l'oreille la prière d'oncle Lenard :

— Reste avec moi, mon gars. Reste avec moi.

Chapitre 12

Saint-Louis, Missouri
1973

Les vieux esprits partis depuis longtemps tirèrent et poussèrent l'esprit-mère, ils la balancèrent en rythme avec la houle, ils la bercèrent, « Ne perds pas foi en attendant que les montagnes se transforment en galets, que la pluie donne naissance aux rivières, que les graines engendrent ces canopées qui protègent les têtes, ou en attendant le retour de l'enfant, la fillette au terreau fertile. Il faut de la patience avant que le rêve récurrent se réalise et réveille l'être à demi-mort déconnecté de son âme, assis sous les longs doigts écartés des feuilles de tabac vert foncé. Attends ».

Elle s'enfouit ainsi dans la poitrine des anesthésiés, attendant que la mémoire les ramène chez eux.

— Baguettes ?

À l'angle de la rue se trouvait une gargote qui servait des plats chinois. Tant de restaurants chinois à emporter avaient fleuri dans Saint-Louis pendant que B.J. était au Vietnam.

Les Noirs de la ville appelaient tous ces établissements par le même nom, « La Boîte des Chinois ». Derrière une paroi en plexiglas pare-balles, ils prenaient l'argent par la fente horizontale, posaient la nourriture dans un tiroir qu'ils poussaient vers leurs clients. Cette manière de faire commerce s'était développée partout en ville – les agents de cautionnement derrière un plexiglas, le vendeur d'alcool derrière un plexiglas, et l'accueil de l'hôpital pour les soldats vétérans, avec son plexiglas constellé d'impacts de balles qui avaient tenté de traverser la barrière entre réalité et folie. Ils essayaient tous de se protéger du mal-être rapporté au pays dans le corps des fils et des pères noirs qui incarnaient autrefois l'avenir prometteur de la ville.

L'usine Ford menaçait de fermer car les hommes noirs rentrés du combat n'avaient plus les membres nécessaires pour actionner les machines, et s'ils étaient encore valides, ils étaient souvent sujets à des accidents mortels. Ils sautaient dans les équipements de démolition. Ils glissaient sous les scies qui leur tranchaient les membres et les rendaient quitte face à leurs amis mutilés au cours d'affrontements soi-disant militaires.

— Des baguettes ?! cria le petit vendeur chinois à B.J. derrière la paroi épaisse.

B.J. regarda autour de lui, gêné. *Depuis combien de temps je suis dans les vapes ?* Il se sentait agité dans son T-shirt, son pantalon et sa veste en jean sales. Les clients qui formaient une file derrière lui au-delà de la porte d'entrée gardaient leur distance afin d'éviter de sentir son odeur ou de se trouver pris dans le tourbillon de cette folie incontrôlable qui faisait des ravages dans toute la ville.

B.J. répondit en voulant dire « Oui, s'il vous plaît » mais prononça « des bâtonnets ». Les yeux rivés à ceux du Chinois, pas du Vietnamien, il songeait au quota des cibles atteintes qui signifiait un jour de congé à jouer au basket au campement, avec une glacière de bières – douze cadavres vietnamiens équivalaient à un pack de six, exactement comme quand il allait à la pêche avec Bennie, enfant. Douze poissons ferrés sans déranger son papa équivalaient à une boîte de glaces au magasin A&P. Il revoyait les bâtonnets qu'il avait nettoyés à coups de langue et conservés afin de construire un fort pour ses GI Joe. *Huit, neuf, dix, onze, douze,* « des bâtonnets », répéta-t-il d'un ton assuré, dans l'espoir que ses paroles effacent le regard fixe et déstabilisant du Chinois.

Une voix de femme dans la file d'attente qui s'étirait jusque dans le Martin Luther King Boulevard s'éleva :

— Hé, négro, tu veux des baguettes, oui ou merde ?!

B.J. attrapa dans le tiroir le sac en papier kraft contenant son riz frit aux crevettes. Conscient que des propos étranges lui avaient échappé, il prit la fuite, parcourant à grandes enjambées les six pâtés de maisons jusque chez oncle Lenard, maudissant le soleil de le rendre ainsi visible aux gens qui l'observaient en douce depuis leurs voitures ou le toisaient depuis leurs porches.

Les rayons du soleil s'infiltraient par la fenêtre tandis que B.J. était allongé sur son lit. D'ici deux semaines, son ancien lycée fermerait pour les vacances d'été et oncle Lenard serait à la maison pendant la journée. Les rais de lumière parvenaient à passer entre les couvertures vertes qu'il avait suspendues aux fenêtres afin d'empêcher le matin d'entrer. La station de radio KATZ diffusait à bas volume *I Shot the Sheriff* de Bob Marley. Il se sentait comme un débris d'artillerie abandonné sur place. Il était étendu là où, deux ans plus tôt, il avait cherché un moyen de rejeter ce qu'on lui offrait – un foyer, l'occasion d'aller à l'université, ce qui aurait retardé sa mobilisation et l'aurait protégé de toute cette merde au Vietnam. Il resta étendu là à se demander pourquoi oncle Lenard ne l'avait pas retenu, pourquoi oncle Lenard ne lui avait jamais parlé de cet état morbide dans lequel il serait plongé et qui l'obligerait à voir ses parents morts franchir en trébuchant la porte de leur chambre pour dégringoler dans son monde à lui, suivis d'insurgés battus et ensanglantés. La chaleur matinale faisait suinter la graisse par ses pores, pas de sueur, rien que de la graisse qui coulait, lui rappelant l'inconfort de ses nuits à dormir dans la jungle en caleçon et débardeur qui lui collaient à la peau.

Il restait allongé là à écouter les mouvements matinaux d'oncle Lenard, le tintement métallique de la casserole qu'il sortait du placard, l'eau du robinet, le bruit de succion du frigo qu'il ouvrait pour y prendre les œufs et le paquet de pain rangé là contre les cafards, le beurre, la crème pour son café. Il écoutait la symphonie d'avant le travail sans quitter le plafond des yeux, au même endroit où, à l'adolescence, il demeurait prostré le matin, furieux d'avoir oublié de faire ses devoirs quand il n'avait pourtant pas l'habitude de les oublier, furieux que son prof de maths ne croie plus en lui, qu'il se soit mis à le considérer comme un fumeur de joints à l'image de ceux qui traînaient derrière les vestiaires du terrain de sport pendant les heures de permanence, furieux car c'était exactement ce qu'il était.

Il s'était endormi sans s'en rendre compte, à scruter le même point au plafond et à écouter oncle Lenard. Il se réveilla en hurlant le nom de son camarade de garde.

— Nick ! Nick !

Puis il poussa un long hurlement, ni un sanglot, ni un chant, rien qu'un long cri haut perché et monocorde, sans aucune inflexion.

— B.J. ?!

Lenard frappa à sa porte et entra lentement. Son esprit écarta l'idée de trouver son neveu dans une flaque de sang, ou victime d'une overdose de médicaments volés dans une maison du quartier, dans le cabinet à pharmacie derrière une fenêtre ouverte.

Son neveu était étendu là, les yeux entrouverts bien qu'endormi, ses lèvres gercées laissant échapper de petits gémissements, « Maman, maman ? », comme s'il était le témoin impuissant d'un drame qu'il ne pouvait pas empêcher dans son rêve. Lenard le voyait parfaitement, l'esprit de B.J. s'élevait de son lourd corps odorant et flottait juste au-dessus du lit, bien que ses membres s'agitent sur les couvertures.

Lenard parvenait à peine à respirer, il ne pouvait plus ni regarder ni être impliqué dans tout ceci, et il demanda, « Seigneur Dieu, peux-tu me venir en aide ? ». *Qu'est-ce que j'ai fait de mal ?*

Sa réponse lui parvint sous la forme d'un souvenir, celui de la promesse faite au pasteur Johnson : « Je ne chercherai pas à faire en sorte que B.J. oublie son passé. » Il se tenait là dans la torpeur de la chambre sombre, impuissant, à regarder son neveu se débattre au plus profond de cet enfer où sa famille l'avait laissé.

Il entendit « Lève-toi ! ». Lenard se rendit au radio-réveil posé sur le chevet et, dans un bruit de parasites, il tourna le bouton jusqu'à trouver la station de musique gospel. Le chant de la chorale s'éleva vers les cieux, léger comme l'éther, « *Nobody told me the road would be easy* ». Dans son cœur, il répondit « alléluia », s'essuya les yeux comme il l'avait fait le matin où il s'était réveillé et avait découvert que Bennie l'avait laissé seul à labourer la terre et à subir les coups de fouet. Il s'essuya les yeux d'un revers de main, retira les couvertures accrochées à la fenêtre et enclencha le ventilateur fixé dans la vitre, puis il demeura là pendant la minute qui lui restait avant d'être officiellement en retard. Il pria « Notre Père qui es aux cieux, entoure B.J. de ton amour et de ta bienveillance, protège-le, guéris-le, marche à ses côtés. Aide-moi à comprendre comme l'aider. Amen ».

B.J. suivit l'exemple de son oncle et se rendit à la réunion de prière le soir même, qui s'avéra davantage un cercle de parole sur la douleur. Il s'agitait sur sa chaise, conscient du poids qu'emmagasinait son corps, à l'image du poids de James. Les paroles prononcées se muaient en sons indistincts qui se brouillaient dans son crâne fêlé.

Sœur Collier s'adressa à lui.

— Frère Lee, veux-tu partager tes pensées ?

B.J. se sentit attiré loin du bourbier de son propre esprit par une voix familière.

— Je risquerais d'être grossier, marmonna-t-il.

— Ce n'est pas grave, grossier ou non, Dieu connaît ton cœur. Tout ce qui te traverse l'esprit se trouve déjà ici, dans cette pièce. Sens-toi libre de parler à voix haute, loué soit le Seigneur.

Il regarda les autres hommes autour de lui, pareils à des GI Joes en plastique mâchonné, aux membres mutilés ou difformes. Il s'exprima à voix haute et sans filtre.

— Vous dites tous que vous n'avez plus de maison, plus de pays. On est tous brisés et tordus, et on est censés louer le Seigneur ? Vous trouvez pas que c'est une putain de saloperie à faire ça à un négro, de le foutre sur un champ de bataille jusqu'à ce qu'il pète un plomb, et puis de le ramener chez lui avec des morceaux de son corps en moins et de dire « Loué soit le Seigneur » ?

Sœur Collier n'avait pas changé depuis l'enfance de B.J., une sœur ronde à la peau claire et constellée de taches de rousseur, avec une afro rousse comme un halo entourant son esprit interrogateur. Elle était la seule femme diacre et se faisait une fierté d'aider les soldats rentrés du front. Son pantalon de tailleur en polyester bleu clair bruissait à chaque mouvement de ses bras et de ses cuisses. Elle serra la veste sur sa poitrine opulente couverte d'un T-shirt rayé en polyester.

— Frère Lee, on est tous en train de mourir. On est tous en train de chercher, d'essayer de comprendre. La question, c'est pas de savoir qui a raison, la question, c'est plutôt de savoir si on essaie vraiment.

B.J. était assis sur la chaise en plastique bancale, le minuscule cercle de pratiquants lui semblait trop proche, il avait conscience que ses cuisses avaient épaissi au fil des cinq derniers mois. Il interpréta les paroles de sœur Collier comme « Tu ne fais rien pour venir en aide ni à toi-même ni aux autres. Tu n'as pas ta place ici, avec ton attitude négative ».

Puis elle dit :

— Ta vision du monde a peut-être changé, frère Lee, mais Dieu reste notre Dieu. C'est simplement ta foi qui est mise à l'épreuve. C'est ça, croire en Dieu. Quand on est enfant, on croit en Lui car nos parents nous disent de le faire, et plus tard, on croit en Lui parce qu'on a enfin grandi et qu'on doit affronter la mort tout seuls.

B.J. se pencha en avant, son jean lavé et séché par son oncle. Le pantalon limitait ses mouvements.

— Sœur Collier, vous me connaissez pas. Si Dieu avait voulu me donner la foi, il l'aurait fait quand j'ai dû affronter la mort dès mon enfance.

C'était un peu comme une claque en plein visage, un peu comme ses derniers mots, un peu comme *Honte à vous de ne pas m'avoir aidé quand j'étais petit.*

Il brisa le cercle, quitta sœur Collier et les trois jeunes vétérans noirs qu'il refusait de regarder dans les yeux, l'un avec un moignon en guise de bras, l'autre au pied amputé, et un troisième qui paraissait aussi normal que lui en extérieur et affichait un air coupable pour cette raison. À la porte d'entrée, il fit volte-face et interrompit leurs prières, hurlant une fois encore à leur intention et à celle de Dieu :

— Vous me connaissez pas !

Il grimpa l'escalier jusqu'à la rue et réveilla les inquiétudes qui couvaient sans cesse dans le cœur de ses proches.

Sœur Collier téléphona à oncle Lenard.

— Votre neveu a interrompu la réunion de prière, il a crié, il a fait une scène et il a quitté la salle. Vous devriez partir à sa recherche.

La ruelle était étroite, un tunnel urbain sans lampadaires, rien que la lumière occasionnelle d'une maison. Il s'y sentait en sécurité sans être étouffé. B.J. traversa le jardin à l'arrière de la paroisse et entra dans ce tunnel où il pouvait enfin respirer, fourra les mains dans ses poches et disparut. Il entendit un avertissement dans une voix qu'il reconnut, « N'y va pas ». Et la ruelle était sombre, et il avait soif, il sentait la compression à l'endroit où son œsophage rencontrait son estomac, il sentait son estomac se contracter. « N'y va pas. » Il parcourut la ruelle vers ce qui lui apparaissait comme un soulagement, comme la fraîcheur de la pluie juste devant lui, en cet instant où la soif lui accaparait l'esprit. Dans la pénombre, il entendit la congrégation de l'église baptiste de son enfance chanter d'une seule voix « Yes, my soul says yes ». Une mélodie lente et harmonieuse, et il voulait étancher cette soif. Ce « Oui » se mua en un son étiré et aigu, accompagné de la lumière des phares, de la lumière des lampadaires. Ce « Oui » se fit détonnant et assourdissant tandis qu'il transperçait les parties de son cerveau réduites en miettes sur une plage de la mer de Chine, « Ouuuiiii ».

Des klaxons puissants lui hurlaient aux oreilles alors qu'il se tenait au milieu de Goodfellow Boulevard. Ignorant qu'ils lui intimaient de rester en vie, il leur offrit une réponse mue par sa soif de mort. Il resta sur la double ligne jaune médiane, bouche ouverte vers le ciel dans l'espoir que son esprit s'envole à la suite de Bennie et de Rebecca et de la fillette qui planait parmi les âmes anonymes – et dans les longs hurlements assourdissants des Cadillac, des berlines Ford, des pick-up Chevy fatigués, les Noirs de Saint-Louis l'évitaient sur la chaussée, lui vociféraient de rester parmi les vivants.

— Ton neveu est en plein milieu de la route, putain.

James reçut un appel téléphonique avant Lenard.

À l'hôpital pour vétérans, il se posta à côté de B.J. Il lui tint le bras comme s'il craignait que son neveu à l'afro aplatie ne prenne la tangente. Du haut de ses cinquante-huit ans, ses genoux étaient douloureux d'avoir porté toute sa vie le poids de son corps et de son chagrin refoulé. Le juke-box de sa taverne, les cercles réguliers de son chiffon sur le comptoir, le son liquide de l'alcool dans les verres étaient autant d'écrans de fumée qui l'empêchaient de reconnaître ses sentiments. Il avait passé sa vie entre la grotte sécurisante de sa taverne et le soleil sécurisant qui baignait les bancs de l'église. Une trop longue immobilité, ses genoux le firent soudain souffrir et il prit appui sur le bureau d'accueil, chassant ses émotions à l'idée de devoir forcer son neveu à rester en ce bas monde. Lenard vint les rejoindre, il franchit la porte de ce lieu qui dégageait une odeur insistante de bandages et de pus.

Sous le regard attentif de ses deux oncles, B.J. sentit sa poitrine se serrer. Sa tête flottait, détachée de sa colonne vertébrale. Le parfum entêtant d'une fleur vietnamienne dominait sa transe tandis qu'il s'en remettait à ses frères d'armes pour assurer la veille et qu'il cédait à la vulnérabilité du sommeil. *Slippin' Into Darkness* passait en boucle dans sa tête, avec ses cuivres de jazz et ses cymbales qui frémissaient sous les balais comme les œufs dans la poêle à frire de Rebecca. Il cilla et se stabilisa au contact de la main d'oncle James quand l'infirmière fit glisser les formulaires accrochés à la planche à pince sous la protection en plexiglas.

— Vous avez une pièce d'identité ?

B.J. ne la regarda pas mais fronça les sourcils, les yeux rivés au sol, puis il tira sa plaque d'identité militaire de sous son T-shirt. Elle s'exprima plus fort comme s'il était sourd.

— Est-ce que vous avez une pièce d'identité ?

Son ton lui rappelait « Hé, négro, tu veux des baguettes, oui ou merde ?! ». Il frissonna à l'idée d'avoir glissé dans un univers où les voix saines d'esprit devaient hurler des invectives exaspérées afin de lui tirer des réponses.

Il n'aurait pas dû lever le regard vers elle.

— Et ça, c'est pas une foutue pièce d'identité ? Qu'est-ce que vous voulez de plus, putain ?

Dans la salle d'attente aux chaises en plastique bleu turquoise, les yeux et les têtes se figèrent droit devant. Tous ces hommes étaient passés par là, eux aussi, ils avaient appris à se contrôler et à bâtir des murs, même si ces murs étaient temporaires, en toile de tente d'infirmerie. Des murs entre la confusion brûlante de leur cerveau et le monde réel qui communiquait d'un ton calme et mesuré.

Lenard avança dans son imperméable, chapeau serré entre ses mains.

— Je suis son oncle, Madame. Je vais l'aider à remplir ces formulaires.

Il posa sa mallette sur le comptoir d'accueil, défit l'attache et sortit les documents qu'il gardait depuis que B.J. avait six ans, carte de sécurité sociale, copie de son acte de naissance qu'il était allé chercher au tribunal de Fayetteville ce jour de 1960 quand il avait identifié à la morgue du comté les corps de son frère et de sa belle-sœur qui portait un enfant anonyme.

Lenard était assis d'un côté de B.J., James de l'autre, dont les fesses tenaient à peine sur la chaise. Ils le maintenaient en place en lui posant les questions des formulaires.

— Quelle est, d'après toi, la raison principale qui te pousse à consulter un docteur aujourd'hui ?

B.J. restait assis immobile, lorgnant les autres patients dans la salle d'attente et chuchotant.

— Mais qu'est-ce qu'ils matent, putain ?

Le genou de Lenard tressautait en rythme avec ses questions.

B.J. apprit à faire la différence entre ce qu'il sentait tourbillonner dans sa tête criblée d'éclats de grenade et ce qu'il voyait se refléter à l'extérieur, dans le monde réel. Au cours des visites suivantes, assis sur une chaise de l'hôpital, il voulait expliquer à la psychiatre que la couleur jaune des chaises le rendait nerveux et agité.

— C'est comme si j'étais redevenu petit, je pensais pas déjà être un homme. Je connaissais pas encore le Vietnam, ni oncle Lenard. Je vivais à Fayetteville, je me tenais sur la ligne jaune au milieu de la chaussée. Je réfléchissais pas, je faisais la seule chose qui me venait à l'esprit, partir avec eux. Je suis calme quand personne vient m'embêter. Je perds pas la boule. Mais là, j'avais perdu la boule et je cherchais mes parents. J'essayais pas de me suicider.

Il savait parfaitement qu'il fallait éviter d'évoquer les voix qui s'adressaient à lui, présenter simplement les faits sur ce jour-là et ignorer les passages qui l'obligeraient à être hospitalisé, attaché et retenu de force dans cette vie.

— Hm-hmm, fit-elle sans cesser de griffonner sur son bloc-notes aux feuilles jaunes cornées. Et êtes-vous retourné à Fayetteville ?

À cette question, B.J. resta assis, pantois, suspendu entre les flots tumultueux de son cerveau et le chemin linéaire que les mots sont censés prendre. Il regarda les posters affichés aux murs autour de lui. L'un d'eux représentait un homme censé être un vétéran, qui fumait un joint assis en chaise roulante. Le slogan annonçait « La drogue n'est pas la solution ». Elle lui demanda à nouveau :

— Deuxième classe Lee…

Elle persistait à l'appeler « deuxième classe » ; il aurait aimé qu'elle s'abstienne mais n'avait pas eu la clarté d'esprit de le lui demander.

— Êtes-vous retourné à Fayetteville depuis vos six ans ?

B.J. parvint à faire abstraction du manque de concentration et de la torpeur qui l'envahissait.

— Non, m'dame.

Ce soir-là, il entra d'un pas lourd dans la cuisine alors que son oncle avait déjà dîné et lisait dans son bureau. Il se prépara un sandwich à la viande froide et mangea debout dans l'obscurité. Il songea à se rendre dans le rai de lumière qui s'échappait du bureau de Lenard et à lui demander de l'accompagner à Fayetteville. Il termina son sandwich et but un verre entier d'eau du robinet pour apaiser la nervosité qui lui nouait la gorge à l'idée d'avancer jusqu'à la porte d'oncle Lenard. Ce dernier sursauta en le voyant et en l'entendant.

— Tonton ?

Et ils revirent tous deux en mémoire le jour du « Tonton, la lune est vraiment à 384 400 kilomètres de la Terre ? ».

Le lendemain matin était un samedi. B.J. ne resta pas au lit à attendre que son oncle tonde la pelouse avant de quitter la maison, et Lenard ne guetta pas à la porte de son neveu en se demandant s'il devait entrer dans la chambre. B.J. alluma la douche dans leur salle de bains au carrelage vert marbré, choisit la meilleure serviette verte, la crème à raser et un rasoir. Lenard fouilla dans le sèche-linge en quête d'un jean, d'un T-shirt et d'un sous-vêtement qu'il posa sur la panière de vêtements.

Le matelas conservait l'indentation du corps pesant de B.J., revenu d'entre les morts. La tombe de son lit conservait l'odeur de sa peau et de ses cheveux tandis que le parfum de savon Dial, de déodorant Old Spice et de crème à raser lui conféraient une nouvelle enveloppe de peau brune. La vapeur de la douche nettoya de ses pores les restes d'alcool et de solution saline.

Ils s'engagèrent sur l'autoroute I-40. B.J. était installé sur le siège passager de l'Oldsmobile 98 de Lenard. Le paysage défilait à toute vitesse devant ses yeux et il les ferma afin d'éviter le vertige. Il se souvint de respirer comme le lui avait expliqué la psychiatre, « Des respirations lentes et profondes », mais son cœur battait trop fort et l'empêchait de se concentrer. Lenard entendait les battements étouffés. Dans le rétroviseur, il regarda le semi-remorque derrière eux. Il envisagea de faire une pause en bord de route, s'encouragea à ne pas laisser les battements de son cœur s'accorder à ceux de son neveu, anxieux qu'il était à l'idée de traverser à nouveau le fleuve Mississippi, de reprendre la direction du sud-est à l'affût d'un souvenir qui pourrait lui coûter la vie mais sauver celle de son neveu. Ralentis,

ralentis. Il fut heureux de voir apparaître le rectangle vert qui lui indiquait une sortie d'autoroute.

— Non, non, non.

B.J. lui fit signe de continuer sur la voie principale.

— Je vais bien. Je veux juste arriver là-bas. Allez, on continue.

B.J. se redressa et Lenard l'imita, le dos droit et les mains sur le volant. L'ombre d'un fin nuage survola la voiture. Leur souffle et les battements de leur cœur ralentirent, s'accordant aux cahotements sourds des pneus usés sur l'asphalte.

La psychiatre avait suggéré qu'ils instaurent une confiance mutuelle – B.J. préviendrait Lenard s'il était sur le point de renoncer à la vie, et Lenard devrait avoir foi en lui, considérer son neveu comme un adulte et non plus comme un enfant, lui permettre d'effectuer ce rituel et de faire le deuil définitif de la mort de ses parents. Lenard devrait croire en B.J., il devait être certain que, contrairement au dernier oiseau abandonné en queue de migration, il n'allait pas prendre son envol et chercher à rejoindre les autres.

Ils se postèrent tous deux sur le porche, là où la vigne vierge et le chèvrefeuille s'accrochaient aux murs et arrachaient les bardeaux érodés de la maison abandonnée, recouvrant les fenêtres et s'étirant jusqu'aux gouttières pour avaler cette maison aux trop nombreux meurtres que les voisins préféraient oublier. Ils écoutaient le cœur de B.J. qui battait la chamade tandis que des auréoles de sueur se propageaient sous les aisselles de son T-shirt blanc. Lenard cilla, essaya de se convaincre que ce n'était pas ce porche-là, et il sentait sa poitrine se serrer de tristesse au souvenir des jours qu'il avait passés seul sur un porche semblable dans le Mississippi, abandonné d'abord par Lottie, puis par Bennie, puis par Old Deddy. Il brisa le silence.

— Tiens, j'aimerais que tu gardes ça.

Il tendit à B.J. la Bible à couverture de cuir qu'il portait sur lui chaque jour dans sa mallette comme un talisman qui le protégerait des chagrins de son passé. Dans sa chemise blanche à manches courtes, son pantalon noir et ses élégantes chaussures, il avait toujours un air soigné. « Quand je marche dans la vallée de l'ombre de la mort, je ne crains aucun mal. » Et il l'offrit à B.J.

Ce dernier saisit le livre, posa une main dessus et l'autre en dessous.

— Je me souviens qu'on passait jamais par la porte de devant, toujours par celle du jardin à l'arrière. Alors je te dis au revoir ici, tonton.

Ils jetèrent tous deux un regard à l'angle de la maison, en direction du chiendent qui se dressait jusqu'à leur taille, presque aussi haut que les plants de tabac dans le champ voisin.

Lenard murmura :

— Prends vraiment cette bible avec toi, si tu comptes franchir ce chiendent.

Ils étouffèrent leur rire dans une étreinte, le premier son joyeux et insouciant qu'ils lâchaient depuis des années. Ils s'assénèrent plusieurs claques dans le dos, comme on frappe sur la peau tendue d'un tambour, pour réveiller leur cœur. Lenard se rendit soudain compte qu'il aurait dit au revoir au garçon de cette manière avant son départ au combat, s'il en avait eu l'occasion.

—Bon, allez ! lança B.J., impatient désormais de traverser l'étendue de chiendent et de se poster à la porte de son enfance.

Il scruta la moustiquaire et son filet fixé sur un grillage léger aux boucles métalliques, saisi par l'illusion de souvenirs qui refusaient de remonter à la surface. Il garda ses chaussures boueuses et entra dans la petite cuisine.

Respire, se répéta-t-il, et il prit une inspiration avant d'avancer dans le couloir, désormais si étroit autour de son corps qu'il se sentit pris au piège entre la porte de la chambre parentale et la sienne. Il posa les mains sur chaque mur pour les empêcher de se refermer davantage sur lui, pour reprendre son équilibre et contrer le vertige qui l'attirait vers les lattes fendues du plancher. *Respire*, mais inspirer faisait entrer l'odeur de moisissure qui lui démangeait la gorge.

Une main toujours sur le mur, il ouvrit la porte de la chambre de Rebecca et Bennie, et il ne put éviter la chute, la sensation que son bras ne faisait qu'un avec le chambranle de la porte, puis s'éraflait dans le sable rugueux d'une plage vietnamienne. Sa tête heurta le sol près du pied du lit. Sa tête, tel un battant qui tintait dans la cloche de son casque militaire. Sa tête, posée dans son sommeil sur la poitrine de Rebecca, espérant comme elle que l'homme qu'ils aimaient ne serait pas en proie à la folie quand il rentrerait le soir. L'esprit de B.J. faisait des bonds dans le temps, son corps et ses nerfs enregistraient chaque information et sensation prises au piège d'un filet entre le passé et le présent. Son cerveau était enflé, comme quand il mangeait ses glaces trop vite et qu'une onde glacée lui parcourait le crâne. Il oublia de respirer, de gonfler et de contracter ses poumons, et il rampait désormais sur la plage dans l'espoir de trouver un abri.

Au même moment, Lenard était assis devant la télé du motel et essayait d'ignorer ses propres traumatismes qui l'obligeaient pourtant à regarder par la fenêtre au moindre grondement d'un moteur. Il se concentra sur B.J., tenta de se convaincre que si son neveu avait besoin de lui, le téléphone de la chambre sonnerait l'alarme. Mais cela impliquait que B.J. ait la présence d'esprit de se rendre au restaurant Ethel's dans Ramsey Street et d'y trouver la cabine téléphonique. Dans la maison de Colonial Drive, B.J. oublia sa promesse. Le même élan qui l'avait attiré à la double ligne médiane jaune dans Goodfellow Boulevard fit taire la réalité.

B.J. peina à se relever, puis se hissa sur le lit de ses parents. Le matelas beige se plia comme un berceau sous le poids de son corps à l'endroit où les rats avaient arraché le rembourrage pour garnir leurs nids. Il resta là un moment, apaisé et emmailloté dans le matelas, il respira et attendit le retour de la réalité. La lune monta et apparut dans l'entrelacs des plantes grimpantes à la fenêtre qui encadrait autrefois les levers de soleil au printemps.

La respiration désormais régulière, le gonflement de son cerveau résorbé, il s'assit et suivit le rayon de lune qui éclairait le tiroir de chevet de Rebecca. Il l'ouvrit mais le tiroir se trouva bloqué par les papiers et les souvenirs que sa mère avait fourrés là et gardés à proximité pendant son sommeil. Le cœur de B.J. s'apaisa. Il se souvenait, enfant, de s'être faufilé dans leur chambre quand ils le laissaient seul. Il prenait quelque chose, n'importe quoi, quelques pièces de monnaie ou ces sachets dont l'utilité lui échappait, un sachet carré comme celui des Alka-Seltzer mais qui contenait quelque chose de rond et de mou sous l'emballage crissant. N'importe quoi, tant que cela lui permettait de se sentir proche d'eux.

B.J. plongea sa main adulte dans le gouffre sombre du tiroir et son doigt s'accrocha à une agrafe.

— Merde !

Il retira brusquement sa main où s'accrochait le dos noir d'une photo Polaroid, l'agrafe à demi ouverte enfoncée dans la chair blessée de son majeur, une goutte de sang minuscule accompagnant sa découverte de l'image au verso. Une version plus jeune de sa mère, et sa sœur, Beverly, leurs visages souriants et amènes. Il avait souvent vu cette photo, dans son enfance. Sa mère avait les cheveux longs et la poitrine étroite.

Les cheveux de Beverly étaient ramenés en arrière, ornés d'une fleur d'hibiscus jaune glissée dans ses mèches lissées et bouclées. Leurs visages se brouillèrent avec ceux des filles vietnamiennes assises dans ses souvenirs sans arrière-plan particulier. Sur la photo, dans le paysage flou derrière elles, trois drapeaux américains flottaient dans un claquement figé et paresseux, présageant les trois hommes qui traverseraient bientôt le quartier en plein jour, visages masqués, pistolets braqués sur elles.

B.J. leva la photo à hauteur de ses yeux dans le clair de lune, sentit le parfum d'eau de rose qui supplanta un instant l'odeur de pisse de souris. Il remarqua sa propre respiration – régulière. Malgré les découvertes difficiles, l'envie de se souvenir était pareille à un torrent tumultueux dans son corps. Il rangea la photo dans le tiroir et trouva, pliés ensemble par trois ou quatre, des mots et des papiers grignotés par les souris. Il les porta dans la lumière et y vit les lettres brouillonnes et maladroites de son écriture naissante à l'âge de six ans. Il sourit, impatient de contempler son enfance, et il se leva du lit grinçant pour regarder les mots avec attention dans le clair de lune. Le premier de la pile :

Papa, maman été pas la kan je suis rentré de l'école.

Son sang se glaça dans son cerveau, il entendit Rebecca hurler dans la chambre derrière la porte fermée et il s'effondra au sol. Si seulement il avait déjà connu un souvenir, une sensation de souvenir, un avertissement quelconque, il se serait encouragé à respirer profondément pour contrer le pincement de douleur intolérable, mais il était redevenu un enfant-fantôme, celui qu'on laissait seul à la maison et qui appelait ses parents en hurlant.

Au milieu de la nuit, alors que la lune apparaissait désormais à la fenêtre de la salle de bains puis à celle de la cuisine, il se hissa sur le lit du côté de Bennie, où il fouilla dans le chevet paternel. La soif lui serrait la gorge. À demi-conscient de ce qu'il saisissait, sa main tomba sur le sachet poussiéreux en plastique refermable où étaient rangés un minuscule briquet et les joints saupoudrés de PCP. La voix dans sa tête chantait « *He's got high hopes, he's got high hopes* ». Il secouait la tête malgré lui, tendait les bras vers Rebecca.

La première longue bouffée de drogue moisie entrouvrit les poumons de B.J., et ses organes enfermés dans sa cage thoracique se détendirent. À chaque inspiration, l'Univers s'étirait et se contractait, et il éclata en sanglots interminables. La drogue se chargea de ce qu'il n'arrivait pas à faire seul, respirer, et son souffle alimenta en oxygène et en circulation sanguine les souvenirs ensevelis. Il entendit une guitare électrique qui éclaira une image de son père dans le salon, dansant d'un air joyeux sur les morceaux de Chuck Berry que diffusait leur minuscule chaîne hi-fi.

La maison s'ouvrit aux lueurs embrumées de l'aube. D'un pas trébuchant et instable, B.J. s'élança pour échapper aux souvenirs envahissants. Il franchit la porte de la cuisine, sortit dans le jardin et sauta par-dessus le grillage dans le champ de tabac, longea la maison aux bardeaux d'asphalte du voisin endormi, s'engouffra dans son potager où poussaient des plants de maïs, des tomates enroulées autour de tuteurs en bambou, des gombos pareils à des arbres miniatures surmontés de fleurs violettes qui se transformèrent en broussailles denses, puis se transformèrent en un dimanche matin baigné de soleil aveuglant. Il courut à l'endroit exact où son âme d'enfant attendait sagement le contact d'un être humain.

La chaleur de la terre sous son pantalon du dimanche, le ciel bleu au-dessus du petit champ adjacent, le bleu roi du tracteur de M. Tunnelson avec ses petites taches de rouille visibles même de là où il était assis à six ans, son cerveau bourdonnant, flottant, le voisin qui n'entendait pas les mots qui s'échappaient de sa bouche ouverte, et B.J. se retrouva plongé au milieu de la scène de ses derniers instants avec sa mère.

Il vit Rebecca courir, l'appeler en hurlant, bras tendus vers lui, il vit son père viser le dos de sa mère, et il se tourna pour regarder le voisin qui coupait le moteur, dont les bottes crissaient sur la terre sèche à l'instant où elles touchaient le sol. Il entendit la détonation qui déclencha un sifflement aigu dans ses oreilles et couvrit les cris de M. Tunnelson.

— Nan, mec ! Fais pas ça ! Nan !

Puis la voix de Bennie fut l'unique son qui accompagna l'écho decrescendo de la détonation.

— Rebecca !

Un cri à glacer le sang qui appelait sa mère et l'enfant anonyme qu'elle portait.

B.J. vit les yeux de sa mère se figer et disparaître lorsqu'elle s'écroula. Il scruta la ligne jaune sur l'asphalte derrière sa robe froissée aux iris violets. Il vit les bottes de son père sur la ligne jaune. Et il croisa le regard de son père, paupières mi-closes. B.J. le vit. Il vit son père porter son pistolet à sa tempe et il entendit la deuxième détonation qui figea à son tour les yeux de son père et les fit disparaître.

Au nom des futurs enfants nés de son sang, il avait accompli la plus courageuse des prouesses, il était entré dans le coffre-fort de sa mémoire, réveillé par la vue et les odeurs de sa maison d'enfance, et il en avait extrait les drames de sa lignée. Il avait replacé sa belle âme d'enfant noir dans son corps d'homme noir. Les souvenirs dans toute leur obscurité contrastaient avec la lumière, lui rendaient la vue, lui rendaient l'amour possible, et permettaient le retour de tous les conteurs de vérité. Il avait été témoin de la mort de ses parents, et de tant d'autres morts, et c'était la vérité qui vivait en lui. Humain et imparfait, mais tant qu'il en serait capable, il garderait ouvertes les portes du souvenir afin d'encourager le retour de la fillette.

B.J. revint à lui devant les cercles plats des yeux paternels. Puis il sentit les mains de Bennie sur ses épaules, dans ce lieu incertain entre les vivants et les morts.

« B.J. ! » Il entendit Bennie l'appeler dans la douceur épaisse du matin.

— B.J. !

Il sentit l'odeur familière du gaz d'échappement de l'Oldsmobile dont le moteur tournait encore. La voix de Lenard et celle de Bennie, identiques. Il répondit « Oui, monsieur », d'une voix éraillée comme un enfant de six ans qu'on réveille pour l'école du dimanche. Quand il se redressa, il sentit le poids de son corps, et de chaque lieu où il avait été et de tout ce qu'il avait été, à présent que son âme l'avait ressuscité.

Cet après-midi-là, ils se recueillirent devant les croix de fortune ; personne n'avait les moyens d'installer des pierres tombales. « Celle de gauche est à elle, celle de droite est à lui », les avait informés le gardien des lieux, oubliant de leur préciser dans quel sens se placer pour s'orienter.

— Ça va aller, ça va aller, répétait Lenard en réponse aux gémissements déchirants et agités de B.J. :

— Comment je suis censé savoir laquelle est à qui, putain ?

— Ça va aller.

Soulagé que son neveu ait survécu à cette nouvelle nuit, Lenard franchit le portail rouillé du cimetière noir installé derrière l'église baptiste, laissant B.J. en paix avec ses parents. Ce dernier croisa les mains en prière mais le geste ne lui parut pas sincère, aussi les joignit-il en coupe, ses doigts bruns comme les joncs d'un panier tressé. Sans y être incité, il s'était lavé et rasé dans la chambre d'hôtel de son oncle. Les mèches de son afro dessinaient un halo noir sous le soleil brûlant. Il inclina la tête et ne céda pas à leur exigence qu'il prie pour eux, il se contenta d'inspirer et d'expirer, puis il murmura :

— Ça suffit.

Chapitre 13

Fayetteville, Caroline du Nord
1974

Elle n'entendait plus le Fishin Blues, *n'entonnait plus le refrain là où il l'avait interrompu. De temps à autre, elle reprenait contact et le trouvait où il était censé être. Elle testait son âme en murmurant doucement son nom, mais comme son père avant lui, il se hâtait vers les eaux tumultueuses pour faire taire les sons, incapable de distinguer les pensées indésirables des visites essentielles. Et elle fut enfin satisfaite quand, prenant contact une fois encore, elle but la pluie de son âme et découvrit que, contrairement à son père, il avait été élevé par des mains d'hommes qui l'avaient enraciné, façonné et élevé dans l'objectif de soigner, de nourrir et de protéger.*

Il ne voulait pas de partenaire. Il ne voulait pas de religion ni aucune validation de sa conviction selon laquelle on a parfois des emmerdes dans la vie, qu'on se bat et qu'on se débat comme des fourmis ou des cafards, ou des poissons dans un ruisseau, qu'on essaie de ne pas être pris à l'hameçon, qu'on nage avec l'impression de tourner en rond alors même qu'on progresse en ligne droite.

Il avait hérité de la maison ; elle lui appartenait car elle avait appartenu au père de Rebecca qu'il n'avait jamais connu, puis à Rebecca et à sa sœur. À présent, elle était à lui, après que son père Bennie eut tué sa mère, juste avant de se donner la mort. Elle était à lui, après ce bain de sang et ces deuils, et il comptait bien réclamer ce qui lui était dû. Oncle Lenard essaya de l'amadouer.

— Pourquoi ne restes-tu pas à Saint-Louis, fiston ?

— Non, je suis ici chez moi.

Il tint sa promesse de « Ça suffit » en rénovant la maison qui contenait tant de douleur, combla et repeignit les trous par lesquels il entendait des murmures. Chaque clou enfoncé était comme un point de suture dans son crâne fêlé, l'aiguille recousant le gouffre de chair par lequel risquaient de s'échapper la mort et les actes commis par ses mains criminelles. Chaque mur rebouché et réparé, une cicatrice protubérante dans laquelle les chuchotements inexpliqués se trouvaient prisonniers du plâtre. « La maison travaille », se disait B.J. à chaque fois qu'il entendait un murmure s'échapper d'une lézarde apparue au-dessus d'un cadre de porte ou, mystérieusement, en plein milieu d'un mur.

Il récupérait sa peinture à la décharge, ses planches de bois aussi, traînait ces saloperies dans le bus, bien que tout le monde le dévisage. Il s'était habitué à être dévisagé mais ne le supportait qu'une heure ou deux d'affilée. Il s'était persuadé que *S'ils me dévisagent, c'est qu'ils me voient et que je suis vivant.* Ils le regardaient fixement et il demeurait l'homme silencieux dans la bulle de ses propres objectifs, afin de se maintenir debout, lui et sa maison, afin de résister à l'attrait des pensées noires et des sons étranges. Il découvrit un sentiment de normalité dans sa routine – reboucher au plâtre les trous des murs, manger des sardines accompagnées de chips Lays noyées dans du Coca. Il acceptait les petits paniers de concombres, de tomates et de poivrons que M. Tunnelson déposait sur le palier de la porte à l'arrière de la maison.

Un soir, vêtu de son T-shirt mité autrefois blanc mais désormais moucheté de peinture d'occasion, il était assis sur les marches derrière la maison, il sentait la fraîcheur automnale approcher, il écoutait les criquets, les cigales déjà engoncées dans l'enveloppe de leur vie suivante. Il entendit des bruits de pas, quelque chose qui lui arrivait souvent après le Vietnam, il entendait des respirations et des bruits de pas, et des ventres qui rampaient dans la broussaille.

— Hé ! cria B.J. à M. Tunnelson afin qu'aucun ne sursaute.

— Salut, mec, comment ça va par ici ?

M. Tunnelson était encore grand et robuste, ses muscles préservés par son insistance à cultiver ses minuscules parcelles de terre de chaque côté de sa maison. Il y avait désormais un peu de sel dans le poivre de sa barbe et de sa moustache. Sa casquette élimée lui protégeait les yeux, ce qui valait mieux pour tous les deux, en cet instant de retrouvailles. Ils n'avaient pas partagé plus qu'un simple salut depuis l'époque où B.J. était resté assis en silence dans son canapé.

— Tu veux passer manger chez moi ? Ma fille vient me rendre visite, elle arrive de Washington D.C.

B.J. œuvrait encore à rassembler les meilleurs souvenirs de son enfance, ceux qui faisaient entrer la lumière dans cette maison. Les voix graves d'oncle Lenard et d'oncle James dans la chorale derrière sœur Collier, « *Through so many trials and toils… So many trials and toils* ». B.J. ignorait ce qu'avaient enduré les mains et le dos de ses oncles dans leur jeunesse, jusqu'à ce qu'il s'efforce lui-même de retrouver le chemin de chez lui, loin de la jungle et du sang sur ses mains, loin du sang sur les murs de sa maison, loin de l'obscurité qui menaçait de l'arracher à l'innocence de l'enfance et de l'entraîner au cœur des violentes tempêtes du démon. Il ne parvenait pas à faire la différence entre les esprits qui l'invitaient à bien agir et les démons violents qui le poussaient à se retourner contre lui-même ou contre les autres. Aussi les ignorait-il tous sans distinction, eux et chaque intrus qui frappait à sa porte et l'invitait à sortir de sa coquille.

Quand M. Tunnelson mentionna sa fille, B.J. se souvint de Sheila. La fille qui ne vivait pas en permanence chez M. Tunnelson mais assez régulièrement pour qu'il devienne son compagnon de jeu. Il fallait être un homme, avec des vêtements tachés de peinture à force de rebâtir sa propre maison, pour se souvenir que M. Tunnelson et son épouse vivaient à deux endroits différents, que Sheila était le premier enfant qu'il connaisse dont les parents avaient eu le bon sens de ne pas prendre à la lettre l'injonction « Jusqu'à ce que la mort nous sépare ». Elle vivait une partie du temps avec sa mère à Washington D.C. et l'autre avec son père à Fayetteville, jusqu'à ce que sa mère s'effondre brutalement sur le chemin de son travail. Une tumeur au cerveau l'avait frappée comme un conducteur ivre dont le rituel est d'emporter quelqu'un à chaque fois qu'il se tourne vers la bouteille pour calmer sa propre douleur. À sa demande, elle avait été enterrée dans un cimetière noir de la capitale, ayant payé sa propre stèle depuis son lit d'hôpital.

LUCY MARIE TUNNELSON
1932-1972
REPOSE EN PAIX.

B.J. tripota l'ourlet de son T-shirt.

— Bien sûr, mec. Je passerai.

Sheila était assise sous le plafonnier à la table de cuisine de M. Tunnelson. Rebecca avait appris à B.J. à parler aux voisins, à se montrer poli sans jamais entrer dans leur cuisine.

— Ne reste pas planté là. Entre, s'écria M. Tunnelson depuis l'évier où il lavait les légumes du potager, protégé par un tablier blanc de boucher.

La lumière l'attira à l'intérieur, accompagnée par un son qui résonnait dans sa tête, pas dans la pièce autour de lui, un bourdonnement qui s'adressait à ses nerfs et les apaisait, les remettait en place.

Quand elle inclina la tête et dit « Tiens, salut ! », B.J. la remarqua. Sa voix semblait libérée, une voix claire qui n'avait jamais connu les combats. Son afro était si douce et souple qu'elle s'affaissait un peu au milieu. Il remarqua pour la première fois sa peau couleur caramel. C'était une version féminine de la fillette qu'il ne regardait jamais droit dans les yeux, avec qui il se contentait de courir à en perdre haleine, la voyant sans cesse de profil, incarnant ensemble Tarzan et Jane, le regard tourné vers la corde à linge, les feuilles de tabac, le kudzu qui envahissait les arbres en bordure de la rivière.

Elle se tenait là, dans la cuisine de son père, un bon souvenir ressuscité, qui lui apportait ce qu'apportent toujours les bons souvenirs. À sa vue, il sentit ses pieds solidement ancrés dans le sol, le ciel au-dessus de sa tête, et il était chez lui, comme si « Tiens, salut ! » était une psalmodie qui appelait les nouveau-nés vers la berge des vivants.

Cet été-là, ils se promirent l'un à l'autre au tribunal du comté et labourèrent le sol derrière leur maison. Les plantes avaient toujours été ses ennemies, s'enroulant autour de ses chevilles et de ses poignets comme des fers qui le piégeaient, le livraient en pâture aux soldats vietnamiens. Elle lui montra ce qu'elle avait appris de son père, comment choisir ce qu'on plante et ce qui jaillit de la terre, menthe, marjolaine, basilic, sauge. « Cultiver a toujours été en nous, avant même qu'ils nous obligent à le faire gratuitement », lui expliquait-elle. Ce qu'elle plantait finissait en thé ou en soupes. Elle lui montra ce qu'elle avait appris au contact de sa mère et de ses amies noires féministes à Washington D.C., comment faire pousser des plantes pour en extraire le jus sombre, l'aider à transpirer davantage, à uriner davantage, et à lui parler davantage du crime que tout le monde connaissait à Fayetteville, cet homme qui avait abattu son épouse avant de se suicider. Lui faire parler du petit garçon qui avait disparu puis était revenu du Vietnam indemne en apparence. Ces histoires qui avaient été enfermées derrière des lèvres scellées, puis avaient resurgi de manière salutaire et cicatrisante, et que B.J. avait fini par ranger dans des cartons qu'il avait scotchés et étiquetés « À emporter dans la tombe ».

— Ne succombe pas à l'isolement, mec. Ne te laisse pas entraîner par ce démon.

Sheila s'adressait à lui avec assurance, elle qui avait affronté la mort de sa mère en face. Elle s'était accordé le droit à la culpabilité car elle étudiait au Ghana quand sa mère avait eu le plus besoin d'elle ; culpabilité aussi d'avoir abandonné son propre père. Elle avait laissé la culpabilité et le chagrin s'exprimer tour à tour jusqu'à signer un accord de paix temporaire avec l'idée que sa mère était partie, « Ci-gît Lucy Marie Tunnelson » ; jusqu'à ce qu'elle apprenne à s'aimer assez pour admettre que ce n'était pas son absence qui avait provoqué la mort de sa mère. Une paix qui lui rappelait sans cesse qu'elle avait encore un parent en vie, et qu'on pouvait transformer l'abandon en engagement sincère.

Elle épaula B.J., elle lui parla de son calme naturel, comme si leurs deux esprits fonctionnaient de manière identique, comme si le calme de B.J. lui était bénéfique, sans comprendre que c'était justement l'activité qui lui évitait de sombrer dans la folie. Le calme apaisait l'anxiété, mais pour ne pas tomber dans le sommeil lourd de la dépression, B.J. devait rester en mouvement. Il instaura un rituel quotidien, il mesurait des planches de trois mètres par cinq centimètres, construisait quelque chose dans la maison, un lit pour deux, des bibliothèques, la structure d'un atelier où il pourrait travailler et construire toute la nuit, si besoin.

Ensemble, ils s'apaisèrent et ramenèrent la maison à la vie, effacèrent le bruit des corps tourmentés heurtant les murs. Sheila dit : « Nous ressuscitons leurs voix parmi celles des ancêtres, dont le chant nous délivre de nos peines profondes. » B.J. écoutait, répétait les propos de Sheila au sujet de ses parents devenus des ancêtres. Mais il ne comprenait pas comment deux personnes pouvaient s'aimer et se haïr au point que les seuls chants qu'ils entonnaient dans sa tête n'étaient qu'un florilège de sons terribles qui mettaient son cœur à l'épreuve, encore à l'âge adulte. Des ancêtres ? D'accord.

Le dimanche matin, Sheila imitait les habitudes de sa mère qui avait toujours su que les légumes et les fruits frais, les grains moulus à la main avaient appartenu aux Noirs bien avant l'existence du terme « diaspora ». Elle mélangeait ce savoir avec les coutumes du Sud enseignées par son père, et elle préparait un copieux petit déjeuner à B.J., omelette au tofu, biscuits et tranches de pommes frites. Ses cheveux étaient tressés en nattes serrées contre son crâne, qu'elle dénouerait plus tard afin de libérer son afro légère et avachie. Sur son tourne-disque valise, Stevie Wonder chantait *You Are the Sunshine of My Life.* Elle se glissait derrière B.J. quand il travaillait dans le jardin, maniant son marteau pour bâtir son nouvel atelier. « Hein, quoi ? Tu as dit quelque chose ? » Elle se moquait gentiment de son mutisme et enlaçait sa taille puissante. Ils mesuraient la même taille mais son corps à elle avait conservé la sveltesse de l'adolescence. Sous le soleil matinal, les pieds dans l'herbe et la sciure, ils composaient un tableau en nuances de vert, d'or et de noir, des motifs de dashiki africains collés à un jean taché et à un T-shirt moucheté de peinture.

Elle lui embrassa la nuque, là où sa courte afro frôlait presque sa peau.

— Quand tu rentreras, je vais te couper tout ça, bébé.

— Ouaip, marmonna-t-il, une poignée de clous coincée entre ses lèvres pincées.

Par la fenêtre, la musique s'envolait dans le jardin. Sheila retira un à un les clous d'entre ses lèvres charnues et l'embrassa. B.J. n'avait jamais grand-chose à dire mais, si elle le suppliait, il acceptait de chanter.

— Chante-moi quelque chose, bébé.

Il regarda au-delà de l'atelier, s'assurant que son père ne traversait pas leur jardin pour venir leur rendre visite comme il le faisait bien trop souvent. Il racla la sciure dans sa gorge et réveilla sa voix de crooner adolescent, « *You are the sunshine of my life* ». Elle lui répondit en chanson « *Forever you'll stay in my heart* », et elle dansa, appréciant la délicate personnalité de B.J. qui rayonnait juste assez pour qu'elle se sente chez elle ici, à Fayetteville en Caroline du Nord, plutôt qu'à Washington D.C. ou au Ghana.

Elle saisit B.J. par les bras, ces bras qui s'étaient autrefois agités quand il dansait le bop dans un wagon imaginaire de *Soul Train*, et il céda, il se laissa entraîner maladroitement et tirer en rythme avec la musique. Il lui adressa un sourire timide, puis la guida jusqu'au lit qu'il avait construit pour eux dans la chambre qui avait été nettoyée et purifiée des fantômes de ses parents.

Deux mois plus tard, Sheila entra dans la cuisine où B.J. était assis. Elle était heureuse de le trouver là avant qu'il fuie son petit déjeuner végétarien rituel du dimanche matin. Par la fenêtre de la cuisine, les nuages apportaient une douce odeur de pluie sur un sol aride et lointain.

Elle dansa et éclata d'un rire contagieux. B.J. pouffa en réponse, un son qui s'échappait rarement de sa bouche, bien qu'il ne sache absolument pas ce qu'il y avait de drôle. Elle lui saisit la main et la plaça sous son dashiki, la main de Sheila, maîtresse des préliminaires. Son ventre était tiède et doux, piqueté de chair de poule. Ils riaient encore doucement quand elle s'assit sur son jean dégoûtant et prononça les mots qui la plantaient fermement dans le sol du Sud, qui plantaient B.J. fermement du côté des vivants, qui annonçaient la troisième venue de la fillette qui s'approprierait tous les lieux où un soleil ardent brillait au-dessus des têtes et en ferait les-destinations-qu'elle-avait-choisies.

— B.J., voici ton bébé.

PARTIE III

L'esprit

Chapitre 14

Fayetteville, Caroline du Nord
1975

Si les esprits pouvaient remuer leurs fesses et lever les mains en signe de louange, marteler le sol en terre battue des huttes, des remises et des champs urbains, ils le feraient. Parfois, rien ne change pendant longtemps et, soudain, un beau jour, en une seconde, si rapide que vous risquez de la manquer, la transformation s'opère. Elle arrive enfin. Elle, la réponse inattendue au plan d'attaque de l'ennemi.

Le jour où naquit la fillette, B.J. était penché sur sa scie à ruban fétiche afin de fabriquer le mobile du berceau. L'ampoule suspendue au plafond dans l'air automnal donnait un peu de chaleur à l'atelier, son fil branché à une rallonge par la fenêtre de la cuisine. Il voulait être seul mais ses oncles et son beau-père avaient fui la maison à la minute où Sheila avait entamé la conversation en expliquant « Il existe des tisanes qui favorisent la lactation ».

Ils étaient assis en conseil de guerre dans le jardin, sur de vieilles chaises d'église pliantes en bois récupérées à la décharge. Ils les avaient disposées en demi-cercle juste devant la porte de l'atelier. Il était difficile de trouver un sujet de discussion commun entre un fermier urbain noir, un professeur de maths noir et un propriétaire de taverne noir. Ils optèrent pour B.J., leur dénominateur commun.

Oncle James prit l'initiative.

— T'es devenu sacrément bricoleur. J'ai remarqué la qualité de ton travail sur toutes les plinthes de la maison.

En dehors des mesures à calculer, oncle Lenard n'était pas très calé en travaux du bâtiment.

— On comprend parfaitement pourquoi tu obtiens tous ces gros contrats de l'autre côté de Ramsey Street.

Derrière le sommet de la colline, de l'autre côté de Ramsey Street, de nouvelles constructions s'étalaient sur une vaste zone. Parfois, les nouveaux propriétaires se trompaient de route et se retrouvaient dans Colonial Drive. Ils roulaient vers North Street dans leur BMW, dans l'espoir de trouver une issue, mais atterrissaient là où B.J. avait passé le plus clair de son enfance à pêcher des écrevisses dans le lit de la rivière, là où les moustiques étaient gros comme des moineaux.

— Ouaip, répondit B.J. avant d'attraper la pièce de bois suivante dans laquelle il comptait sculpter un éléphant.

M. Tunnelson sirotait sa bière et se redressa soudain sur sa chaise, lui qui s'était penché en avant, coudes sur les genoux pour contrebalancer la taille d'oncle Lenard et la masse d'oncle James.

— Ouais, très bons soutènements et espacement des solives sous la poutre de traverse.

Il montra le plafond de l'atelier.

Oncle James donna son opinion afin d'avoir le dernier mot, comme un crapaud qui voulait coasser plus fort que les autres.

— Ça aurait valu le coup de faire une fondation, même si c'est que des parpaings. Fiston, tu as mesuré la largeur et la hauteur de l'ouverture par rapport à une porte standard ?

Ne voulant pas répondre, B.J. redémarra la scie pour paraître absorbé par sa tâche, plutôt qu'impoli. Les trois hommes, un marmonnement de sons chaotiques aussi insoutenables que les suppliques des Vietnamiens avant leur exécution, ou la foule indisciplinée des esprits qu'il avait réduits au silence sous le plâtre de la maison. Qu'on lui parle et qu'on l'observe inquiétait B.J., faisait battre son cœur un peu plus vite et lui démangeait le cerveau. S'il les regardait, il sentait la pression de leurs attentes, leur souhait qu'il tienne des conversations normales.

Oncle James, adossé à sa chaise dans la fraîcheur partielle de l'atelier, tira son pull autour de l'orbe de son ventre, gêné par le silence de son neveu. Il voulait que B.J. s'exprime à haute voix et paraisse moins bizarre aux yeux de son beau-père, qui pourrait ne pas comprendre les nuances de son comportement. La chaise en bois pliante menaçait de céder sous son poids imposant. Et il ajouta de curieux propos pour repousser le brouillard de mort qu'il sentait planer dans l'air automnal.

— Tu as déjà pensé à faire ton testament, fiston ? Toi et Sheila, il faut que vous envisagiez non seulement d'obtenir la vie que vous souhaitez, mais d'éviter de voir vos biens saisis. L'existence ne vous accorde jamais ce qui vous est dû, elle a même plutôt tendance à vous voler ce qui vous est dû.

B.J. ne regarda pas oncle James quand il laissa ralentir le ruban de sa scie qui vrombit doucement.

— Non, monsieur.

Puis il afficha un air de défi qui couvait toujours en lui mais ne resurgissait que dans ses moments d'angoisse.

— On est pas dans le Mississippi. Personne va débarquer avec une cagoule blanche et me prendre mes terres.

Les trois hommes autour de lui gardèrent le silence tandis que les criquets stridulaient en l'honneur du crépuscule approchant. On n'entendit plus que le son des lèvres sur les cannettes qui aspiraient la bière, et le verre d'eau d'oncle Lenard, jusqu'à ce que les bardeaux de la maison se mettent à gémir et grincer en guise de réponse. La moustiquaire claqua soudain derrière Sheila.

— B.J., Papa, j'ai perdu les eaux !

Après avoir écouté les histoires d'oncle Lenard sur Lottie, la mère du Mississippi aux boucles de cheveux noirs qui s'était perdue afin d'échapper aux raclées de son mari, et après avoir écouté les histoires de son père sur la mère de B.J., Rebecca, qui refusait de quitter son mari, Sheila choisit le nom de la chair de sa chair aux yeux d'onyx : Lottie Rebecca Lee. C'était sa manière à elle d'honorer la mémoire des femmes dont le nom ne vivait que dans les cauchemars de leurs fils. La vieille infirmière noire véhémente déjà présente à la naissance de B.J. chassa toutes ces intentions féministes noires quand, ayant jeté un seul coup d'œil à l'enfant, elle articula une malédiction au-dessus de sa tête :

— Seigneur, Dieu du ciel, si c'est pas le bébé le plus noir qu'on ait jamais vu de ce côté-ci du paradis.

B.J. refusait de réfléchir à ce que tout cela signifiait, ces histoires sur la douleur des mères, et qui était trop noir ou pas assez ; il se sentait engourdi, aussi prononça-t-il des paroles neutres mais vraies :

— C'est un beau nom pour mon beau bébé.

Et il sourit.

Lenard était trop fier pour émettre le moindre son quand Sheila lui demanda :

— Acceptez-vous d'être son parrain ?

Des larmes roulèrent sur son visage tendu et souriant tandis que l'infirmière aspirait avec une poire le mucus et le sang maternel logé dans le nez du bébé. James se tenait le plus éloigné, un œil plissé. La part anesthésiée de son cerveau d'enfant reconnaissait presque en ce bébé celle qui était entrée dans sa vie, dans sa maison, et avait mis en lumière toute l'hypocrisie de son univers. Il fronça les sourcils, comme un garçon de douze ans incertain et dubitatif, puis il feignit un sourire en se rappelant qu'il était adulte, l'oncle de ce nouveau-né.

Les yeux noirs bleutés du bébé parcoururent la pièce et se posèrent sur chaque visage silencieux. À travers son âme, elle vit son frère Lenard, son neveu B.J. portant le deuil de Bennie, son frère à elle, celui qui lui avait barré le chemin par deux fois. Avant que l'infirmière dépose la tête de la fillette dans la main de Sheila et ses fesses dans l'autre main, ses yeux explorèrent la totalité de la pièce en quête de sa première mère et de sa deuxième, dont les prénoms ornaient sa nouvelle vie, puis elle les posa sur Sheila. D'un regard fixe et déterminé, elle exigea que son âme soit protégée dans cette vie-là, jusqu'à ce que vienne le moment où elle pourrait accomplir son devoir. En tendant les bras vers son enfant, Sheila accepta. Et le pont silencieux entre leurs yeux suivit la trajectoire parallèle du cordon ombilical qu'on couperait bientôt, libérant Lottie Rebecca qui évoluerait parmi eux, une oreille tournée vers ce monde et l'autre vers le royaume des esprits où son âme attendait depuis si longtemps d'être incarnée.

À six ans, Lottie Rebecca Lee appelait Sheila « maman » mais son père « B.J. », et personne n'y voyait rien à redire. Elle ne pouvait se résoudre à l'appeler « papa ». Elle expliquait aux gens qu'elle était plus vieille que son père et ils riaient. Elle leur raconta comment on l'avait surnommée à l'école, ce qu'elle avait pris pour un compliment puisque c'est ainsi qu'ils avaient surnommé l'enfant intelligente dans un des livres de contes qu'elle avait trouvés dans la bibliothèque que B.J. avait construite à côté de son petit lit. « Bébé de Goudron ! » Les enfants à la peau couleur caramel avaient ri et elle avait ri avec eux, neutralisant ainsi leurs moqueries.

— Je suis le Bébé de Goudron ! s'esclaffait-elle à gorge déployée.

Sheila tira Lottie par le bras dans l'espoir de la soulever et de l'éloigner des femmes venues évoquer avec elle des problèmes de femmes noires.

— Ne dis pas aux gens que tu es un Bébé de Goudron. Tu es *mon* bébé.

Mais Lottie Rebecca se pencha en avant pour résister, comme si ses fesses étaient l'ancre qui maintiendrait en place ses vérités.

Quand Sheila était enfant, sa mère organisait un club de lecture à chaque nouvelle lune. Elle dansait dans la maison sur des airs de Bob Marley, en T-shirt, jupe portefeuille, boucles d'oreilles créoles, son afro douce et molle. Lucy Marie Tunnelson, divorcée et fière de l'être, nettoyait son logement en grès rouge avant d'y accueillir ces femmes, noires et rondes, noires et grandes, métisses aux sourcils broussailleux. Sheila se souvenait d'avoir posé le menton sur l'épaule musclée de sa mère, l'odeur de crème de corps et d'huile capillaire, patchouli, chanvre, elle était enlacée et ancrée dans ces lieux par le bourdonnement des voix de femmes noires qui parlaient de sujets visiblement sérieux.

« Nos corps appartenaient à cette terre bien avant que les hommes blancs, et même nos hommes, essaient de nous dominer avec leurs histoires de sexe. Cette terre vous connaissait avant même que vous ne vous connaissiez vous-mêmes. » C'était le catéchisme de Sheila. Et les femmes avaient ri et tapoté une place libre sur le canapé récupéré dans les rues de Washington quand, du haut de ses huit ans, sa sagesse avait germé : « Nous sommes tous des femmes, même les hommes, parce qu'ils sont sortis du vagin d'une femme. »

Leurs rires profonds et gutturaux, ou haut perchés et caquetants, étaient signe qu'elle avait tenu les bons propos, des propos sages. Elle n'était jamais vexée car, contrairement à la fille qu'elle allait mettre au monde, elle avait conscience d'être une enfant au milieu des adultes. Au décès de Lucy Marie Tunnelson, toute cette assurance réconfortante avait disparu avec elle. Sheila rêvait d'un foyer. Sa mère disait souvent « La spiritualité et la communauté sont comme un foyer ».

À l'évier chaque matin, entourée de ses plantes, des pleurs de sa fille et du silence de son mari, Sheila ne parvenait pas à définir ce qui était spirituel et ce qui tenait de la communauté dans son foyer. Les femmes de son quartier à Fayetteville montraient peu d'intérêt pour les choses qui donnaient à Sheila un sentiment de communauté.

En réponse à ses efforts pour inaugurer un club de lecture, trois femmes étaient assises dans son salon, étrangères aux mélodies de Joan Armatrading qui s'échappaient du petit tourne-disque valise. Les chansons donnaient envie aux esprits dans les murs de se réveiller et de danser entre les bras du petit être qu'ils auraient dû laisser en paix. Les chansons donnaient envie aux trois femmes de verser des larmes dans leurs tasses de thé, « *If I can feel the rain in my face and the moon in my hair, why can't I feel love* ». Juste assez de tristesse pour que les femmes restent assises immobiles, le regard rivé sur la porte et dominées par une envie pressante de fuir, comme si les esprits chagrins avaient soif de leurs larmes.

Les deux femmes grandes et minces pareilles à des arbres qu'elle avait rencontrées à la paroisse vivaient de l'autre côté de Ramsey Street. Des sœurs qui se souvenaient qu'à leur adolescence, Rebecca, la grand-mère de Lottie Rebecca, jouait du piano à l'église, et qu'elles chantaient dans la chorale avec la sœur de Rebecca, Beverly. Des sœurs qui voulaient voir si les plantes, les bougies, le nouveau plâtre sur les murs et des airs de musique autre que le blues pouvaient guérir une maison, pouvaient guérir leur certitude qu'il n'existait rien d'autre en dehors de Fayetteville. Pendant toutes ces années où la maison était demeurée vide, elles l'avaient souvent contemplée comme beaucoup d'autres habitants du quartier, juste pour voir la manière dont Dieu percevait la situation. Elles acquiesçaient devant Son souhait de laisser pousser la glycine, le kudzu et la vigne vierge qui grimpaient et recouvraient la maison, avec tous ses mauvais souvenirs.

Mais le fils était revenu ; la fille du voisin, celui qui avait été témoin de la scène, était revenue. Ils voulaient voir ce qu'il adviendrait car le sauvetage de la maison annonçait peut-être un renouveau optimiste dans leur propre vie, avec leurs postes de gratte-papier à la base militaire, leurs samedis soir à porter le deuil de ces idylles qu'ils ne s'étaient jamais autorisé à connaître, leurs dimanches matin de recueillement à assister avec régularité aux cérémonies de baptême, de mariage et de funérailles.

La curiosité les avait poussées à traverser Ramsey Street et à descendre la côte jusqu'au salon rénové de Colonial Drive, mais Sheila eut plus de mal à convaincre la troisième de gravir la côte depuis le bas de la rue afin de rejoindre le club de lecture. Elle avait frappé à la porte bancale du mobile-home de la jeune femme dont le mari était aussi un Marine, décédé d'une insuffisance hépatique. La femme n'avait pas grand-chose à dire à Sheila mais elle avait ouvert la porte car elle se sentait seule, à contempler la vie derrière ses stores, un genou sur son canapé moisi, son ventre arrondi grandissant entre elle et le reste du quartier. Elle avait vu Sheila arpenter Colonial Drive, son Bébé de Goudron aux yeux blancs et à l'esprit intense accroché à sa hanche, fière dans sa longue jupe portefeuille qu'elle tenait de l'autre main afin d'éviter de tremper son ourlet dans les flaques des nids-de-poule. Elle avait ouvert la porte car cette femme noire à la dégaine hippie savait peut-être quelque chose, elle qui marchait de l'air de celle qui ne faisait jamais de cauchemars.

— Hé, salut, viens au club de lecture. On fait ça tranquille, on va lire des poèmes de Nikki Giovanni pour la première séance.

Mais c'est quoi ce nom de merde, Nikki Giovanni ? Tu sens l'encens parce que tu veux cacher l'odeur de shit ?

— Non, c'est bon, et elle avait évité le regard de Sheila.

Elle ne lui avoua jamais en face ce qu'elle avait marmonné, une fois la porte refermée :

— Je savais que c'était encore une de ces conneries hippies ou africaines. Personne n'a besoin d'amis au point d'aller dans cette maison où y a eu tous ces morts.

Mais son désir de fuir la solitude la poussa néanmoins à s'asseoir, le dos voûté, à côté des deux sœurs-arbres dans le salon de Sheila, et à regarder une fillette noire expliquer qu'elle refusait d'obéir sans jamais recevoir la moindre correction.

Lottie Rebecca tira encore sur le bras de sa mère, les faisant presque chuter au sol toutes les deux. Elle leva les yeux vers Sheila d'un air de réprimande, mâchoire serrée. Avec leur afro, elles ressemblaient à deux sœurs, sans aucun point commun avec les trois autres femmes aux cheveux lissés et bouclés. Sheila les vit l'observer derrière leur tasse de tisane à la cardamome, la regarder se débattre et s'en tenir à ses méthodes non-violentes pour se faire entendre de Lottie Rebecca.

— Chut, bébé, ne dis pas Bébé de Goudron.

Mais elle avait perdu le contrôle de son club de lecture fantasmé. Lottie Rebecca savait ce qu'elle cherchait à dire mais ne connaissait pas encore tous les mots pour se faire comprendre de sa mère. Puis la tension se relâcha soudain quand retentit le « Nooon ! » de Lottie Rebecca qui s'élevait toujours avant qu'un accès de colère gênante n'ébranle la maison. À l'instant où Sheila relâcha la fillette, elle entendit la porte d'entrée claquer derrière les trois femmes.

« L'amour tolère tout », disait la mère de Sheila. Mais toutes les femmes de Fayetteville et même sa propre enfant se chargeaient sacrément bien de remettre en cause la notion de tranquillité d'esprit, qu'elle avait toujours prise pour argent comptant.

Dès que les oncles de Lottie Rebecca, sa maman ou son papi lui expliquaient comment se comporter, elle se mettait à agiter ses petits bras maigres et ses mains comme une vénérable ancienne, mais le petit couinement de sa voix qui s'échappait de sa bouche ressemblait à un ballon de baudruche qu'on dégonflait lentement :

— Je suis plus âgée que vous tous. Vous ne me connaissez pas encore !

Ils riaient. Poings sur les hanches, elle les grondait et ce geste les faisait rire davantage et s'attendrir devant son petit visage rond couleur cacao qui ne reflétait pas l'autorité qu'elle éprouvait pourtant dans sa tête et dans son cœur. Dans ces moments-là, Lottie Rebecca piquait des colères pendant des heures tandis que les voisins au loin dans Colonial Drive beuglaient :

— Seigneur Dieu ! Mais flanquez-lui une raclée, à cette môme !

À travers le rideau de sa rage intense, Lottie Rebecca les entendait et hurlait de plus belle, jusqu'à s'endormir d'épuisement en songeant *Ils se croient vraiment plus malins que moi.*

C'était un dimanche et le petit déjeuner se déroulait dans le calme, la fillette rassurée par le rituel des fredonnements de Sheila et du repas copieux. Mais, du haut de ses six ans, Lottie Rebecca était d'avis que B.J. aurait dû être à la maison avec elles pour savourer l'omelette au tofu, les toasts et le jus d'orange, et toutes ces choses qui allaient la rendre anémique d'après papi Tunnelson. « Sheila, tu peux manger comme ça si ça te chante, mais Lottie Rebecca a besoin d'aliments qui solidifient les os et fortifient ses cheveux. Tu cherches quoi, à affamer ta fille ? Donne-lui donc des côtelettes de porc ou un peu de foie, de temps en temps. » Lottie Rebecca balançait ses jambes, assise en face de Sheila sur la chaise en pin lisse que B.J. avait fabriquée. Elle arrivait à poser les bras sur la table que son père avait également fabriquée.

Ce week-end lui permettait de se reposer de sa première semaine d'école. Essayer de nouer des amitiés avec les autres enfants s'était avéré aussi frustrant que d'essayer de communiquer avec sa famille. Le jour où elle avait reçu son surnom de Bébé de Goudron, elle était assise à la table de pique-nique dans la cour de récréation, où elle mangeait les sandwichs de biscuits secs au beurre de cacahuètes qu'elle avait préparés elle-même. Étaler du beurre de cacahuètes sur chaque biscuit et en poser un autre par-dessus. Elle voulait faire semblant d'être B.J., à manger ses biscuits et ses sardines. Elle se sentait tout à fait indépendante, en compagnie des autres enfants qu'elle jugeait comme elle, car ils avaient tous la peau d'une nuance de brun, ils avaient la même taille qu'elle, de petits pieds et de petites mains, ce qui la changeait beaucoup de tous ces adultes ignorants avec qui elle passait son temps à la maison. Elle demanda à la gentille fille à la peau brune, aux tresses rigides et aux rubans roses qui dégageait un parfum de cookies et de lait :

— Qu'est-ce qu'ils disent dans ta maison à toi, les chuchoteurs ?

— Hein ?

La fille se rapprocha, son sandwich au pain de mie et au beurre de cacahuètes entre les dents tandis qu'elle se servait de ses deux mains pour glisser sur le banc.

— Tu sais bien, ceux qui s'enroulent autour de tes pieds à la table de la cuisine, qui fredonnent et qui disent ton nom. Ils chuchotent aussi des noms, dans ta maison à toi ?

La fille décroisa ses jambes de sous le banc et s'enfuit. Sa robe en calicot flottait autour de son corps comme les chemises sur la corde à linge dans le jardin de Lottie Rebecca.

— Attends ! s'écria-t-elle d'une voix pincée dans le dos de sa nouvelle amie. Quand la fille en aurait parlé à une maîtresse, elle savait qu'on se moquerait d'elle et qu'une grande distance se creuserait entre elle et les autres écoliers.

Elle n'avait pas encore trouvé les mots pour expliquer à Sheila que les murs du monde extérieur et ceux de la maison s'étaient érigés autour d'elle, et qu'elle était inquiète à l'idée que les gens – y compris ses parents – percevaient d'une certaine manière la maison, le jardin, Colonial Drive, les autres humains, et qu'elle les percevait différemment. Elle était assise à la table de la cuisine ; la lumière par la fenêtre dessinait de jolies ombres autour des philodendrons. Ses pieds se balançaient et jouaient dans le courant des esprits qui chantaient tous son nom, « Lottie Rebecca, Lottie Rebecca », comme des mouches agaçantes que personne d'autre n'entend. Elle s'énervait, souhaitait que B.J. passe la matinée ici à la table du petit déjeuner plutôt qu'à la pêche. Elle savait, à la manière dont B.J. inclinait la tête en rythme avec le courant d'esprits qui entraient dans une pièce de la maison, qu'il les entendait lui aussi mais qu'il les ignorait, qu'il les repoussait de son cerveau dès qu'ils prononçaient son nom. Il se rendait alors à l'atelier et frappait de son marteau pour couvrir leurs chuchotements – il peignait, rebouchait à l'enduit et au mastic pour colmater les lézardes qui auraient pu leur donner la possibilité de s'exprimer. Et Sheila, si elle les entendait, devait les prendre à tort pour un robinet qui coulait ou le grondement du camion poubelle car elle demeurait concentrée sur ses mouvements à chaque fois que ses pensées étaient envahies par le tapage des non-vivants.

Les esprits savaient qu'il valait mieux éviter de déranger Lottie Rebecca tant qu'elle n'avait pas vécu en chair et en os, qu'elle n'avait pas appris à utiliser son corps et son cerveau afin d'accomplir tout ce qui doit être. Mais elle était restée si longtemps l'objet de leurs regards, enfermée dans le cocon du ventre maternel, bercée dans la cale du bateau au fond de l'océan à attendre de naître, qu'ils venaient la visiter souvent, depuis les sept générations précédentes. Ils se montraient joyeux, festifs et parfois remuants comme autant de proches qui font usage de pieds et de mains qu'ils n'ont plus pour danser, pour boire, pour témoigner et chanter par procuration, alors que la personne mise à l'honneur dans leur cérémonie n'est pas encore prête.

Les esprits s'enroulaient plus vite autour de ses pieds en l'absence de B.J. qui attirait à lui une partie de cette énergie. Les pieds de Lottie Rebecca dans ses minuscules Converse rouges montantes se balançaient et se transformaient en marteaux qui tapaient la table afin de les chasser, de leur ordonner de la laisser tranquille ; ses pieds tapaient et tapaient encore. Sheila reconnut les prémices de ces cris glaçants qui pousseraient les voisins à penser qu'elle était incapable de diriger sa propre maison. Elle prit une profonde inspiration et se détourna de la cuisinière, s'essuya les mains sur son dashiki et s'approcha de Lottie Rebecca.

— Arrête !

Et sa fille ferma les yeux, érigea entre elles un mur brun foncé afin de pouvoir se concentrer sans être dérangée par sa mère, et elle s'appliqua à chasser à coups de pied l'énergie du matin.

Sheila contourna la table et lui saisit le bras.

— Je ne te mets jamais de fessées mais je vais botter ton petit cul si tu n'arrêtes pas immédiatement de faire ton cinéma !

Elle avait depuis longtemps fait le choix de ne pas frapper ni jurer devant son enfant, la même promesse qu'avait faite sa mère. Mais, frustrée par la créature si différente assise à sa table, elle se laissa emporter.

— Arrête, putain ! Arrête !

Lottie Rebecca ouvrit brusquement les yeux en signe de réprimande.

— Non !

Et sa voix jaillit en un cri redoutable porté dans le courant d'air chaud qui circulait par la porte moustiquaire à l'arrière de la maison et s'échappa dans la paix du quartier en ce dimanche matin.

— Nooon !

Sheila baissa les yeux vers Lottie Rebecca et réfréna son envie de faire taire cette voix qui n'avait plus rien d'un adorable couinement, mais qui ébranlait un espace au plus profond de la cage de leur âme à toutes les deux. Lottie Rebecca regarda à travers sa mère comme, le jour de sa naissance, elle avait regardé au-delà des yeux et de l'enveloppe charnelle des membres de sa famille présents dans la pièce. Et de sa bouche s'échappèrent les premiers propos dérangeants qu'elle parviendrait à formuler clairement, qui auraient un sens pour elle mais qui chasseraient sa mère en des terres lointaines d'où elle mettrait des années à revenir.

— Arrête tout de suite, Sheila ! Ils te parlent à toi aussi mais tu réponds jamais rien !

De telles paroles dans la bouche minuscule de la chair de sa chair, qui menaçaient de raviver la douleur jamais soignée infligée par la mort de sa mère. La petite créature comprenait le pouvoir d'un petit déjeuner d'omelette au tofu, des tisanes et de l'encens, et elle comprenait qu'ils servaient à dissimuler la douleur au plus profond de sa mère.

Sheila oublia presque à qui elle parlait quand elle se dressa de toute sa hauteur au-dessus de son enfant.

— Qu'est-ce que tu viens de me dire, Mtoto ? Qu'est-ce que tu as dit ?

Voyant sa mère tendre les bras comme un arbre sur le point de s'abattre, Lottie Rebecca hurla une vérité d'une voix lointaine et profonde qui attira toute l'âme de Sheila.

— Arrête d'agir comme si tu ne craignais pas la mort !

Elle pressait ses petits poings contre ses tempes afin de maintenir son corps humain en place, afin de rappeler à sa mère le pacte qu'elle avait accepté ; malgré ses propres difficultés, c'était le devoir de Sheila de lui donner asile, et Lottie Rebecca en avait besoin, elle le voulait, mais elle éprouvait pourtant un sentiment grandissant d'abandon.

Sheila sortit en courant par la porte de derrière et alla trouver son père, perdue malgré son éducation, malgré tout ce qu'elle avait appris des chants swahilis, des contes noirs et des jouets en bois, de toutes ces nourritures à donner à une enfant plus vieille qu'elle. Lottie Rebecca sauta au bas de sa chaise, trébuchant presque dans le courant des esprits. Ses jambes maigres franchirent la porte de devant en direction de la rivière, jusqu'à B.J. qui avait vu la mort en face, comme elle, qui avait été bercé dans le ventre de la mort.

B.J. ne connaissait pas la chanson qu'il entendit traverser l'humidité de l'air et le kudzu, par-dessus les stridulations électriques des cigales, « *Timi timi nyamale, nyamale* ». C'était une mélodie que Sheila chantait à son bébé chaque matin au réveil, tapotant ses petites rotules pour l'inviter à jouer, mais B.J. était depuis longtemps sorti de la maison quand elle entonnait ce morceau.

Il se releva du sol humide et sombre où il était assis en bordure de rivière, jeta un regard à l'endroit où il ne vit d'abord qu'une paire d'yeux qui l'incitèrent à se jeter à terre et à baisser la tête. Il essaya de se concentrer et de déterminer si les paroles chantées en langue étrangère provenaient d'un véritable être humain ou d'un fantôme de ses cauchemars qui le poussaient toujours à crier au beau milieu de la nuit.

Quand les tiges des plantes grimpantes s'écartèrent, elle lui apparut tout entière et, l'espace d'un instant, il porta les mains à son cœur. Les poils se hérissèrent sur sa large nuque. Puis il se détendit et se rassit, comprenant que c'était seulement sa fille aux joues rondes couleur de nuit qui venait de sortir de la broussaille.

Elle se jeta sur ses genoux et se mit à geindre :

— B.J., maman fait comme s'ils existaient pas. Je leur donnais juste des coups de pied pour qu'ils arrêtent de s'accrocher à mes jambes.

Puis elle exprima son désir, auquel personne ne voulait accéder :

— Je veux déménager. Je veux plus jamais les entendre.

Elle en dit juste assez pour que le cœur de B.J. se mette à bégayer dans sa poitrine. Il se murmura à lui-même « Respire », et il s'accrocha à elle, laissa sa petite tête reposer sur le tissu sale de son T-shirt, et ils poussèrent tous les deux un long soupir, comme ils le faisaient toujours quand le bruit des esprits s'apaisait. Les pulsations dans les tempes de Lottie Rebecca se calmèrent ; les battements de son cœur à lui se calmèrent. Il n'avait pas besoin d'en entendre davantage, ne voulait pas en entendre davantage. Il prononça des excuses qu'il avait collectionnées au fil du temps, comme des racines à faire bouillir pour préparer un onguent inefficace qu'il utiliserait le jour où il devrait lui expliquer ces voix qu'ils entendaient tous les deux. « C'est vraiment pas juste, que tu aies hérité de mon problème mental. Parfois, mon petit bouchon, c'est mieux de se sortir ces trucs-là de la tête. Chanter, ça marche, comme tu le fais parfois, ou dessiner des histoires comme tu le fais aussi, ou alors tu peux construire des choses, ou venir pêcher avec moi. »

Lottie Rebecca posa ses mains humides dans l'afro paternelle pour maintenir son crâne en place et corriger la mauvaise trajectoire de son cerveau qui osait se mentir à lui-même ; les voix n'étaient pas des éclats d'obus ni des débris, c'étaient des apparitions qu'il fallait accueillir. La famille Lee n'allait jamais à l'église. La rivière, le soleil matinal et la brise fraîche avant la chaleur torride ancraient B.J. dans ce monde. La musique dans la cuisine le matin, le parfum d'encens sur le rebord de la fenêtre, les volutes torsadées de fumée de bois de santal qui s'envolaient et contrastaient avec les spirales de philodendron qui tombaient en cascades autour des fenêtres réparées de la cuisine ancraient Sheila dans ce monde. Lottie Rebecca inclina la tête sur le côté. Qu'est-ce qui comblait son besoin de paix, à elle ?

— Ils te parlaient à toi aussi ?

Sa petite voix était désormais rauque d'épuisement. Ses lèvres luttaient pour contenir les sons qui menaçaient d'exploser et que tout le monde se lassait d'entendre. B.J. se souvint de la voix dans le salon de son enfance qui lui chantait *Fishing Blues*, quand sa mère Rebecca et son père Bennie faisaient de lui l'enfant de leurs disputes constantes. Il se souvint d'avoir entendu la voix crier un « Non ! » sec quand il avait tenté à six ans de faire preuve d'une sagesse maladroite, dans l'espoir que ses parents cessent de se battre, qu'ils le rejoignent dans son silence à lui.

Il regarda les gouttes de sueur rouler sur les tempes de sa fille, il voulait s'excuser d'avoir réécrit la vérité, d'avoir tenté de dissimuler la douleur qui logeait dans sa tête. Il ne savait pas comment la protéger et l'aimer autrement. Mais ce n'était pas une enfant qui appréciait les doudous rassurants ou les contes de fées. Elle plissait les yeux et cherchait en lui les éléments dont elle avait besoin, ceux qu'il lui cachait. Elle déplaça ses petites mains depuis son crâne jusqu'à son torse, mais quand il refusa de la laisser le regarder, elle recula.

Des mosaïques de soleil flottaient à la surface de la rivière, projetant sur le visage paternel la lumière du jour et les ombres dentelées des feuilles qui dessinaient sur sa peau des corps oubliés. Ils se contorsionnaient au gré d'une brise invisible, emportés dans l'air autour d'eux. Elle vit le soleil se lever et se coucher dans les éclats marron des iris de son père, puis elle sentit le pont qui les reliait se briser quand il détourna le regard vers l'eau qui léchait la rive.

Il desserra ses bras autour d'elle et se pencha vers sa canne à pêche, abandonnée sur le sol détrempé de la berge. Il renifla et agita la main entre leurs deux visages, comme si elle faisait partie des souvenirs envahissants qu'il devait organiser dans son cerveau. Lottie Rebecca quitta les genoux de son père et s'éloigna discrètement. Elle se retourna vers lui à l'instant où elle sentit une odeur âcre de fumée de cigarette et de whisky dans l'air humide. À travers les épaisses plantes grimpantes, elle aperçut un grand croque-mitaine maigre à la peau aussi noire que la sienne, assis à côté de son père.

Lottie Rebecca se mit à gravir la colline au pas de course le long de la double ligne jaune depuis longtemps ternie au milieu de Colonial Drive. Ses petits pieds luttaient dans ses Converse montantes, luttaient contre la douleur d'être prisonnière d'un corps, seule contre sa famille, isolée par son enveloppe et son cerveau d'enfant encore incapables de servir la maturité de son âme. Sa poitrine se soulevait et elle cria « Maman ! » pour toutes celles qui étaient mortes avec elle, et pour celle qui faisait de son mieux, qui se retenait de pleurer quand sa petite de six ans hurlait des ordres incompréhensibles ou dessinait aux craies grasses des dessins qui ressemblaient à la mort – des corbillards, des yeux ensanglantés et des mains plaquées sur des bouches.

Chapitre 15

Fayetteville, Caroline du Nord
1983

C'est toi qu'ils veulent, Lottie Rebecca, car ils voient tout ce que tu es, et qu'ils ne sont pas. Ils espèrent que tu porteras les fardeaux et que tu changeras le cours des marées. Mais ils veulent tout cela sans pouvoir tolérer le volume de ta voix, ton attitude, l'intensité de ton intelligence, ni aucune autre qualité qui permet au cerveau, au corps et à l'esprit que tu es de les tirer tous à travers le courant, depuis la berge-prison où ils sont enfermés vers les rives de la liberté.

Le soir, B.J. regardait la télé dans le fauteuil du salon qui contenait parfaitement le petit corps de garçon qui s'était autrefois assis en tailleur au même endroit devant *Howdy Doody*. Il était désormais absorbé par des rediffusions de *Bonanza* pendant que, derrière lui, Sheila buvait un café avec son père à la table.

— Papa, je me demande quand même s'il n'y a pas quelque chose qui cloche chez elle.

Elle déplia la feuille où figuraient un dessin et une histoire qu'elle avait pliée et rangée dans sa poche après sa visite à l'école en fin de matinée. Elle la fit glisser sur la table jusqu'aux mains gercées de son père.

— Papa, je suis allée à l'école ce matin et la maîtresse m'a donné cette histoire sans rien dire. Elle me l'a juste tendue comme ça. Papa, tu me connais, je suis sortie de là direct, avec la feuille dans mon sac. Je n'allais certainement pas m'asseoir en face de cette blonde et lui laisser voir l'expression de mon visage en découvrant le contenu de l'histoire. Il y a ça, et puis elle a aussi dessiné et écrit des mots qu'elle n'a jamais appris en classe.

Plus tôt dans la soirée, Lottie Rebecca était assise par terre dans la cuisine où elle écrivait en boucle des mots qui ne figuraient pas dans sa liste de vocabulaire : Cape Fear, Cape Coast, suicide, homicide, infanticide. Sheila avait baissé les yeux vers le sol et les cheveux de sa fille, qu'elle coiffait avant d'aller se coucher, une moitié de sa tignasse tressée en nattes africaines serrées et l'autre détachée en une afro libre. Elle s'était détournée alors que la peur lui avait serré le cœur et l'avait poussée à considérer son enfant comme si elle ne l'avait jamais vue, une fillette qui dessinait et écrivait des choses qu'elle ne pouvait pas connaître.

—Tu peux dessiner encore dix minutes ! s'était-elle écriée par-dessus son épaule tandis qu'elle franchissait le petit couloir, s'éloignait du mari qui confondait télévision avec méditation, et de l'enfant qui avait remué en elle des souvenirs déstabilisants, l'impression de ne plus reconnaître sa propre mère, malade au point de n'être plus qu'un vestige d'elle-même derrière le visage émacié d'une femme à l'agonie.

Lottie Rebecca claquait de la langue pour étouffer un sifflement dans son oreille. Elle avait appris à émettre des sons qui se confondaient avec les crépitements constants, les tintements et les chuintements des esprits qui entraient et sortaient par les prises électriques. B.J. estimait qu'elle suivait ses conseils, elle s'assurait que son cerveau soit toujours occupé par la musique ou les dessins qui éloignaient ces voix indésirables.

— Très bien, encore dix minutes, avait lancé Sheila depuis la chambre où elle était assise sur le lit avec un livre, comme si elle pouvait empêcher la fillette de gagner dix minutes supplémentaires aux dix déjà accordées. Du haut de ses huit ans, Lottie Rebecca chantait à présent d'une voix de ténor, sa petite voix aiguë remplacée par une autre qui entonnait un morceau d'Otis Redding, « *I was born by the river, in a little tent, and just like the river I'm running ever since* ». Sheila et B.J. aimaient l'entendre chanter en arrière-fond, tant qu'ils ne réfléchissaient pas trop aux chansons qu'elle choisissait, ni à la voix qui émergeait d'un corps trop petit pour contenir un coffre si profond.

En fin de soirée, Sheila avait hésité entre évoquer avec sa fille les dessins qu'elle voyait sur ses feuilles dans l'espoir d'orienter l'attention de l'enfant vers un autre sujet, ou la laisser simplement continuer.

— Mtoto. Qu'est-ce que c'est ?

Sheila s'était penchée sur le lino propre et lessivé que B.J. avait posé par-dessus le lino maculé de sang de son enfance.

Sa fille avait levé vers elle son visage couleur chocolat et ses yeux d'un blanc de coton.

— J'écris l'histoire, maman.

La voix de Lottie Rebecca était montée dans les aigus, comme si tout était d'une évidence absolue, pour elle et pour les autres. Sheila avait montré du doigt l'endroit où Lottie Rebecca avait gratté la feuille avec un cure-dent, déchirant les personnages en bâton à la peau brune et aux yeux rouges.

— Bébé, avait-elle dit en s'asseyant par terre à côté de la fillette. Mais qu'est-ce que ça veut dire, bébé ? Tu pourrais dessiner…

Sheila avait pris une profonde inspiration avant de terminer sa phrase. Elle ne voulait pas risquer une crise de colère juste avant l'heure du coucher.

— Tu ne pourrais pas dessiner des fleurs ou des oiseaux ?

Le silence lui avait répondu, comme si Lottie Rebecca ne l'avait pas entendue, ou comme si les questions de Sheila étaient prononcées au plus profond d'un canyon et n'atteignaient pas les crêtes qu'arpentait sa fille.

— Et, bébé, où as-tu entendu des mots pareils ?

Lottie Rebecca avait relevé les yeux vers sa mère et prononcé son premier mensonge pour expliquer la provenance des mots qu'on lui murmurait à l'oreille.

— Je les ai entendus dans la série *Barnabie Jones*.

Sheila avait laissé échapper un petit rire involontaire devant le bobard mal ficelé de sa fille.

Lottie Rebecca avait serré les lèvres à double tour, froissé le dessin et s'était levée d'un seul mouvement. Les muscles de ses bras et de ses jambes avaient épaissi. Elle portait un short de pyjama et un T-shirt à manches courtes orné de nuages blancs sur lesquels elle avait depuis longtemps dessiné des yeux à l'aide d'un feutre de Sheila. Elle était passée devant sa mère en tapant des pieds, son chef-d'œuvre chiffonné dans son poing, et elle avait claqué la porte de sa chambre, abandonnant sa mère dans le couloir. Il n'y avait eu aucun cri et Sheila s'était assise à la table où elle avait pleuré sans bruit.

M. Tunnelson sortit ses lunettes de lecture aux montures métalliques de la poche de sa chemise de travail, puis il parcourut de ses yeux jaunes le chef-d'œuvre de sa petite-fille désormais en classe de CE2. Il gratta sa barbe de trois jours couleur poivre et sel. Il fronça les sourcils et porta le regard sur la couronne ronde des cheveux de B.J. qui émergeait au-dessus du fauteuil devant la télé.

— Ouais, dit-il simplement.

Sheila attendit que son père ajoute quelque chose qui lui permettrait de valider ses inquiétudes mais il s'affairait à écarter les souvenirs que venaient de remuer les dessins de sa petite-fille – des plantes grimpantes qui s'étiraient dans l'espace entre lui et B.J. assis en silence, le garçonnet qui hurlait des paroles inintelligibles dans sa mémoire.

Il déglutit comme pour ravaler sa pomme d'Adam proéminente, tint l'histoire de sa petite-fille dans une main, contempla l'écriture parfaite de cette enfant de huit ans. Chaque lettre se dressait sur le papier avec la solidité des ouvrages en bois de son père. L'histoire était encadrée de divers dessins au stylo représentant des grenouilles à demi décapitées. Les premiers mots annonçaient :

Il était une fois un homme qui alla pêcher et tua toutes les grenouilles de l'étang.

Les yeux inquiets de M. Tunnelson se posèrent à nouveau dans le fauteuil de B.J., puis sur sa fille de l'autre côté de la table, qui affichait une expression épuisée bien compréhensible – elle n'avait qu'une enfant, qu'elle élevait depuis huit ans, mais ces épreuves détruisaient tout ce qu'elle savait d'elle-même. Il chassa d'un haussement d'épaules le vertige qui pointait au souvenir des hurlements de B.J. appelant sa mère qui venait de tomber à terre avant d'avoir pu le rejoindre.

— Je pense qu'elle parle juste d'un homme qui pêche des grenouilles, c'est tout.

Sheila fourra les mains dans les poches de son dashiki, s'adossa à sa chaise, dubitative, et décida de ne pas aborder le fait que l'enfant dialoguait avec quelqu'un dans la maison quand personne ne s'adressait à elle, puis qu'elle s'énervait si Sheila lui demandait à qui elle parlait, qu'elle allait dans sa chambre et murmurait à ce quelqu'un « Oui, c'est moi, Lottie Rebecca ». Elle chantait et dessinait et fredonnait encore « Oui, c'est moi, Lottie Rebecca ».

La part apaisée de Sheila refusait de faire remonter à la surface les souvenirs de sa mère prise de vertiges, qui parlait toute seule, jusqu'à ce qu'un jour, en l'absence de sa fille, les cellules cancéreuses atteignent son cerveau, prennent une décision ferme et définitive, bloquent sa circulation sanguine et l'emportent avec elles.

Tout ce qui sortait de la bouche de Lottie Rebecca n'était pas dicté par les esprits. À la puberté, son corps et son cerveau reprirent le contrôle tandis que les esprits exigeants cédaient et attendaient le jour où son corps serait mûr, capable de réaliser les tâches dont les entités immatérielles ne pouvaient pas se charger.

C'était juste avant son treizième anniversaire. Sur le porche à l'arrière de la maison, on avait posé un gigantesque pichet de thé glacé. La lumière de l'après-midi traversait le verre et s'insinuait dans le pichet comme dans un utérus ; les sachets de thé, pareils à des êtres vivants qui flottaient à la surface et relâchaient leur substance brune dans l'eau. Surplombant le porche, Lottie Rebecca balançait ses jambes depuis la structure en bois que B.J. lui avait construite dans le mûrier. Lottie Rebecca et B.J. avaient passé un pacte silencieux, celui d'obéir à Sheila et de ne pas la laisser seule à la maison. Père et fille coexistaient dans et autour de la maison, fidèles à cet accord tacite.

Lottie Rebecca prit sa règle et divisa le sommet de la feuille en trois longues colonnes de cinq centimètres, préparant les cases où elle comptait dessiner. Cette fois-ci, une femme se tenait au bord de l'eau. Dans la case suivante, elle s'était déshabillée et entrait dans la rivière paisible. Dans la suivante encore, on voyait l'eau boueuse et ensanglantée, le crocodile aux yeux clos. Au-dessus de la surface, un nuage solitaire arborait les yeux de la femme disparue en contrebas.

La scie de B.J. vrombissait dans l'atelier sous elle et Sheila gravit l'échelle de l'arbre avec un peigne, une brosse et des flacons d'huiles essentielles dans la poche de son dashiki, interrompant le silence de sa fille. Le reste de l'histoire allait devoir attendre. Lottie Rebecca rangea la feuille sous la boîte en bois de ses crayons et de ses stylos qu'elle laissait dans la cabane afin d'éviter les questionnements de Sheila et ses regards inquiets qui disaient « Ma fille est-elle destinée à devenir une tueuse psychopathe ? ». Lottie Rebecca jeta un regard en coin à sa mère, souhaitant qu'elle prononce une phrase hors sujet qu'elle pourrait critiquer.

Lottie Rebecca ne portait plus que des salopettes, ces derniers temps. Elles lui offraient une enveloppe ample qui aplatissait l'avant de son corps, pas de seins, pas de poche ventrale suggérant qu'il y avait en elle assez de place pour une autre vie. Sheila se languissait de contempler les yeux bruns et réconfortants de sa fille, mais dut se contenter avec reconnaissance du contact des épaules de Lottie Rebecca contre l'intérieur de ses genoux.

Elle brossa, démêla, caressa le cuir chevelu de son enfant, main gauche, main droite, ses doigts tressant les mèches comme on tresse un panier, perchée sur la plate-forme en bois érodé. Sans un mot, elle mit en ordre l'épaisse tignasse en sillons serrés et réguliers. Sheila aurait dû accepter le silence mais en profita pour expliquer à sa captive les raisons qui poussaient le principal à refuser qu'elle porte des salopettes.

— Il y a un règlement vestimentaire au collège. Quand tu rentres de cours, tu peux t'habiller comme ça te chante mais sinon, tu dois porter une robe, ou un pantalon plus élégant, et un chemisier. Tu n'as pas le droit de mettre une salopette. Tu m'as bien comprise ?

Elle retint la tresse d'une main, et avec l'auriculaire huileux de son autre main, elle tira sur la bretelle en jean délavé au-dessus du col roulé de Lottie Rebecca.

L'enfant ne manifestait plus son désaccord de manière ouverte. Les épisodes véhéments de frustration verbale et de rage face à ceux qui la traitaient comme une enfant sotte s'étaient apaisés. Elle naviguait désormais dans les tempêtes tolérables que modérait son intellect prudent. Dans son cerveau, elle avait établi un paysage aux régions bien distinctes – une forêt tropicale et moite, un bord de mer sablonneux sous un soleil blanc balayé par le souffle constant du vent, une plaine aride aux terres craquelées et aux lits de rivières asséchés. Un paysage pour les esprits qui la frustraient par leur caractère insaisissable mais lui tenaient compagnie avec leurs ondes d'énergie familières, un autre paysage pour les sentiments plus anciens et plus sages qui contrastaient avec la taille de son corps, et le dernier pour toutes les choses qu'elle devait dire même si personne ne voulait l'écouter. Elle ne puisait que le nécessaire dans ces régions de son paysage émotionnel, n'y cueillait que les mots sélectionnés avec soin, parfois avec méchanceté quand elle avait le sentiment qu'on essayait de l'empêcher de s'exprimer librement.

Sheila inclina la tête de Lottie Rebecca d'un côté, l'odeur tannique d'huile essentielle d'arbre à thé et celle, terreuse, de patchouli se mêlant au parfum de bois humide qui se dégageait des branches de l'arbre. Pencher ainsi la tête de son enfant était une manière pour elle d'apercevoir les yeux de Lottie Rebecca, qu'elle avait tendance à lever au ciel dès que sa mère la toisait. Les moineaux voletaient autour d'elles dans les branches, échangeaient des pépiements et s'interrogeaient sur la maman oiseau géante et brune en dashiki et col roulé qui avait envahi leur arbre avec son immense bébé oiseau à la tête duveteuse, en salopette et col roulé.

Pendant cette longue pause, Sheila se souvint d'une époque où tout allait bien entre elles. La main de Lottie

Rebecca encore petite dans la sienne alors qu'elles arpentaient Hayes Street, la fillette comme une extension du corps maternel. Sheila soupira et attendit et peigna et huila et tressa jusqu'à ce que la marée de ses larmes recule. Elle maintenait Lottie Rebecca par les épaules et lui tourna la tête pour la regarder en face.

— Tu as entendu ma question ?

— Oui, madame.

— Et tu as une réponse à me donner, petite Mtoto ?

— Arrête de m'appeler comme ça, s'il te plaît.

— Ma fille, qu'est-ce que tu as à me répondre, quand je t'explique que tu ne pourras pas porter de salopette en cours demain ?

— Oui, madame.

— Et ?!

Lottie Rebecca se rendit dans le paysage désertique où vivaient les mots médiocres permettant d'expliquer aux adultes ce qu'ils étaient trop médiocres pour comprendre. Elle lâcha un soupir intolérant et expliqua à sa mère :

— Il y a une nouvelle collection chez Gap. Des rouges et des vertes, et elles sont neuves, elles peuvent être portées en cours. Le principal a dit « Pas de jeans », il n'a pas dit « Pas de salopettes ». C'est un compromis, mais je porterai des salopettes, point final.

Elles se dévisagèrent. Le regard de Sheila était buté et celui de Lottie Rebecca savait interpréter la tête penchée face à elle. Sheila serra les dents et se demanda si la moindre part d'elle-même vivait en sa fille. Papi Tunnelson lui avait affirmé : « Elle se comporte exactement comme toi, ma chérie. Elle dit simplement aux gens ce qu'elle compte faire, et elle le fait. Ou alors elle ne te dit rien, elle fait ce qu'elle veut, puis elle t'envoie la facture. »

À l'enterrement de sa mère, Sheila se tenait à côté de son père, devant sa mère étendue non loin de leurs belles chaussures qui n'avaient jamais pénétré dans une église. Elle ne lui avait pas avoué qu'elle ne comptait pas rester à Fayetteville avec lui. Bouche fermée, du haut de ses dix-huit ans, elle avait prévu de passer un autre semestre d'études au Ghana, de filer en douce comme elle l'avait déjà fait et de justifier son choix dans une lettre qui mettrait deux semaines à lui parvenir.

Le visage rond, lisse et sombre de Lottie Rebecca était un amalgame parfait de celui de ses parents, une combinaison de leur esprit combatif et fuyant. Elle avait rarement besoin d'être réprimandée mais ne répondait jamais à ses parents comme ils s'y attendaient. Sheila fit pivoter le corps entier de sa fille. Plutôt que d'asséner une tape sur son crâne tressé, elle se concentra sur le souvenir de sa main minuscule dans la sienne, comme une petite boule de sa propre chair. Elle se pencha vers elle. Les planches de la cabane grincèrent et elle embrassa le cuir chevelu de Lottie Rebecca à l'endroit où l'odeur chaude de petite fille se mêlait aux parfums de jeune femme. Elle y posa le menton.

— Bon, je ne t'appellerai plus Mtoto, mais tu ne trouves pas que c'est manipulateur de dire que tu vas continuer à porter des salopettes ? Tu ne crois pas que tu te comportes un peu trop comme une adulte, à me parler de compromis quand je te demande de ne pas faire quelque chose ?

Elles auraient été capables de débattre jusqu'à ce que la mousse leur pousse sur les chaussures et que le soleil s'éteigne définitivement. B.J., comme les oiseaux au-dessus d'elles, restait assis en silence et attendait qu'elles aient terminé. Il déposait ses opinions sur le plan de travail de son atelier où il sciait, empilait, clouait et tenait sa langue dans un étau bien serré, sachant pertinemment qu'il ne fallait pas s'immiscer.

Dans les vrombissements de la scie, le crépuscule s'installa et la voix de Lottie Rebecca demeurait ferme et assurée.

— Tu ne m'as pas dit que je n'avais pas le droit de porter des salopettes. Tu m'as demandé si je comprenais.

— Mais tu es trop jeune pour te comporter comme ça. Et trop âgée pour faire semblant de ne pas comprendre ce que je veux dire.

Sheila poussa la tête de sa fille en avant, l'éloignant de l'orifice par lequel elle était venue au monde. Elle remit en place l'avant de son dashiki assorti à son col roulé bleu, la seule chose qui la reliait encore à Lottie Rebecca. Elle descendit l'échelle dans l'air frais du soir, aussi vite qu'elle le pouvait sans glisser. La voix de Lottie Rebecca la poursuivit :

— Arrête de toujours prendre les choses personnellement. J'ai mon avis, c'est tout !

Sheila claqua la porte de la cuisine derrière elle.

Cruel, de laisser l'enfant choisir seule entre le bien et le mal. Les rêves de Lottie Rebecca cette nuit-là furent envahis d'images récurrentes, noix de kola rouge sang, un oiseau aux plumes bleu-vert et des rivières au courant d'eau noire. Elle entendit « À présent que tu es loin de moi… » et elle respirait profondément dans son sommeil moite, sa tête d'adolescente noire aux tresses huileuses s'agitant sur l'oreiller. Elle entendit ensuite « Tu es une femme, désormais. Il est temps de rentrer chez toi ».

Lottie Rebecca dormit à poings fermés en prévision des changements de son corps le lendemain. Elle se réveilla avec le désir puissant d'aller quelque part, comme le désir instinctif de manger et de remplir son ventre, ou celui de se lever, somnambule, et d'aller vider sa vessie. La dernière chose qu'elle entendit avant de se réveiller – « Quand tu arriveras chez toi, je te révélerai d'où je viens ».

C'était le jour du treizième anniversaire de Lottie Rebecca. Le ciel s'était dégagé pendant la nuit. La température remonta, comme si souvent en Caroline du Nord, apportant un dimanche à 20 degrés.

Papi Tunnelson fit rouler le barbecue dans leur jardin. Sheila installa la radiocassette sur le rebord de la fenêtre, orientée vers l'extérieur. Deux adolescentes noires apparurent, mal à l'aise. La première avait les cheveux lissés et un T-shirt à papillons rentré dans son pantalon, la deuxième était la fillette aux rubans roses qui mangeait un sandwich au beurre de cacahuètes à la table de pique-nique au CP. Ce jour-là, elle portait une jupe qui lui arrivait sous les genoux, la tenue des chrétiennes évangéliques. Elles habitaient plus haut dans la rue, de l'autre côté des nouvelles constructions dans Ramsey. Sheila avait pris l'initiative de les inviter. Lottie Rebecca les ignora royalement et alla s'asseoir à l'autre bout de la table de jardin avec son assiette de tempeh grillé, de maïs et de salade de pommes de terre. Elle s'installa à côté de B.J. qui mangeait des côtelettes de porc, du maïs et de la salade. Elle se sentait observée et, quand elle prit une inspiration, elle sentit un parfum de moisissure et de feuilles mortes, l'odeur du soleil qui réchauffait les zones humides du jardin.

— Je t'aime, murmura-t-elle en posant sa tête aux tresses serrées sur l'épaule de B.J. comme si elle s'apprêtait à partir pour un long voyage.

Elle n'eut pas conscience d'avoir prononcé les mots avant qu'ils émergent de sa bouche. Personne ne disait jamais « je t'aime » dans sa famille. Ils se le montraient en se fabriquant des choses, en se tressant les cheveux, en s'échangeant des conseils. B.J. tapota le pied de sa fille avec son vieux mocassin usé, lui signifiant qu'il avait entendu sans être obligé de lui répondre.

Son repas terminé, Lottie Rebecca se rendit à la fenêtre. Elle n'avait pas de plan particulier, simplement cette façon d'être, un besoin d'agir avant de savoir ou de comprendre. Elle coupa la musique et grimpa sur la table devant ses parents, son grand-père, ses oncles et les deux ados noires mal à l'aise. Ils imaginaient tous qu'elle avait prévu d'entonner une chanson pour se souhaiter un bon anniversaire à elle-même, mais sous un maigre nuage blanc solitaire, un ciel bleu et un tableau de feuillage orange et rouge en harmonie avec sa nouvelle salopette écarlate, elle déclara, mains sur les hanches :

— Je veux que quelqu'un m'accompagne en Afrique.

Au-dessus du jardin, le ciel était silencieux. La famille et les proches assis à table, gênés, se mirent à imaginer des campagnes pour l'Unicef, des Africains pieds nus, le ventre gonflé, des mouches autour de la bouche. La chrétienne évangélique au pain de mie brisa le silence.

— Tu joues à quoi, là, t'es Moïse qui descend de la montagne ?

La tension éclata en rires de toutes tessitures, alto, ténor et baryton.

— Y a personne qui a prévu d'aller en Afrique à la minute, si ? ajouta la fille au T-shirt papillon.

Ils riaient derrière leurs mains pour éviter que la nourriture et la honte ne jaillissent de leurs lèvres.

— Assieds-toi, mon petit bouchon, murmura B.J., le seul à ne pas rire. Il leva le regard vers elle, comme pour les protéger tous les deux.

Les yeux qui flottaient dans le nuage au-dessus d'eux roulèrent dans leurs orbites en même temps que ceux de Lottie Rebecca, déshonorée par sa famille qui ne comprenait pas – leur désir inné de cultiver la terre orange argileuse était le même que celui de chanter des comptines nées dans les étendues désertiques au-delà des buissons secs, de pêcher leurs propres repas, le désir de rentrer chez soi. Au-dessus de la clôture métallique du jardin et de la jeune fille en salopette rouge sur une table de jardin usée, les esprits s'évaporèrent, et Lottie Rebecca aurait aimé pouvoir s'évaporer à son tour, ne plus être obligée de rester avec des gens qui connaissaient son nom mais ne savaient rien d'elle. Son utérus s'ébranla comme la terre tremble quand elle veut se débarrasser des habitants indésirables, et le long de sa jambe, dans sa salopette rouge, du sang se mit à couler comme du pétrole brut jaillissant du sol craquelé.

Elle se sentait par-dessus tout trahie par sa mère qui avait autrefois voulu voir « son pays », retourner « chez elle ». Ce fut son rire qui se tut le premier. Sheila fut effrayée de voir sa propre silhouette sur la table, debout devant la tombe maternelle à dix-huit ans après avoir été rappelée d'Afrique quand sa mère s'était éteinte. Elle s'était jurée de ne rester à Fayetteville que le temps de l'enterrer, puis de quitter ce pays qui ne comprendrait jamais la sagesse précieuse qu'incarnait sa féminité noire, qui ne comprendrait jamais l'étendue de la tragédie qu'avaient provoquée les cellules cancéreuses dans le cerveau de sa mère et l'avaient emportée bien avant l'heure. Elle avait passé un pacte silencieux avec son propre cœur, celui de remplacer le chagrin du deuil par les rituels de l'amour de soi, de l'amour de son foyer. Mais la promesse de donner naissance à l'arrière-petite-fille, à la petite-fille, à la fille, allait mettre ce pacte à rude épreuve. Debout sur la table, Lottie Rebecca Lee réclamait la liberté cultivée par sa mère, et depuis longtemps enfermée derrière les portes closes d'une prison.

Sheila était à présent assise à côté de son père, lèvres pincées, incapable de voir au-delà des désaccords qui l'éloignaient de Lottie Rebecca, incapable de voir cette douleur qui expliquait pourtant leur profonde connexion. Elle dévisagea sa fille et essuya des larmes qu'elle prit à tort pour des larmes de rire inopportunes. À cet instant, les yeux de Lottie Rebecca se posèrent sur sa mère, sur son père silencieux, puis roulèrent dans leurs orbites et avalèrent le soleil.

Chapitre 16

Fayetteville, Caroline du Nord
1992

Peu importe que votre âme soit jeune ou vieille, elle cherche juste la paix et le repos. Si cela implique de vouloir quelque chose et de vouloir le faire soi-même, alors qu'il en soit ainsi. Le temps se chargera de créer le portail entre l'âge et les circonstances afin de vous permettre de vous éduquer vous-même, de réparer les défaillances de ceux qui ont fait de leur mieux, ceux qui s'endorment et se réveillent paisiblement en sachant ce qu'ils ont fait pour vous, ceux qui ont veillé sur vous, ceux qui ont fermé les vannes pour endiguer le torrent des douleurs de leur enfance. Vous oublierez votre beauté. Vous oublierez votre patience et votre force. Vous deviendrez médiocre car vous aurez oublié qui vous étiez avant d'être incarné dans votre corps actuel. Mais dès que vous serez valide, que vos bras et vos jambes seront assez solides pour vous soutenir, vous retrouverez votre subtilité, et sans nul jugement malveillant de celui qui vous protège, vous soigne et vous nourrit, vous accomplirez votre destinée.

Lottie Rebecca était assise à la table de la cuisine. À dix-sept ans, ses larges pieds noirs étaient solidement ancrés dans le lino moite et collant. Dans ses écouteurs, la voix de ténor de Tracy Chapman la transportait dans son paysage mental où le vert était si intense qu'il se confondait presque avec l'obscurité, l'air si humide qu'elle développait des branchies et ne faisait plus qu'un avec les parfums entêtants de créatures marines inconnues.

Dans son carnet de croquis, une femme se tenait sur une route et sur chaque case, la route prenait une forme et une couleur différentes. Dans une case, un lever de soleil baignait le sol devant la silhouette comme un champ orange et jaune. Dans une autre, une corde à linge – T-shirts, salopettes, robes élimées. Dans une autre, le champ devant la femme s'était transformé en brasier.

Lottie Rebecca n'incluait plus aucun texte à ses récits graphiques. Mieux valait ne laisser aucune occasion à Sheila de douter ; les images indéchiffrables et sans texte évitaient que sa famille questionne sa santé mentale.

B.J. rentra de la rivière par la porte de derrière, son odeur flottant dans son sillage, parfum inimitable de boue et de musc. Elle aimait cette odeur qui remplaçait les paroles qu'il ne prononçait jamais. Il se tenait en silence dans le dos de sa fille adolescente. Elle savait qu'il demeurait là, immobile, capable de comprendre les circuits invisibles qui les reliaient, capable de voir le positif dans les espaces négatifs de l'image. Mais sa colonne vertébrale était si criblée d'éclats d'obus et de cicatrices d'enfance qu'il prenait à tort le côté sombre de son enfant pour des erreurs qu'il avait lui-même commises et qu'il ne pouvait réparer que par son absence.

À l'époque de ses dix-sept ans à lui, il était à quelques mois de devenir un assassin volontaire, entraîné avec facilité à tuer car son âme avait quitté son corps. Il aimait Lottie Rebecca mais elle percevait les espaces vides dans sa tête, elle en dessinait les images, elle chantait les chansons qui le poussaient aux limites de la raison, en étant simplement elle-même. Plus elle grandissait, plus elle devenait l'élément invisible qu'il s'efforçait d'éviter dans son propre esprit.

Plus il avançait en âge, plus B.J. évitait les attentes émotionnelles de son foyer. Il grimpait à un échafaudage dans une maison en construction de Ramsey Street à l'aube ou au crépuscule, afin de ne pas croiser les autres ouvriers, et il n'entendait jamais l'appel de sa propre maison. Parfois, il grimpait bien au-dessus du regard des passants dans la rue, jusqu'au sommet d'un échafaudage du centre-ville. Quand un supérieur lui disait « Va bosser quelques jours dans l'équipe au sol », ou « Rentre chez toi. Tu ne peux pas travailler autant d'heures », il s'arrêtait en haut de la rue au restaurant Ethel's, commandait un sandwich aux tripes ou une grillade afin de tuer le temps en silence avant de redescendre la colline vers sa maison. Quelle que soit la météo, il mangeait son repas à la table de pique-nique, même s'il faisait un froid glacial et qu'il était le seul client dehors à regarder passer les voitures dans Ramsey Street.

— Tu ne crois pas que tu pourrais rentrer parfois avant l'heure du dîner ?

Sheila associait cajoleries et reproches, posant une assiette de légumes sans sauce, de haricots rouges et de riz brun devant lui. Assis sous la lampe de la cuisine, il s'efforçait de rassembler assez de patience pour discuter avec elle le soir, mais il ne pouvait pas supporter plus d'une heure ou deux d'interaction avant d'éprouver le besoin de s'enfuir et de se cacher.

— Je vais essayer de rentrer plus tôt.

Mains sur les hanches, elle savait qu'il mentait mais elle l'aimait tout de même.

« Laisse-le tranquille », lui disait son père quand elle allait se plaindre auprès de lui dans sa cuisine.

Le week-end, B.J. descendait Colonial Drive, longeait les mobile-home jusqu'à l'affluent qui, au fil des ans, s'était gonflé d'un courant violent et menaçait d'emporter les mobile-home, mais déviait les écrevisses et les truites jusqu'à lui. Dissimulé par des tiges grimpantes de kudzu, refuge des mocassins d'eau et des vipères cuivrées, personne n'osait s'y aventurer, pas même Lottie Rebecca.

Le calme et la verdure lui rappelaient la façon dont ses pensées s'apaisaient lors de ses escapades enfantines avec Bennie ou Rebecca. Pas la moindre parole, l'air épais, rien d'autre que les stridulations des cigales qui se répondaient en morse et lui promettaient que tout irait bien.

À la rivière, il ouvrit l'opercule métallique d'une conserve de sardines, les déposa sur des biscuits secs, secoua la bouteille de sauce piquante qu'il portait toujours dans sa poche, et il se sentit en paix, sans la pression de devoir écouter Sheila à la maison, de formuler des réponses lucides.

Silencieuses, c'est ainsi qu'il les aimait, mais après dix-huit ans de silence, Sheila se plaignait davantage. Elle savait que Lottie Rebecca, assise à manger des omelettes au tofu avec ses écouteurs de walkman vissés aux oreilles, quitterait bientôt leur maison et disparaîtrait dans l'âge adulte, laissant Sheila seule avec l'amour silencieux de sa vie qui n'avait pas pour atout le don de la conversation.

M. Tunnelson répétait le même refrain à sa fille, « Laisse-le tranquille, il va trouver une solution ». Car il comprenait quelque chose aux toits de chaume, aux murs en stuc, aux hurlements de femmes et d'enfants que les hommes noirs devaient enfouir et contenir au plus profond de leur esprit. Sheila pleurait les disparitions incessantes de B.J., et la disparition imminente et inévitable de Lottie Rebecca qui semblait suivre les pas introvertis de son père.

La veille de son dix-huitième anniversaire, Lottie Rebecca s'étendit sur son lit. La douleur dans ses reins la fit grimacer, les ressorts de son matelas ayant perdu leur docilité, refusant de rester stables et uniformes au fil de sa croissance. Elle écoutait la voix sensuelle d'Ani DiFranco qui semblait chanter tout ce qu'elle avait perdu – l'audace et le courage de tenir tête. La musique balayait l'ignorance des professeurs dans les salles de classe aux murs de parpaing, qui enseignaient des choses auxquelles eux-mêmes ne croyaient pas. Ses tresses lui tombaient sur les épaules et jusque dans son dos tandis qu'elle se reposait sur le lit.

Dehors, elle apercevait les feuilles vertes et or de l'automne. Sur son rebord de fenêtre, un oiseau noir au ventre beige et marron ouvrit le bec, ébouriffa les plumes de sa tête et émit un chant qu'elle n'entendit pas, ce qui lui plaisait ainsi. Avec ses écouteurs, elle contrôlait tout, elle les retirait pour prêter l'oreille aux esprits, écrire, dessiner les images et les paroles balbutiées. Elle pouvait ignorer les ordres du monde sensé, qui n'avaient aucun sens à ses yeux et la rendaient anxieuse.

Au lycée, les professeurs lui confisquaient quotidiennement son walkman jusqu'à la fin de la journée. C'était un rituel muet, elle entrait dans l'établissement, tête haute avec son afro et son pantalon cargo, son col roulé, écouteurs sur les oreilles. Le principal venait à sa rencontre, la peau foncée comme elle, un Africain très respectable qui lui réclamait l'appareil d'une main tendue. Après la dernière heure de cours, elle se rendait à grandes enjambées silencieuses au bout du couloir, ouvrait la porte du bureau, l'odeur d'antiseptique s'échappant de l'infirmerie adjacente. Sur le comptoir d'accueil, la secrétaire déposait la machine à disparaître de Lottie Rebecca qui la récupérait après avoir enduré une nouvelle journée insignifiante dans l'environnement du lycée où les autres élèves la surnommaient encore en secret Bébé de Goudron. Des membres de l'équipe de basket, de grands ados aussi noirs qu'elle, avec leurs gencives rouges qui illuminaient leurs dents, ricanaient en douce quand elle passait devant eux dans le couloir.

À la maison, Sheila essayait de ne pas crier mais c'était souvent plus fort qu'elle. « Lottie Rebecca ! » Elle détestait entrer dans la chambre de sa fille et voir les murs gris griffonnés de nuages orageux d'un gris plus clair agrémentés d'yeux. Elle se sentait mal à l'aise, comme face au personnel soignant de l'hôpital pendant les derniers jours de sa mère, qui l'avaient incitée à retraverser l'océan dans le but d'échapper à ces visages dont elle ne voyait que les yeux derrière leurs masques chirurgicaux.

— Lottie Rebecca !

La fille entendait le tambour de la voix maternelle par-dessus la guitare d'Ani DiFranco mais elle laissait Sheila imiter l'oiseau à la tête ébouriffée sur le rebord de sa fenêtre, bouche ouverte en silence. Elle secouait la tête en rythme avec la musique, elle resterait plongée dans ses dessins et ses écrits secrets jusqu'à l'heure du coucher, sachant qu'elle aurait une discussion sérieuse avec ses parents le lendemain matin.

« Ça suffit ! », c'est tout ce qu'elle saurait leur dire. Si elle continuait à leur obéir, si elle allait se faire torturer au lycée tous les jours, elle en mourrait. Elle ne pouvait pas le supporter un jour de plus, et, quand elle eut pris sa décision, impossible de faire marche arrière.

Le pire s'était produit un mois plus tôt et Lottie Rebecca ne pouvait pas raconter à sa famille ce qu'ils ne croiraient jamais. Ils étaient si heureux qu'elle ait accepté l'invitation des deux filles de Colonial Drive qui, insistait sa mère, étaient de bonnes amies. Au match de foot américain où elles s'étaient rendues, Lottie Rebecca les avait suivies dans leurs allers- retours à la buvette, leur souffle s'élevant en un nuage de buée tandis qu'elles chuchotaient devant elle, dans l'obscurité d'un couloir. Elle marchait, les mains dans les poches de son sweat à capuche noir, les regardait du coin de l'œil comme un corbeau. Sa capuche dissimulait l'autre œil, celui qui ne leur faisait pas confiance. Son instinct lui susurrait qu'elles parlaient d'elle mais Sheila lui avait demandé de laisser son walkman et ses écouteurs à la maison, et avait dit : « Ne va pas toujours penser que, si quelqu'un parle, il parle forcément de toi. Tu dois t'exprimer à voix haute et contribuer à la conversation. »

Lottie Rebecca fit taire l'idée étrange qu'elles ressemblaient toutes les trois à des actrices d'un film en noir et blanc, dans le faisceau cru des projecteurs du terrain où se déroulait le match du soir. Elle savait que tout le monde aimait le Coca-Cola, du moins B.J. l'aimait avec ses sardines et ses biscuits secs. Debout derrière leurs chevelures parfaitement permanentées, le cœur battant, elle rassembla son courage.

— Si vous voulez un Cola…

Elle prononça sa phrase d'un ton presque naturel, sauf qu'elle se trouva à nouveau happée par le tourbillon de ses pensées et se focalisa sur le mot « Cola », se souvenant qu'elle avait distinctement entendu le mot « kola » dans ses rêves. Elle se demanda pourquoi on utilisait le diminutif Coca quand le nom complet de la marque était Coca-Cola. Pourquoi ne disait-on pas plutôt « Cola » ? Les filles la regardèrent marquer une pause distincte, avant que Lottie Rebecca n'ajoute la fin de sa phrase :

—… c'est moi qui offre.

La fille au sandwich de pain de mie répondit d'un ton prétentieux « Ah ouais ?! » comme pour dire, évidemment que c'est toi qui offres. Elle était plus grande que Lottie Rebecca, elle arborait des chaussures à talons, des boucles d'oreilles créoles et une veste du lycée. Elles la repoussèrent, commandèrent leur boisson et s'éloignèrent, laissant Lottie Rebecca payer l'addition. La fille qui aimait porter des T-shirts papillons avait pris les canettes dans ses bras et la fille au pain de mie les ouvrit. Pendant que l'ancien joueur de foot à la caisse comptait la monnaie sur le billet de vingt dollars que Sheila avait généreusement donné à son adolescente, la fille au pain de mie glissa un petit buvard de LSD dans la cannette de Lottie Rebecca. Elle se retourna et lui tendit la boisson en lui adressant un sourire que Lottie Rebecca lui rendit, gênée.

Dans les gradins, les deux filles s'assirent ensemble dans le halo des projecteurs du terrain qui éclairaient les autres adolescents blancs et noirs ivres, des enfants de militaires pourris-gâtés pour la plupart, sauf ceux qui vivaient en bas vers la rivière. Ils encourageaient les joueurs, fumaient des joints ou se pliaient en deux de rire. Lottie Rebecca but le soda trafiqué. Quand arriva le dernier quart-temps du match, elle avait les yeux vitreux. Elle annonça aux deux filles :

— Je veux rentrer chez moi.

Et elles lui rétorquèrent sèchement :

— Vas-y, ma vieille ! Personne te retient !

Dans le parking, toutes les voitures se transformèrent en pick-up écarlates rouillés, créant une perspective dont le point de fuite indiquait l'autoroute US 401 sous le clair de lune. Lottie Rebecca marchait entre eux, bercée par la drogue qui la poussait tel un insecte vers les rais de lumière se déplaçant à toute vitesse. « Non ! » entendit-elle dans le lointain, par-dessus la mélodie d'une contrebassine et d'un piano droit, « Non ! » et devant elle, l'autoroute vira au noir sous la force d'une violente bourrasque pareille à la paume d'une main qui enveloppa son corps tout entier.

Elle se réveilla dans sa chambre, entourée de B.J., de Sheila, de papi Tunnelson, d'oncle Lenard et d'oncle James à la lueur de sa lampe de chevet. Les yeux des nuages gris étaient presque blancs sous l'éclairage tamisé. L'espace d'un instant, elle se rappela avoir vu sa famille ainsi, la première fois. Elle tira les draps pour dissimuler ce qu'elle ressentait comme une nudité de nouveau-né mais elle portait encore son sweat à capuche noir, son pantalon cargo noir et taché. Sheila empoigna le bras de son enfant, « Bébé ?! », et impossible d'expliquer qu'elle n'était pas suicidaire, que les filles l'avaient piégée, que quelqu'un l'avait sauvée. Ils savaient juste qu'elle était étendue au milieu de la chaussée, qu'aucune voiture ne circulait sur la voie au moment où le policier noir avait découvert l'adolescente qui rentrait du match et qui planait complètement. Il connaissait la famille Lee et avait raccompagné la jeune fille, des condoléances sur les lèvres pour cette enfant qu'il pensait à tort être l'unique descendante de la famille, et qui suivait les traces de son grand-père et de son père vers la maladie mentale.

Ce lundi-là, elle retourna au lycée car papi Tunnelson avait dit : « Elle a besoin de constance. Ne la laissez pas se morfondre. » Mais se retrouver jetée dans l'arène avec les chiens qui avaient essayé de la tuer fut la pire décision imaginable. Elle les évita en plaquant ses écouteurs sur ses oreilles, la musique étouffant les ricanements. Elle les évita en n'arpentant pas les couloirs juste après la sonnerie, dernière à s'attarder sur sa chaise à la fin de chaque cour, faisant mine de ranger ses affaires, de refaire ses lacets. Elle les évita et s'enfonça toujours plus loin au plus profond d'elle-même.

La veille de son anniversaire, Lottie Rebecca ne dormit pas de la nuit. Elle décida d'abord de dire à ses parents qu'elle ne se sentait pas seule. À chaque fois qu'elle se sentait seule, elle retirait ses écouteurs et écoutait les murmures qui prononçaient son nom, des mots décousus comme

« broussailles », « banton ». Mais ils n'auront pas envie d'entendre ce genre de conneries.

Les dernières paroles qu'elle avait adressées à Sheila dataient du lendemain du match.

— M'oblige jamais à refaire un truc pareil ! Je suis pas comme toi ! Si tu veux des amis, va-t'en faire et laisse-moi tranquille, putain.

Elle n'avait pas parlé à sa mère depuis mais acceptait sa nourriture, les omelettes au tofu, les pâtes aux épinards, les pois chiches, la levure nutritionnelle, les steaks de haricots, les fruits. Elle mangeait dans sa chambre. Elle rapportait sa vaisselle sale au milieu de la nuit, ses longues jambes et ses pieds nus, vêtue d'un short de sport et d'un débardeur. Si B.J. était encore devant la télé, il la laissait tranquille. « Bonne nuit, B.J. », et il lui répondait d'un geste de la main au-dessus du dossier de son fauteuil. S'il était là quand elle sortait en hâte pour le lycée en emportant le déjeuner préparé par Sheila :

— Bonne journée, B.J.

— Ouaip, répondait-il, ne voulant pas agacer sa femme qui attendait patiemment, mâchoire serrée et bras croisés, le jour où sa fille lui rendrait son amour.

La nuit fut longue. *Mais il n'y a sûrement rien qui puisse les aider à comprendre ce que je suis censée faire*, songeait Lottie Rebecca. La gorge nouée dans la lumière du chevet qui avalait l'obscurité, elle entendit dans le lointain le train de marchandises qui sifflait chaque matin à l'aube, et elle sut qu'il était temps de partir au lycée. *J'ai dix-huit ans.* Elle se rappela qu'elle n'avait plus besoin de leur autorisation pour faire ce qu'elle devait faire.

Lottie Rebecca entra dans la chambre de ses parents sans ses écouteurs et proclama à leur visage à moitié endormis :

— Je suis une adulte ! Vous ne pouvez plus me donner d'ordres et me dire quoi faire ! Je pars en Afrique.

Dans la dernière heure de sommeil qui précède le réveil, tout est révélé, tout est compris.

Avant que sa fille n'entre dans leur chambre, Sheila avait confondu le sifflement du train avec des chants d'oiseaux aux mélodies familières. Elle avait ouvert les yeux et avait dit :

— Oui.

Un mois plus tôt, M. Tunnelson avait remis une enveloppe à Sheila qui était arrivée dans sa boîte aux lettres à lui, avec des timbres étrangers et des tampons à l'encre rouge. Debout sur le trottoir, il avait tapoté sa poche de chemise tachée de terre en quête de ses lunettes, puis avait décrété qu'un courrier orné de tous ces timbres devait forcément être destiné à Sheila. Il lui avait tendu l'enveloppe par la porte moustiquaire ouverte à l'arrière de la maison.

— Merci, papa.

Sheila avait essayé de ne pas paraître trop enthousiaste en voyant l'écriture.

— De rien !

Son père lui avait adressé un salut de la main alors qu'il rentrait déjà vers sa maison, écartant un souvenir lointain et incertain, celui d'un conseil prodigué à une femme lassée qui cherchait une issue à son mariage par la mauvaise porte de sortie.

De la part de : Kobi, son meilleur ami du temps de ses études au Ghana.

Chère Ama,

Je pense souvent à toi. J'ai trouvé ton adresse dans de vieux papiers. Tu viendras peut-être me rendre visite un jour. J'ai toujours la même maison, et il y a toujours beaucoup de place.

J'espère que cette lettre te parviendra.

Affectueusement,

Kobi

La lettre avait été conservée dans une poche de jean, une poche de chemise, une poche de dashiki, chaque jour pendant un mois, jusqu'au matin où, sans le savoir, Lottie Rebecca avait entraîné sa mère vers le destin auquel aspirait son cœur.

Sheila utilisa l'argent qu'elle avait économisé pour la première année d'université de Lottie Rebecca qui refusait de s'inscrire.

— J'irai pas à la fac. Continue à remplir des dossiers d'inscription si ça te chante.

Elle y ajouta l'argent du cadeau d'anniversaire des dix-huit ans de sa fille et de son cadeau de Noël, et elle s'envola avec elle vers le Ghana.

À l'aube de leur départ, ils rêvaient tous les trois, leur sueur entremêlée à travers la maison. Dans le rêve de Lottie Rebecca, un paon se tenait devant elle, hors de portée sur un pont de corde et de bâtonnets de glace. Elle sentait l'épaisseur de la forêt vert foncé sous elle, elle savait que des éléphants y déambulaient. Elle savait que les mouvements de leurs oreilles en contrebas faisaient naître la brise qui agitait doucement les yeux turquoise et violets sur les plumes délicates déployées devant elle. Un calme absolu habitait sa poitrine, comme si la brise circulait dans ses artères, portant dans son sang la vie qui entrait et sortait de son cœur.

Dans le rêve de Sheila, elle ne cessait de se garer en bordure de route. Elle ne les voyait pas mais sentait la présence de B.J. et de Lottie Rebecca dans la voiture avec elle. Le bas-côté était jonché de coquilles d'œuf, des champignons poussaient à l'endroit où elle ouvrait la portière et baissait les yeux. L'odeur fermentée d'un corps qui n'était pas celui de B.J. et, comme souvent dans les rêves, le décor changea, elle était allongée dans la lumière tamisée d'un bâtiment en parpaing, sa peau contre une autre peau. Elle arpentait les contours du sommeil, cherchant une issue à son rêve. Ses mains caressaient un corps qui n'était pas celui de B.J., elle sentait son propre corps s'abandonner aux spasmes saccadés entre ses jambes qui envoyaient des décharges d'adrénaline et de soleil au plus profond d'elle-même. Elle se réveilla, les couvertures enroulées entre ses jambes, B.J. dormant à poings fermés. Son corps lourd, qui avait aplati ses cheveux à l'arrière de son crâne, était étendu dans le berceau creusé du matelas. Elle se rendormit ; elle rêva d'un pélican sur une plage lointaine qui la dévisageait d'un œil unique.

Sheila fut tirée du sommeil par l'alarme habituelle d'un cauchemar matinal de B.J. Il hurlait des propos inintelligibles. Elle se redressa sur un coude dans la lumière argentée de l'aube et le regarda tourner la tête de gauche à droite tandis que les pensées tourbillonnaient dans sa tête à elle. *Comment va-t-il s'en sortir le matin, en mon absence ? J'ai hâte de prendre un peu de temps pour moi, de sentir à nouveau qui je suis loin de Fayetteville, de savoir qui je suis sans B.J. Comment ce sera pour lui, de se réveiller le matin de Noël sans moi ?* Son cœur s'emballa tandis que B.J. tournait et s'agitait, reflétant le combat intérieur de Sheila entre sa culpabilité et sa soif de liberté.

Le drap du lit s'enroula autour des jambes de B.J. Elle respira l'odeur de son corps, oignons et sauce piquante, et l'odeur sucrée de liqueur bien qu'il n'ait pas bu la moindre goutte d'alcool dans cette nouvelle existence. Elle ferma les yeux pour s'imprégner de ce parfum et s'en souvenir quand elle se languirait de lui. Les poils courts et rêches de son menton frémissaient de terreur et les pores de sa peau se dressaient comme de minuscules monticules bruns. Sheila écouta encore un moment, comme elle le faisait souvent, cherchant à comprendre quelques-uns de ses propos avant de le tirer du sommeil.

— Bébé, réveille-toi ! Tu fais un mauvais rêve.

— Hmm.

B.J. bâilla et soupira, satisfait, habitué à être guidé hors d'un cauchemar par la voix de sa femme qui l'accueillait dans le matin. Il était encore ensommeillé mais impatient de lui raconter son rêve qui, pour une fois, était partageable.

— Je rêvais qu'il y avait une tempête, un ouragan, et je descendais dans Ramsey Street, j'essayais d'atteindre la maison.

Il leva les bras au-dessus de sa tête, contempla le crépi du plafond.

— Le vent soufflait, un truc de dingue. Je courais mais je n'avançais que de quelques centimètres à chaque fois. Et puis je tirais de toutes mes forces sur la porte d'entrée. Je savais que toi et Lottie Rebecca, vous étiez à l'intérieur, et je voulais juste être avec vous. Je me disais « Je vais réussir à ouvrir cette putain de porte » même si le vent me soulevait de terre. Je flottais carrément dans les airs, sauf que mes mains tenaient bien la poignée de la porte. Je savais que j'allais arriver à ouvrir.

Il se tut et lâcha un soupir satisfait.

Sheila ne se souvenait pas de l'avoir entendu parler autant d'une seule traite. Elle sourit et l'écouta comme si elle regardait un film.

— Eh ben, t'arrête pas là ! Qu'est-ce qui s'est passé ensuite ?

— Ah, c'est à ce moment-là que tu m'as réveillé.

Il sourit encore et prit appui sur ses coudes pour l'embrasser de ses lèvres gercées puis il se leva sans s'attarder au lit, bien que Sheila et Lottie Rebecca partent ce matin-là, le laissant seul à la maison pour traverser l'océan vers la Terre Originelle.

Sheila se rendit à la cuisine en se massant la nuque. B.J. était assis à la table et finissait un reste de côtelette dans un bac en polystyrène.

— Je ne veux pas que tu manges ça pendant mon absence.

Elle écarta une pensée, *Alors je ne devrais peut-être pas partir.*

Elle ouvrit le congélateur et lui montra tous les plats équilibrés qu'elle avait préparés et qui le nourriraient pendant les dix prochains jours. B.J. lécha la sauce sur ses doigts.

— Ouais, je les mangerai au dîner et j'en emporterai pour midi aussi.

Sheila était convaincue du contraire. *Il va remplir le frigo de nourriture réconfortante qu'il ira acheter au resto Ethel's, et papa ne sera d'aucune aide, il apportera forcément son foutu barbecue dans le jardin.*

Sheila et Lottie Rebecca s'envolèrent loin du sol. En contrebas, le tarmac devint une mince bande grise dans un patchwork de végétation verte. Les cimes crépues des pins de Caroline du Nord évoquaient les têtes de leurs ancêtres qui murmuraient et soupiraient tandis que Lottie Rebecca et sa mère entraient dans les nuages. La voix dans la poitrine de Lottie Rebecca s'apaisa. Elle ignorait qu'il y avait là un nœud qui s'était formé juste après sa naissance, un enchevêtrement de sentiments impossibles à communiquer, jusqu'à ce qu'ils se muent en un flux d'énergie qui bourdonnait à l'unisson avec le moteur de l'avion. Le bourdonnement remplaça le souffle et les murmures des ancêtres.

Chapitre 17

De l'Amérique au Ghana
1993

Il ne faut pas confondre l'amour et le besoin de combler les trous dans notre cœur. Les muscles s'affaissent et coulent. Quand le muscle du cœur est alourdi, qu'on le remplit de cailloux plutôt que de graines, il coule d'autant plus vite. Les cœurs bons commettent beaucoup d'erreurs. C'est ton travail, à présent. Tu devras t'arrêter en chemin, retirer les cailloux dans le cœur de tes gardiens. Déposer leur passé et leur douleur sur la berge, leur pardonner afin qu'ils t'aident à traverser, à nager vers le rivage de la connaissance.

Toute la nuit, elles survolèrent l'océan où flottaient dans les vagues et où reposaient dans le sédiment du sol marin les follicules des cheveux, des sexes, des mains, des bouches ayant jadis composé les corps des cousins des cousins des cousins de Lottie Rebecca.

Les jambes de l'adolescente endormie étaient si longues qu'elles dépassaient dans l'allée comme des rames jaillissant d'une barque. Quand elle se réveilla, ils approchaient d'une côte maritime inconnue, semblable à un début de calvitie ; la terre s'incurvait aux endroits les plus vulnérables, et elle aperçut une tour de contrôle comme celle de l'aéroport de Raleigh-Durham, une immense colonne de béton surmontée d'un octogone dans lequel des hommes blancs agitaient les mains sur des claviers et dominaient le ciel comme ils avaient dominé les mers.

Lottie Rebecca écarquillait les yeux. Dans son sommeil, elle était redevenue la petite fille de sa mère, acceptant de laisser la sagesse d'une aînée la guider dans ce périple qu'elle devait entreprendre, pour lequel elle se sentait appelée bien avant qu'elle sache pourquoi.

Elles émergèrent de l'aéroport dans l'air moite et ensoleillé, dans une odeur de détritus brûlés. Lottie Rebecca aperçut autour d'elle plus de passants noirs qu'elle n'en avait jamais vu réunis en un seul endroit. La plupart aussi noirs de goudron qu'elle.

Elles étaient deux femmes, une version plus jeune et plus âgée du même corps, deux femmes qui portaient un seul indice de l'existence d'un homme dans leur famille : le sac en toile vert des Marines appartenant à B.J. qui contenait tous leurs vêtements. Il avait la longueur d'un petit corps. Sheila le portait à deux mains tant bien que mal, certaine désormais d'avoir fait le bon choix ; le côté familier et sécurisant de cet endroit réveilla une part d'elle qui était restée en sommeil des années durant. Mais les motos, les voitures, les moteurs d'avion, les voix qui hurlaient sans retenue mirent l'esprit de Lottie Rebecca au diapason des souvenirs de son père, ces images des rues de Saïgon emprisonnées dans son cerveau. Elle ralentit l'allure afin de se concentrer sur l'élan compatissant qui l'attirait vers lui, pendant que sa mère accélérait le pas et cédait à l'attrait de cette ville si familière. Et, soudain, le dos de sa mère se trouva deux pas trop loin devant elle, dans cet océan de peaux brunes qui la dissimulait et durcissait le nœud de mots et de sentiments enchevêtrés dans sa poitrine adolescente. Elle regrettait que B.J. ne les ait pas accompagnées, mais il évitait les foules bruyantes et les lieux bondés comme l'épicerie un samedi, et refusait catégoriquement de monter dans un avion. Lottie Rebecca se trouvait désormais à trois pas derrière sa mère qui portait le lourd bagage dans la rue. Elle la sentit s'éloigner et lui échapper dans la foule que Sheila connaissait si bien mais qui était étrangère à Lottie Rebecca.

Sheila n'en avait pas parlé, elle n'avait pas sorti la lettre de sa poche, mais sa fille sentait, dans son nombril à nu sous l'ourlet de son débardeur noir, leurs deux attractions contraires. Lottie Rebecca tendit le bras vers sa mère mais elle était hors de portée. Le cri jaillit de toute la hauteur de son corps, un « Maman ! » implacable et anxieux. Dans le courant chaotique autour d'elle, les têtes des Africaines enveloppées de foulards gele verts, rouges et or se figèrent soudain, leurs oreilles se tendirent et écoutèrent l'appel semblable à celui des enfants jamais sortis de leur ventre, jamais remontés à la surface pour prendre leur premier souffle. « Maman ! » Elles se figèrent, puis reprirent le cours actif de leur vie, libérées du chagrin, soudain conscientes que le cri ne leur était pas destiné, n'était pas celui de leurs enfants.

Sheila avait coupé son afro, avait enveloppé ses courtes boucles brunes et grises dans un gele blanc et violet, et comme les autres mères, elle marqua une pause en entendant le cri d'alarme, juste assez pour permettre à Lottie Rebecca de lui saisir le bras.

— Ma fille, qu'est-ce qui va pas chez toi ? Je suis là !

Dans la rue, elles cherchèrent du regard la Mercedes bleue du cousin-pas-vraiment-de-la-famille-ni-par-alliance.

Sheila lui avait écrit :

> *Cher Kobi,*
>
> *Ma fille a l'âge qu'on avait quand on s'est rencontrés. J'aimerais beaucoup lui permettre de connaître notre pays.*

Elle prit soin de mentionner son mari afin de calmer les pensées qu'elle projetait sur Kobi, qui pourrait se faire des idées à la lecture de sa lettre.

> *Mon mari et moi, on entend notre gamine parler de venir en Afrique depuis qu'elle a treize ans. Dis-moi si tu peux nous héberger.*
>
> *Peace and Love,*
>
> *Ama (Sheila).*

C'était un jeune homme à la peau brune, petit et mignon, un élève de l'université d'Howard qui s'appelait Alfred Haskel avant que lui et Sheila quittent les États-Unis et partent étudier à l'étranger, mais qui s'était renommé Kobi Ahmad au Ghana. Sheila et lui vivaient dans la maison du professeur Ahmad, à qui il avait fait l'honneur d'adopter le nom de famille. Parmi les professeurs du département de

Biologie, elle était la seule femme africaine. En dehors des périodes de cours, elle vivait à Londres avec son mari, et le reste du temps, elle hébergeait des étudiants chez elle, dans sa maison d'Accra. Où qu'elle soit, Kobi la suivait jusqu'à ce qu'elle prenne sa retraite et s'installe de façon permanente à Londres. Il était resté dans la maison d'Accra et avait suivi la voie de sa seconde mère, devenant professeur de biologie à l'université.

Sa réponse à Sheila :

Oui, ma cousine. Je viendrai vous chercher à l'aéroport, toi et ta petite, et vous logerez à la maison, et vous serez mes invitées pendant toute la durée de votre voyage. J'arriverai peut-être à te convaincre de rester plus de dix jours et de fêter Noël ici. J'ai presque terminé le semestre et je pourrai me consacrer entièrement à vous à la fin de votre séjour. Cherchez ma vieille Mercedes poussiéreuse, et ne méprisez pas trop son état. Les voitures sont rares par ici et les routes en mauvais état.

Que la paix soit aussi avec toi. Affectueusement,

Kobi

Sheila pouvait presque entendre l'accent britannique qu'il avait développé au contact du professeur Ahmad. Elle sourit aux souvenirs de sa jeunesse qui refaisaient surface – peau brune, dents blanches, parfum de soleil, escapades sur la côte. Elle ne s'était pas autorisée à analyser le chamboulement d'émotions au plus profond de son corps.

Le sol de la maison était en ciment. Les murs en parpaing gris nus conservaient la fraîcheur et la couche de peinture jaune sur la façade réverbérait la chaleur du soleil. Chaque pièce était équipée d'une porte moustiquaire et de barreaux, et le patio couvert à l'extérieur donnait au lieu des airs de galerie marchande à ciel ouvert. Lottie Rebecca avait l'impression de déambuler dans un monde familier mais inversé.

Sheila réprimanda sa fille d'avoir ouvert le portail en bois de la propriété, elle la réprimanda d'avoir traversé le pont, l'unique passage au-dessus du fossé d'évacuation qui séparait les hauts murs d'enceinte jaunes de la rue.

— Ne franchis jamais les murs de la propriété sans Kobi.

— Je ne suis pas venue jusqu'ici pour être la prisonnière de Kobi. Je suis venue répondre à un appel qui m'est destiné, à MOI.

Sheila l'écoutait mais avait appris à ignorer les affirmations de son adolescente qui semblaient dire, *Je suis venue répondre à un appel que toi, humble humaine, n'es pas capable d'entendre.*

Un matin, Lottie Rebecca était assise dans le kiosque du jardin, les murs jaunes s'élevant si haut qu'elle ne voyait qu'une seule chose de cette Afrique qui l'avait tant appelée : les longues feuilles vertes des palmiers. Le pont métallique qui tintait à chaque passage de la voiture de Kobi résonnait comme une langue rouillée qui la raillait depuis le grand portail en bois toujours fermé, à moins que Kobi ne l'ouvre. Tout ceci semblait absurde – sa mère qui lisait *Notre corps, nous-mêmes*, qui parlait librement de la santé de son vagin, cette mère adhérait ici aux règles qui dictaient la place de la femme. Lottie Rebecca contemplait le lézard vert gros comme son bras qui escaladait chaque jour le mur et observait de ses yeux dorés le zoo où évoluaient ces nouveaux spécimens américains.

Elle entendit un appel, comme des pleurs d'enfant à travers le cri d'un oiseau sauvage, et elle n'y tint plus. Elle franchit le portail et s'engagea sur la route qui ressemblait davantage à un chemin de terre. Le soleil tapait fort sur son afro en bataille, et elle marcha. Son grand corps de mannequin arpenta la route jusqu'à ce qu'elle débouche devant d'épais buissons. Là, elle découvrit la porte d'un jardin, « Akosua Buor Garden ». Cette fois, l'appel était puissant, il lançait son écho contre le mur de forêt vert qui jouxtait l'extrémité du quartier. Elle apercevait au-dessus des buissons un éventail de plumes bleues et turquoise, elle les entendit bruisser comme une poignée des feuilles de tabac que papi Tunnelson agitait pour chasser les insectes. Le bout de ses sandales était couvert de poussière, elle avançait vers le son, mais avant d'avoir pu entrer dans le petit paradis, la voix sombre et sèche de Kobi retentit dans le lointain :

— Mtoto !

Dans cette rue encadrée de murs en parpaing et de fossés profonds où coulaient l'eau et l'huile noire de part et d'autre de la voie, Lottie Rebecca n'avait nulle part où fuir ni tourner pour échapper à cette règle : « Un homme doit t'accompagner en toutes circonstances. »

Il y avait trop de choses à garder en tête, et après avoir été rappelée comme une chèvre fugueuse, Lottie Rebecca resta allongée sur le matelas grinçant de la chambre qu'elle partageait avec Sheila. Elle demeurait immobile dans l'espoir de sentir la brise du jardin qui franchissait parfois les barreaux de la porte et les barreaux des fenêtres.

Allongée là, elle sentait sa tête étrangement vide. La chaleur intolérable augmentait son agitation. *Pourquoi est-ce que j'avais tellement envie de venir dans un endroit où les gens appellent ma mère Ama ? Un endroit où on ne peut aller nulle part sans être escortée par un homme, où ils mangent du ragoût de poisson au petit déjeuner, où ils ne mangent pas du tout à midi, où ils reprennent du ragoût de poisson au dîner avec du pain collant qu'ils appellent foufou, et qui ressemble plus à une sorte de pâte à modeler blanche et visqueuse qu'à du pain ? Un endroit où la présence de B.J. dans nos vies n'est même pas évoquée ?*

La brise ne souffla jamais, n'apporta pas les voix familières des esprits, les seules réponses qu'elle connaissait à ses questions. « Je vous trouverai », murmura Lottie Rebecca aux esprits bâillonnés sans qui elle n'avait jamais vécu, ignorant qu'elle pouvait se languir d'eux tant qu'ils n'avaient pas été réduits au silence. Elle resta étendue sur le lit qui sentait le vieux cuir et la sueur, son stylo en suspens au-dessus du papier granuleux de son carnet à croquis, dans l'attente. Elle avait pris pour argent comptant le flux d'énergie qui guidait sa main, mais aucune énergie n'entrait dans cette chambre, et aucune n'en sortait.

Dans la torpeur de l'après-midi, un coq chanta et sept autres l'imitèrent dans le voisinage comme s'ils ne pouvaient pas respecter l'heure correcte d'un chant de coq, à l'aube. Au fond du jardin, la voix de sa mère oscillait entre des notes douces et ce que la féminité naissance de Lottie Rebecca identifiait comme sensuelles ; ses intonations montaient, descendaient, cédaient. Sur la page, Lottie Rebecca dessina des points, des étoiles éparpillées sans lien entre elles ni constellation particulière, comme des êtres séparés sans notion d'eux-mêmes.

Elle aurait aimé entendre le bruit de pas de sa mère qui, quelques jours plus tôt pourtant, annonçait l'invasion de son intimité. Elle avait besoin de bruits familiers, comme les voix absentes des esprits qui l'avaient attirée ici pour l'abandonner dès son arrivée. Sheila l'appela depuis le jardin, où elle coupait des bambous pour ses paniers.

— Lottie Rebecca ?! Tu veux toujours que je te fasse des tresses ?

Et sa profonde solitude en fut temporairement soulagée.

Sheila était assise sur le canapé, les épaules osseuses de Lottie Rebecca coincées entre ses genoux tandis qu'elle réalisait une série d'étroites nattes africaines. Elle poussa la tête de sa fille d'un côté, pencha la sienne et termina une tresse. Lottie Rebecca tolérait la tension extrême de son cuir chevelu sans broncher car, au moins, cela lui permettait de sentir quelque chose.

La jeune fille essayait d'empêcher sa tête de pencher en avant comme le plomb au bout d'une ligne de pêche, mais elle ne parvenait pas à garder les yeux ouverts ou à soutenir sa propre tête sous le poids de l'humidité ambiante et de la détresse.

— Tiens ta tête correctement, ma fille, et arrête de faire le bébé.

Elle ne répondit pas à sa mère mais la brusquerie de Sheila lui donna un prétexte pour relâcher les larmes qui jaillissaient rarement ; elles lui permirent de libérer la pression causée par l'absence de son père, l'absence des esprits, l'absence de sa mère qui s'était changée en Ama.

Larmes et morve coulaient à flots, et les épaules de Lottie Rebecca furent agitées de soubresauts incontrôlables contre les genoux de Sheila.

— Mais qu'est-ce qui t'arrive, ma fille ?

Elle ne savait pas comment expliquer à sa mère qu'elle avait été abandonnée par les voix dans la chambre et dans sa tête, contrainte de retourner à la version enfantine et inexpérimentée de sa voix d'autrefois, plus encline à s'exprimer librement, au détriment de cette version pré-adulte d'elle-même, celle qui avait appris comme B.J. que seul le silence permettait de faire face à un monde qui préférait l'alcool ou la religion pour apaiser les douleurs. S'il y avait eu autre chose que du lait de chèvre dans le vieux frigo qui s'éteignait régulièrement au rythme des bégaiements du circuit électrique, elle aurait apaisé sa soif d'un bon remontant.

— Je ne sais plus quoi faire de toi. C'est toi qui voulais venir ici et maintenant, tu fais ton cinéma, lâcha Sheila, attribuant les larmes de Lottie Rebecca et sa fatigue aux tourments de l'adolescence.

C'était le dernier jour du semestre à l'Université du Ghana, et, masquant un instant l'inquiétude dans les voix swahilies du feuilleton à la télé, la voiture de Kobi gronda sur le pont métallique.

— *Ete sen*, Ama, Lottie Rebecca, s'écria-t-il en franchissant la porte de derrière.

— *Ye, ye, ye*, lui répondit Sheila.

Il posa sa mallette sur la table, comme B.J. posait sa boîte à déjeuner chez eux, et il se pencha comme un arbre trapu afin d'essayer de croiser le regard de Lottie Rebecca aux yeux gonflés.

— Tu t'en sors, Mtoto ?

Elle l'ignora puisqu'il l'avait appelée par un surnom réservé uniquement à sa mère. Dans sa tête, elle hurlait comme à l'époque de ses six ans, quand elle s'abandonnait à la colère jusqu'à ce que l'évier de la cuisine tremble et que les voisins interrompent leur activité pour se boucher les oreilles.

Il ne se formalisa pas de son insolence, au grand regret de Lottie Rebecca. Sheila soupira et poussa la tête de sa fille. Kobi se rendit au frigo où il rangea des canettes pour sa petite cousine, ce qu'il avait trouvé de plus ressemblant à un soda américain. Il s'en ouvrit une, en posa une autre devant Lottie Rebecca qui l'ignora encore, assise sur le tapis poussiéreux.

L'impolitesse de l'adolescente avait créé un silence gêné que Kobi brisa par une conversation anodine.

— Aaah, les Ghanéens se préparent à fêter Noël.

La voix rendue visqueuse par le mucus, Lottie Rebecca répondit, laissant la parole à la version indomptée et plus jeune d'elle-même :

— Je veux rentrer à la maison.

Dans sa tête, elle disait à sa mère, *Qu'est-ce que tu fais ? Pourquoi tu ne m'entends pas ? Pourquoi tu ne les entends pas ? Je n'arrive plus à respirer, maman.*

Sheila sentit entre ses genoux le corps de sa fille secoué de sanglots. Elle maintint la tresse en place d'une main. Son corps se souvint presque d'embrasser sa fille sur le front mais elle n'entendait pas l'appel désespéré de son enfant, si malheureuse. Sheila se tourna plutôt vers Kobi qui vint récupérer la canette froide de soda orange comme s'il retirait la nourriture d'un lion en cage.

Il essaya d'analyser ce qu'il voyait, les larmes, les genoux serrés et punitifs d'une mère, mais il ne connaissait pas l'histoire et les strates de moments brisés, réparés, brisés, réparés qui composaient le triangle entre Lottie Rebecca, Sheila et B.J. absent.

— Je suis désolé, 'tite cousine. J'ai terminé mon boulot. Demain, on ira faire un truc sympa.

Lottie Rebecca aurait voulu qu'il la ferme, qu'il arrête de jouer comme s'ils formaient une vraie famille, mais son cerveau était épuisé.

Kobi se concentra sur son soda.

Lottie Rebecca prit une profonde inspiration, inhalant le parfum bon marché de Kobi dans chacun de ses mouvements, et la même odeur au-dessus d'elle, sur les doigts de sa mère qui lui tressaient les cheveux.

— Papa me manque ! gémit-elle, bien qu'elle n'ait jamais appelé B.J. papa – un code destiné aux oreilles de Sheila, un signal de détresse qui obligea sa mère à prendre une brusque inspiration involontaire, à ravaler sa culpabilité d'avoir laissé un autre homme apaiser son cœur.

La télé devant eux diffusait des séries ghanéennes hyperdramatiques en swahili que Sheila comprenait mais qui accentuaient davantage la solitude de Lottie Rebecca. Elle pencha la tête en arrière et surprit l'échange d'œillades entre Sheila et Kobi. Ce dernier la vit remarquer le rayon de lumière qui le reliait à sa mère, et comme réprimandé par son regard insistant, il s'assit sur une chaise en bois dépareillée pour boire son soda à la table.

Lottie Rebecca prit la parole dans cet instant de gêne, laissant soudain se mélanger les climats oubliés de ses paysages mentaux. Des vents arides, moites et froids tourbillonnèrent sans distinction dans sa tête.

— Kobi, tu as une mère ? Je ne t'ai jamais entendu parler d'elle. Il n'y a même pas de photos d'elle ici.

Sheila poussa la tête de sa fille en avant, la tança de parler ainsi sans savoir que la mère de Kobi était morte en couches, qu'il avait trouvé des mères de substitution, que ces femmes l'avaient toutes repoussé, l'écartant comme on détache d'une secousse des entrailles de poisson collées à ses doigts, jusqu'à ce qu'il trouve le professeur Ahmad.

Sheila rassembla les mèches de sa nuque en une tresse trop serrée. Des larmes de douleur montèrent aux yeux de Lottie Rebecca mais elle voulait faire comprendre à Kobi et à Sheila que l'odeur qui flottait entre eux était discernable dans l'esprit et le corps d'une jeune fille de dix-huit ans.

— Toutes les mères sont mortes.

Lottie Rebecca libéra le flot de paroles qu'elle contenait depuis ses treize ans, sans chercher à ménager les sentiments de sa mère.

— La mère de mon père, sa grand-mère, la mère de maman, et toutes les mères jusqu'à l'époque où ce salon n'était qu'une hutte, elles sont toutes mortes, mais elle, c'est ma mère et chez moi, j'ai un père.

Elle parla d'une voix lente, le regard posé sur lui comme ses yeux de nouveau-né s'étaient posés tout à tour sur chaque personne présente le jour de sa naissance, un regard qui les appelait à se repentir de toutes les fautes commises avant son arrivée.

— Où. Est. Ta. Mère ?

Sheila tira la tête de sa fille de côté afin de punir la vérité impunissable qu'insinuait sa question. Elle invoquait sa mère à elle dans cette pièce où, à dix-huit ans, elle était assise pendant que Lucy Marie Tunnelson était étendue dans un lit d'hôpital à Washington D.C. et disparaissait à mesure que les leucocytes suppliciés vidaient le corps de cette femme noire de chaque souvenir, de chaque goutte d'eau de mer salée, de chaque mot cruel prononcé à ses oreilles, de chaque saleté insérée dans les orifices de son corps. Nettoyée et vidée jusqu'à ce qu'il ne reste plus d'elle qu'une pierre tombale froide. Sheila fit taire son enfant et la gronda :

— Ça suffit, maintenant ! Il fait trop chaud et tu mets ma patience à rude épreuve, Lottie Rebecca Lee !

La fille se leva et surplomba la mère, assise sur le canapé, surplomba Kobi. Sa voix n'était plus celle d'une enfant en colère, ni celle d'une adolescente envahie d'angoisse. Sa voix était celle d'un être assez grand pour avoir contemplé la courbe lointaine de la planète mais assez jeune pour se souvenir de sa propre voix-esprit. Elle fit appel à toutes les énergies invisibles de la maison et leur ordonna de lui obéir.

— C'est vous qui mettez MA patience à rude épreuve !

Elle se dressait entre Kobi et sa mère, l'index pointé sur Sheila.

— Ama ! Nous sommes pas venues pour ces conneries !

Lottie Rebecca se tourna et pointa l'index sur Kobi sans rien trouver à lui dire, à ses yeux écarquillés et décontenancés par sa colère. Elle fit volte-face et s'engouffra d'un pas furieux dans le couloir vers leur chambre.

Sheila lui colla aux talons et hurla :

— Ferme bien la porte, ma fille. Et verrouille-la, parce que gare à toi si je te chope !

Elle s'entendit crier et s'interrompit devant les barreaux qui claquèrent. Les pieds nus de Sheila étaient frais sur le sol en ciment trop chaud pour une peau américaine.

Penaud, Kobi emporta son soda et sa chaise dépareillée au fond du jardin, où il réprima l'idée romantique que Sheila et lui pourraient être réunis en dépit des vingt ans de mariage de son amie à l'homme qu'elle aimait. Ils étaient liés tous trois par la tension silencieuse qui couvait dans la maison à mesure que la nuit tombait.

La lune dormit encore longtemps, attendant le moment propice pour se lever et mettre en lumière la véritable raison qui avait poussé mère et fille à voyager sans le troisième membre de leur nichée. Pour mettre en lumière les raisons qui les avaient temporairement désorientées, comme la dixième génération d'oiseaux qui perdent le cap de leur migration et atterrissent à l'endroit où leurs esprits avaient jadis l'habitude de se rassembler.

Le clair de lune brillait en rais argentés. Sur le rebord extérieur de la fenêtre, le lézard posa un œil sur Lottie Rebecca et celle-ci contempla le plafond, regrettant l'absence de rideaux aux fenêtres, à ses émotions. Sans les voix des esprits, sans le silence protecteur de B.J., elle percevait avec netteté la discorde singulière qui l'opposait aux vivants. Elle entendit Sheila s'excuser auprès de Kobi dans le jardin.

— Il faut que je rentre.

Elle resta assise, immobile sur le matelas grinçant dans l'espoir d'entendre leur conversation.

— Tu l'aimes ? murmura Kobi.

— Bien sûr que oui. C'est mon mari. C'est mon univers tout entier. J'ai fait de mon mieux pour ne rien éprouver à ton égard, Kobi, mais c'est si facile avec toi.

Sheila ressentit physiquement le mot « facile ». B.J. n'était pas facile, avec ce curieux besoin de solitude, ses cauchemars pleins de sueur et de marmonnements inintelligibles. Elle s'était tant habituée à l'anormal qu'elle ignorait combien elle serait soulagée d'être loin de lui. Mais il lui manquait, tout comme il manquait à sa fille déchaînée. Ils étaient liés ensemble et l'élan de l'un pouvait entraîner la chute des autres.

Kobi posa le doigt sous le menton de Sheila et l'incita à lever les yeux vers lui dans le même rai de lune qui éclairait le lézard et qui éclairait le visage noir bleuté de Lottie Rebecca derrière les barreaux de la fenêtre. L'ombre et la lumière jouaient sur leurs visages et leurs corps qui désespéraient d'être enlacés et embrassés.

— Tu sais que je te respecte. Je t'aime aussi mais je ne ferai rien qui puisse te blesser, ni blesser ta fille.

Lorsque Sheila se pencha pour l'embrasser, Lottie Rebecca s'accrocha au silence alentour et se retint de hurler « Oh mon Dieu » devant l'attitude nunuche de sa mère, digne d'une série télé.

Kobi posa le doigt sur les lèvres de Sheila.

— Je préfère souffrir et te garder comme cousine, plutôt que de te mettre dans cette situation. Tu as un mari qui t'attend, et une fille dans la chambre juste à côté. Elle a dit la vérité, même si c'était peut-être difficile à entendre.

Kobi leva les yeux, une larme scintilla dans le clair de lune comme une poussière d'étoile.

— J'ai passé trop de temps à chercher ma mère et à faire des erreurs, tu sais.

Les larmes de Sheila coulèrent lentement, provoquées par un désir qu'elle refusait d'admettre. Elle avait accompagné Lottie Rebecca au Ghana pour réaliser les rêves de sa fille, sans autoriser la vérité à remonter à la surface – elle était venue retrouver un orphelin romantique et bercer d'illusions ses propres tendances d'orpheline romantique ; car elle avait beau être amoureuse de B.J., elle éprouvait une profonde solitude même quand ils étaient ensemble. Elle marcha pieds nus sur le ciment qui fraîchissait dans la nuit, en direction de la chambre qu'elle partageait avec sa fille.

Lottie Rebecca se tenait devant le miroir sombre. Elle voyait son visage noir en forme de goutte d'eau dans le reflet taché et flou. Elle aimait l'obscurité, elle aimait contempler son image dans la pénombre. Elle caressa les tresses parfaites que Sheila lui avait faites et convint qu'elles étaient trop serrées, qu'elles lui faisaient mal à la tête quand elle cillait des paupières ou qu'elle fermait la bouche. Elle ne pouvait même pas regarder le sol sans éprouver une tension qui menaçait de lui déchirer le cerveau. Elle glissa son auriculaire sous une première tresse pour retrouver le confort de son afro. Sheila laissa échapper une bulle de morve qui mêlait rire et larmes lorsqu'elle vit à travers la moustiquaire le geste éhonté de Lottie Rebecca.

Celle-ci fit volte-face au son alarmant des pleurs maternels. Elle défit le loquet de la porte et tendit les bras vers Sheila, elle l'enlaça comme si c'était elle l'enfant, et Lottie Rebecca la mère. Elle caressa son afro courte.

— Tout ira bien, maman. Tu sais que papa t'aime beaucoup, il a enduré tellement de choses qu'il ne peut plus s'autoriser à éprouver ce genre de sentiments, ni parfois même aucun sentiment du tout. Son amour, c'est le genre d'amour qu'il faut écouter attentivement, maman. C'est tout. Si tu sais pas te taire avec lui, son amour risque de flotter dans le courant de la rivière et de te passer sous le nez.

Le corps de Sheila fut secoué de soubresauts. Elle ignorait si sa mère pleurait ou riait.

— Va pas chercher l'amour avec ce demi-portion de Kobi.

Et Sheila versa des larmes de honte sur la poitrine solide de sa fille, se rendit compte combien B.J. lui manquait, combien sa famille lui manquerait quand Lottie Rebecca aurait enfin trouvé ce qu'elle cherchait dans la vie.

La lune poursuivit son ascension dans le ciel, Sheila s'était assise sur le lit et avait installé Lottie Rebecca entre ses genoux. Elle passait son auriculaire dans les tresses pour les défaire. Elle appliqua de l'huile essentielle d'arbre à thé sur les petites bosses là où les cheveux avaient été trop tirés, et elle reniflait afin d'éviter que la morve ne dégouline sur la tête de sa fille.

— Je suis désolée, Mtoto. Je suis désolée. J'ai du mal, moi aussi, parfois. Je ne sais même pas pourquoi je suis revenue ici.

Lottie Rebecca se retourna et leva les yeux vers sa mère. Les éclats de lune se reflétaient dans leurs yeux comme deux chats dans un buisson en pleine nuit.

— Maman, tu es venue parce que je te l'ai demandé.

Sheila lâcha un soupir en demi-rire et s'essuya le nez d'un revers de main.

— Et toi, tu sais au moins pourquoi tu voulais venir ici, Lottie Rebecca Lee ?

Le silence régnait, la maison était calme. Les basses et la musique des fêtes dans le lointain, le parfum d'huile capillaire, l'odeur d'une nuit d'été, de détritus brûlés reliaient tout. Et Lottie Rebecca entrouvrit la porte qu'elle avait depuis si longtemps claquée au nez de sa mère.

— Je crois que j'ai suivi les voix, maman. Mais je ne les entends plus.

Elle se tut et elles écoutèrent ensemble la nuit d'Accra qui ignorait le passage du temps entre le crépuscule et l'aube.

— J'ai l'impression d'avoir couru après quelque chose toute ma vie et que ça m'a fait sauter d'une falaise. Peut-être que je suis folle.

Les tresses étaient désormais défaites. Sheila posa les doigts sur le cuir chevelu tiède de sa fille.

— Tu es la seule parmi nous qui ne soit pas folle, bébé, et Lottie Rebecca en fut presque soulagée.

— Maman ?

— Ouais ?

— Tu as couché avec lui ?

— Mais nan !

Sheila frappa les épaules de sa fille avec le foulard défait qui lui avait couvert les cheveux et porta la main à sa bouche, gênée.

— D'accord, dit Lottie Rebecca, signifiant à sa mère que la spontanéité de sa réponse suffisait à clore la discussion.

Les deux grandes femmes minces grimpèrent sur le lit zébré de l'ombre des barreaux projetée par la lune, et tombèrent dans un sommeil entrecoupé de pensées agitées jusqu'à trouver enfin le repos.

Le lendemain matin, la brise tiède soufflait déjà sur le sol en ciment, version ancestrale de l'air conditionné. Mère et fille étaient installées autour d'un ragoût de poisson tandis que Kobi prenait son petit déjeuner dans le jardin poussiéreux, mesure punitive que personne n'avait réclamée alors que la situation était déjà résolue. Lottie Rebecca se rongeait l'ongle du pouce et plongeait sa cuillère dans le repas décevant. Le pendule avait cessé d'osciller, l'atmosphère s'était adoucie, elles discutaient comme Sheila avait parlé avec sa mère avant que la maladie et la menace d'abandon tissent leur cocon de silence autour d'elles. Lottie Rebecca enfonçait sa cuillère dans le ragoût.

— C'est juste que, genre, rien ne correspond à mes attentes ici. Et j'entends même plus les esprits ni rien. C'était peut-être une erreur.

Sheila pencha son bol et but les dernières gouttes.

— Rien n'arrive jamais par erreur, Mtoto. On pense agir pour une raison particulière mais on apprend à nos dépens qu'une raison totalement différente motivait notre voyage. Kobi est en vacances. Je vais lui demander de nous conduire à une magnifique forêt tropicale, je veux absolument que tu la voies. On s'amusera et on y passera la journée ensemble.

— Maman, on peut pas y aller juste toutes les deux ?

Elle connaissait la réponse avant même d'avoir posé la question et ajouta ce qu'elle voulait vraiment dire. :

— Je crois que je suis censée aller voir une forteresse d'esclavagistes.

Sheila déplia ses jambes de sous la table et marqua une pause avant de se lever.

— Ma fille, je n'entends aucune voix ancestrale s'adresser à moi mais je suis sûre d'une chose, ce n'est pas un endroit où des gens de notre couleur de peau devraient retourner.

Elle aurait pu tout aussi bien répondre à l'esprit de contradiction de l'adolescente : « Ma fille, allons-y. »

Quand elles gravirent le chemin pavé et franchirent les murs en stuc blanc du fort de Cape Coast, les larmes inondaient déjà les joues de Lottie Rebecca. Dans la cour où le guide évoquait l'épouse britannique d'un esclavagiste, si honteuse d'être témoin des meurtres et des tortures infligés aux Noirs qu'elle avait tué ses propres enfants avant de se suicider, Lottie Rebecca pleura encore. Au sommet du mur qui surplombait la plage, alors qu'elle regardait derrière les arches blanches les innocents garçons noirs aux membres fins embarquer sur les bateaux de pêche colorés pour leur journée en mer, sous l'horizon qui s'étirait jusqu'à ce que le ciel gris-bleu se fonde dans l'eau bleu-gris, elle pleura. Le goût salé de ses larmes se mêla au sel de l'air marin.

Sheila s'attardait à deux mètres derrière elle, sentant le sillon de chagrin de sa fille qui, songeait-elle, préférait apprendre dans la douleur. Entre les murs d'un blanc aveuglant qui les dominaient, Lottie Rebecca, en débardeur noir, laissa Sheila s'exprimer :

— Bébé, je ne supporte pas de te voir pleurer comme ça.

Elle avait à peine articulé ces mots que les larmes lui montèrent aux yeux et jaillirent à leur tour comme une marée provoquée par la lune montante des émotions de sa fille.

— Je les entends, fut l'unique réponse de Lottie Rebecca.

Elle avança vers les portes qu'elle dût franchir en baissant la tête, avant de s'engouffrer dans les cellules caverneuses, sombres et humides, où du sang maculait encore les murs, où les couchettes en pierre portaient l'incurvation des corps qui y étaient morts de faim, leurs âmes creusant la roche jusqu'à ce qu'une fille aux yeux singuliers, aux oreilles singulières, puisse les voir et les entendre, et pleurer, et crier comme ils l'avaient tous fait.

Le guide était loin devant avec un petit groupe d'Américains blancs et une étudiante universitaire à la peau café au lait. À l'endroit où se tenaient Lottie Rebecca et Sheila, la lumière du jour dessinait un cercle qui les entourait bien que le cachot soit hermétiquement fermé. Dans la gorge de Lottie Rebecca, un long chant funèbre guttural naquit, « Maman ! Maman ! Maman ! ». Une complainte spirituelle comme un cantique dont elle chanta chaque verset, sa voix montant et descendant au rythme des vagues de la mélodie. Son chant fit trembler les murs du cachot, trembler, jusqu'à ce qu'elle s'effondre d'épuisement.

Quand elle ouvrit les yeux, tous ceux qui se trouvaient dans le cachot pleuraient, les vivants et les morts de longue date, des sanglots déchirants à l'image de ceux qui l'avaient secouée toute la journée.

Dehors, le ciel tourbillonna et vint embrasser le front noir de Lottie Rebecca, à la manière dont le soleil avait embrassé le casque de B.J. sur la plage de la mer de Chine, des années plus tôt. L'herbe chaude chuchotait, l'eau riait doucement comme des enfants s'ébattant sur une plage bien avant d'être trahis et capturés, bien avant qu'on leur serve un mensonge douloureux, qu'on leur affirme que leur cœur était assez malléable pour commettre le même crime dont ils avaient été victimes, contre la promesse d'une virilité garantie par Dieu.

À cet instant précis, elle comprit les éclats bruns éparpillés dans les iris d'oncle James, d'oncle Lenard, de papi Tunnelson, de B.J. Tout lui parut soudain limpide : la présence de la peur et du mal dans les yeux des hommes de sa famille, des hommes qui s'efforçaient de demeurer immobiles, de véhiculer force et courage, plutôt que de transmettre des histoires d'os brisés et de crânes fendus qui s'entrechoquaient avec leur douleur en un mouvement perpétuel. Elle observa les garçons noirs aux longs membres fins qui riaient et chargeaient de lourds filets sur les bateaux avant leur journée de pêche, et elle pleura. Les vagues venaient lécher leurs jambes et la proue des bateaux, comme elles avaient léché les cuisses et les tibias des corps piégés dans des filets et traînés à travers l'océan, étouffant la beauté dans le ventre caverneux des navires, jusqu'à ce que l'amour puisse être ressuscité à force de semer et de ressemer la graine divine.

Elle leva les yeux vers le soleil, y plongea le regard sans se brûler les rétines, et elle murmura un message à son père : *Tu n'es plus seul, à présent. Tu n'as plus à t'inquiéter. Je suis là.*

PARTIE IV

Sankofa et le retour au pays

Chapitre 18

Accra, Ghana
1993

Une mère peut revenir en arrière seulement si son amour est tourné vers l'avenir, dans cet espace entre la terre nourricière et la voûte du firmament. Arpenter la planète entière, accompagner certains dans leur dernière demeure, mettre au monde les mains et les pieds qui dragueront les mers en quête des vertèbres manquantes dans la colonne de chaque génération.

Ils franchirent les barrages paramilitaires aux alentours du fort de Cape Coast et s'enfoncèrent dans la végétation de l'indifférence, où la police ne prenait pas la peine d'aller car il n'y avait aucun intérêt à harasser des villageois qui ne possédaient rien, à part le droit de sectionner les cosses jaunes de cacao à coups de machette.

Lottie Rebecca passa sa tête nue par la fenêtre. Son afro s'agitait dans le vent. Une version dégingandée de sa mère.

— Que t'ont dit les ancêtres ? demanda Kobi au volant.

L'air chaud et moite murmura sur sa peau huileuse en guise de réponse. Les connaissances de Lottie Rebecca ce jour-là ne lui étaient pas parvenues sous forme de mots distincts. Elles ignoraient le temps, elles l'avaient envahie d'une violente secousse de vérité, révélant chaque instant de doute et chaque voix ignorée.

— Qu'est-ce qu'ils t'ont dit ? demanda Sheila, la main sur le scotch qui recouvrait la banquette arrière.

Elle fut tentée de s'approcher de sa fille.

— Hm hmm, répondit Lottie Rebecca pour aider sa mère à rester tranquille.

Le vent brûlant sur le visage de Lottie Rebecca se mua en une brise tiède, et, dans le rétroviseur, elle aperçut le visage de B.J. dans le reflet de son propre visage, un miroir qui contenait tous les visages prisonniers du cachot, qui contenait ce qu'elle savait des endroits où B.J. avait été, ce qu'il y avait fait depuis le petit mot écrit dans son enfance qui avait enragé son père, jusqu'à la plage de la mer de Chine où il avait transformé en sang l'eau de l'océan. Des souvenirs qui surgissaient dans ses cris, la nuit. Elle comprenait ses mains larges comme des feuilles de palmier, elle comprenait qu'il s'efforçait de la protéger du mal en réduisant au silence ses mains par le labeur manuel et la pêche. Elle comprenait et voulait expliquer à B.J. qu'il était désormais en sécurité. Mais il était à des milliers de kilomètres et, alors qu'ils pénétraient dans la forêt tropicale, la trajectoire du vent, le parfum de la terre et des excréments d'animaux ancestraux s'enchevêtrèrent dans ses pensées.

Elle entendit dans la brise un « Wooouuu Haaa ! ». Un cri libéré, haut perché comme l'appel de l'oiseau qu'elle avait entendu quelques jours plus tôt. Elle sortit son torse entier par la fenêtre, posa ses fesses sur la portière épaisse de la Mercedes brinquebalante et répondit d'un long hurlement cristallin qui écarta le cartilage entre ses seins. Un son de soleil et de gouttes de pluie dans l'air, la même eau et la même lumière qui avaient jailli et révélé son corps le jour où elle était sortie de Sheila.

Ce son attira aussi Sheila, il lui dégagea le centre de la poitrine, et elle sourit sans se soucier de ce que les femmes noires étaient censées faire ou non. Lottie Rebecca entendit sa mère dans l'habitacle répondre à son appel : « Ouu Ha, Ouu Ha. » Kobi éclata de rire. Lottie Rebecca rentra dans la voiture afin de voir ce qui devait être vu. Elle entendit sans reconnaître sa propre voix qui lâcha un rire comme un torrent d'eau sur des galets au pied d'une cascade. Et, tout simplement, la tension qui menaçait de briser mère et fille se relâcha.

Sheila et Lottie Rebecca se hissèrent d'un air amusé sur leur portière respective, comme si elles montaient dans un wagon de montagnes russes. Lottie Rebecca put contempler sa mère sans qu'elle la regarde en retour ou cherche à la protéger. Sa peau lisse et brune, ses yeux fermés – Sheila prit une profonde inspiration pour alimenter en oxygène les capillaires bouchés de ses poumons et se remémora le matin où sa mère avait découvert qu'elle comptait partir au Ghana.

Poche d'intraveineuse, tête bandée après son intervention chirurgicale. « Six mois, prenez vos dispositions », et c'est ce que fit sa mère. Elle prépara ses propres obsèques, conserva jusqu'au bout son rôle de mère, sachant pourtant qu'elle ne pourrait pas enseigner à sa fille tout ce qu'elle devait savoir. Sheila n'avait pas la maturité suffisante pour comprendre que sa mère allait mourir. Dans son cœur de dix-huit ans, elle tenait encore sa mère responsable de ses propres sentiments, notamment de sa peur d'être laissée sur le carreau. Sheila voulait simplement s'éloigner, ne plus sentir l'odeur d'antiseptique, ne plus voir cette mère qui ne ressemblait plus à sa mère. Comme une ado qui rêvait de tirer une longue bouffée de joint, elle voulait fuir l'intensité d'un chagrin imminent.

Mais Lucy Marie Tunnelson savait. Elle regardait Sheila qui détournait les yeux, « Ma fille, tu continueras à courir jusqu'à ce que tu suives enfin tes propres pas, que tu donnes naissance à une fillette – et quand tu la contempleras, tu verras les mêmes hanches, les mêmes yeux, et tu ne courras plus ».

Le vent chaud sécha les larmes sur la peau lisse de Sheila. Et Lottie Rebecca entraperçut à ses côtés la jeune fille noire de Fayetteville et de Washington D.C.

Le parking du parc national de Kakum ressemblait à celui du lycée de Lottie Rebecca. Les voitures et les bus y étaient couverts d'une fine couche de poussière orange. Au fond, un bâtiment administratif typique des parcs nationaux avait été construit pour le confort des Américains, surtout s'ils avaient la peau blanche, un rectangle parfait de briques rouges coloniales.

Kobi s'approcha de la fenêtre, expliqua dans un swahili rapide qu'il avait été guide dans le parc et qu'ils n'avaient donc besoin de personne pour gravir la montagne jusqu'aux ponts suspendus. Il se baissa afin d'être à hauteur de la fenêtre et paya les entrées. Lottie Rebecca regarda sa mère et fit remarquer à voix haute :

— C'est exactement comme ça que B.J. se penche à la fenêtre quand il commande un plat au resto Ethel's. Il me manque.

— Ouaip !

Et comme à l'époque où elle baignait encore dans les fluides au creux du ventre maternel, Lottie Rebecca entendit à nouveau les chansons d'amour de Stevie Wonder qu'ils écoutaient avec B.J. Elle sut que Sheila regrettait de ne pas avoir compris sans avoir à quitter la maison, compris qu'elle aimait B.J. avec une force capable de stopper les tempêtes du Serengeti, de dompter les tornades, un amour profond et insondable.

Sheila jeta un regard en coin à Lottie Rebecca et au parking – si elle n'avait pas promis à sa fille qu'elles grimperaient au-dessus de la canopée et traverseraient les ponts qu'elle avait vus en rêve, elle aurait tourné les talons et aurait demandé à Kobi de la conduire aussitôt à l'aéroport, au nom de l'amour.

Chapitre 19

Ghana, forêt tropicale
1993

Les yeux rivés sur le chemin. Joli travail, fidèle à toi-même, aux sept générations précédentes et aux sept générations à venir. Joli travail, toi qui as su protéger et nourrir, joli travail. La rivière est désormais plus étroite, tu peux traverser, patauger en sécurité, t'abandonner et atteindre la rive de ceux qui voient. Ta vie n'aura pas été vaine. Elle est sortie de l'eau, elle s'est envolée loin au-dessus de la courbe du méridien, elle a vu le cordon entre la mère et ses enfants disséminés. Joli travail.

« Ne prenez rien d'autre que des photos », intimait le panneau, le dernier élément lisible avant de quitter la lumière du soleil et d'entrer sous la canopée de la forêt sombre, où des couches et des couches de feuilles créaient un ciel nocturne vert et humide. Lottie Rebecca avait déjà fourré une graine d'acajou lisse dans sa poche, ramassée dans l'humus du sol moelleux.

— B.J. voudra sûrement toucher le bois de cette forêt. Ça ne rendra jamais en photo.

Sous la canopée, ils étaient au frais comme dans l'enfance de Sheila où il faisait si chaud à Fayetteville que son père accrochait des couvertures aux fenêtres, allumait le ventilateur fixé à la vitre, puis l'autorisait à s'allonger avec B.J. sur une paillasse devant la télé jusqu'à ce qu'ils voient Rebecca ou Bennie passer dans la rue. Il laissait alors le garçon traverser le champ de tabac, franchir le grillage et rentrer chez lui.

Quand ils atteignirent le sommet de la montagne, ils firent halte devant une petite plate-forme de huit marches en bois qui menaient aux planches et aux cordes flottant au-dessus de la canopée, puis d'une deuxième étendue soyeuse de peupliers, ces arbres qui les avaient enveloppés de leurs ramures pareilles à des jupes sur le sol forestier. Ils jaillissaient vers le ciel au-dessus de la montagne et étiraient leurs mains entre les cordes et les planches des ponts, comme des enfants qui jouent à entremêler une ficelle autour de leurs doigts.

Les vêtements des grimpeurs étaient lourds d'humidité et de sueur. La plate-forme ressemblait à celle que B.J. avait construite pour offrir à Lottie Rebecca un peu de solitude dans son enfance, à l'exception du pont de corde qui s'étirait vers le paysage des montagnes brumeuses. Comme une colonne vertébrale sinueuse et interminable, il se balançait et oscillait en rythme avec le mouvement des arbres qui caressaient presque les nuages. Les peupliers, plus anciens que le premier péché de l'homme blanc, acquiesçaient bien qu'il n'y ait pas le moindre souffle de vent.

Kobi expliqua à ses deux cousines les sensations qu'allait provoquer le pont sous leurs pieds, et il apporta des informations détaillées sur les Allemands et les Ghanéens ayant collaboré à l'élaboration du projet. Derrière lui, Lottie Rebecca était absorbée par le point de fuite que dessinaient les cordes du pont, elle imaginait B.J. dans le rôle de l'ingénieur qui calculait la distance exacte en effectuant des enjambées. Sa mère leva les yeux et sa fille avait déjà parcouru quelques planches au-dessus de l'immensité verte. Son corps pareil à celui d'une aigrette flottait presque à chaque soubresaut du pont. Un chant tremblant naquit dans la poitrine de Sheila. Elle passa devant Kobi et s'engagea à la suite de sa fille. Elle avança d'abord sans respecter la cadence de son enfant, l'une rebondissant à chaque enjambée de l'autre. Puis, malgré leur éloignement émotionnel, leur souffle et leur cœur trouvèrent un rythme commun, comme lorsque Sheila allaitait Lottie Rebecca, que son corps de bébé était encore potelé et nourri des fluides maternels. Kobi resta sur la plate-forme à observer les branches autour du pont osciller dans les vagues de la mère et de la fille.

En contrebas, l'air bourdonnait de nuages d'abeilles incapables de voler aussi haut. Le bruissement des oreilles d'éléphant frôla les feuilles et Lottie Rebecca revit le mobile en bois de son berceau, dans le miroir du temps. Elle s'arrêta, sourit.

— Je les entends, sa voix rebondissant en écho contre les crêtes de la montagne.

Elle perçut soudain les battements lointains d'un tambour, au-delà des sons audibles, qui portaient avec eux le sillon discernable d'une goutte de sueur oblongue sur la tempe de B.J. Elle entendit la scie dans l'atelier qu'on avait laissé tourner et qui copiait les bourdonnements de la forêt.

Le torse de B.J. heurta le sol de l'atelier couvert de sciure, de copeaux de bois et de particules de sable d'une plage vietnamienne face à la mer de Chine. Les plaies cicatrisées de son crâne s'ouvrirent à nouveau et laissèrent s'écouler les souvenirs de ses jours au sein de La Tempête. Des fourmis ramassèrent les particules de sable et de souvenirs, avançant en file indienne dans son champ de vision. Des larmes roulèrent sur ses joues et formèrent une flaque épaisse.

B.J. se vit glisser la paume de sa main sous celle de sa fille qui tenait les cordes du pont au-dessus de la forêt. Dans son esprit qui s'apaisait peu à peu, il essaya de chanter à Lottie Rebecca la chanson qui l'invitait à jouer, « *Timi timi nyamale, nyamale* », mais les paroles furent étouffées par la sciure et l'humus de la forêt, enfouies par les choses qu'il aurait aimé lui dire, sur le mot qu'il avait déposé sous l'oreiller de son père, sur ce qu'il s'était vu faire dans le viseur embué de son fusil au Vietnam. Les mains de Sheila et de Lottie Rebecca s'agrippaient à présent aux cordes tandis que le pont et les branches semblaient les trahir, menaçaient de les renverser à trois cents mètres de hauteur, comme des oiseaux sans plumes.

M. Tunnelson était assis à quelques mètres de B.J. dans sa maison, où il regardait un match à la télé sans rien remarquer d'inhabituel dans le vrombissement de la scie. Les fourmis noires, Lottie Rebecca et Sheila ralentirent leur allure quand les battements du cœur de B.J. s'emballèrent, puis se turent, et qu'il arriva au terme de son voyage.

Lenard puisa dans les leçons de sa douleur ravalée encore et encore et encore.

— N'aie pas peur d'organiser des funérailles. Nous avons besoin de rituels pour apaiser notre chagrin. Nous avons besoin de porter son deuil maintenant.

— Je ne suis pas l'archétype de la femme noire pratiquante.

Sheila sanglota, s'agaça, se désola de ne pas savoir filtrer sa colère, d'avoir été arrachée une fois encore au Pays et rappelée au pays, et à son chagrin.

Le corps de B.J. fut préparé à la lumière des néons. L'odeur des produits chimiques remplaça celle de sa sueur. Le lendemain, Sheila et Lottie Rebecca se postèrent côte à côte, un visage caramel et l'autre noir cacao. Elles étaient enveloppées de tissus africains colorés envoyés par Kobi. Des symboles d'amour adinkra jaunes et verts imprimés sur des tissus qui emmaillotaient mère et fille de façon royale. Tenues du dimanche ghanéennes, leurs têtes coiffées de foulards jaunes et verts qui se dressaient jusqu'à la toile de tente verte au-dessus de la fosse. Oncle James avança d'un pas lent sur la pelouse dans la lumière matinale. À travers sa démarche pesante depuis le taxi, Lottie Rebecca entendait les mélodies de piano de l'église comme s'il avait apporté l'esprit de la congrégation tout entière. Oncle Lenard marchait le dos droit et fier derrière lui, tous deux vêtus de costumes noir d'encre, le frère aîné corpulent et le frère cadet dont les muscles sculptés par la charrue avaient depuis longtemps fondu.

À l'arrivée du corbillard, les deux oncles et papi Tunnelson enfilèrent des gants blancs et rejoignirent les employés des pompes funèbres qui sortaient le cercueil noir laqué acheté par James. Ils le firent glisser à l'arrière du corbillard noir comme le médecin légiste de Fayetteville avait ouvert les longs tiroirs pour permettre à Lenard d'identifier les étiquettes aux orteils violacés de son frère et de Rebecca, ces parents qui avaient brisé le cœur du garçonnet étendu à son tour dans un lit de bois, prêt à être mis en terre à leurs côtés. Sheila et Lottie Rebecca entonnèrent un chant.

Kwaheri, kwaheri
mpenzi kwaheri
Adieu, mon amour

De leurs voix profondes et rauques, Lenard, James et papi Tunnelson chantèrent pour B.J. en réponse aux deux femmes, navrés que leurs efforts n'aient pu le sauver.

Kwaheri, kwaheri
mpenzi kwaheri

Et ils chantèrent en chœur.

tutaonana tena,
tukijaliwa
Nous te reverrons de l'autre côté, si Dieu le veut.

Ils continuèrent jusqu'à ce que leurs chants planent comme le bourdonnement méditatif des abeilles au-dessus des figues tombées à terre sur le sol de la forêt tropicale ghanéenne et des fleurs de tabac dans leur jardin. Leur chant palpitait et résonnait dans les valves de leur cœur, libérait leur langue et faisait monter les larmes à leurs yeux, à l'exception de Lottie Rebecca. Elle savait que ce n'était pas fini.

Il fut enterré dans la terre argileuse orangée, sous les sédiments mouvants à côté de ses parents, mais plus profond, si bien qu'il faudrait plus longtemps avant que la terre meuble déplace sa dépouille loin de sa pierre tombale.

— Tu les entends ? murmura Sheila à Lottie Rebecca dans son besoin de trouver la consolation.

Pareilles à deux oiseaux chatoyants, elles furent les dernières à demeurer près de la tombe.

— Non, maman.

Les yeux de sa fille semblaient plus grands sous le tissu bariolé qui maintenait ses cheveux et lui dégageait le visage.

— Ils sont tous partis.

Le visage inondé de larmes, Sheila l'interrogea :

— C'est une bonne chose, non ? B.J. repose en paix et tous ces esprits aussi, non ?

— Non, maman. Ils veulent que je les suive.

PARTIE V

En fin de compte

Chapitre 20

Fayetteville, Caroline du Nord
1994

De celui qui reçoit beaucoup, l'on attend beaucoup. Accepte ta couronne, femme, et ne montre aucune hésitation quand tu marches. À quoi bon avoir de l'instinct si tu dois demander conseil avant de le suivre ?

Il s'était passé presque un an depuis la mort de B.J. De temps en temps, maman me posait une de ces deux questions : « Tu l'entends ? » ou « Tu as pleuré, Mtoto ? ». Et je répondais à chaque fois, « Non, maman », jusqu'à ce qu'elle arrête enfin de m'interroger.

Si j'avais su que j'aurais affaire ce matin-là à un retour du chagrin et à une visite de l'administration, j'aurais enfilé mon chemisier blanc amidonné et ma jupe violette et verte décorée de symboles adinkra, la tenue qui efface les doutes et donne du courage.

Maman prenait sa douche et, pour la première fois depuis un an, elle chantait une vieille rengaine d'Aretha Franklin. Je dansais en rythme dans la cuisine, dans la lumière de l'aube qui s'insinuait entre les fleurs de philodendrons. À chaque fois que B.J. me manquait brusquement ou que j'entendais des notes discordantes dans ma tête, je faisais comme s'il était parti à la pêche ou au resto Ethel's, et de cette manière je n'avais pas à expliquer à maman, à oncle Lenard ni à moi-même pourquoi je n'avais pas pleuré. Je n'avais pas l'impression qu'il avait disparu, je savais tout simplement que ce n'était pas fini.

Oncle Lenard téléphonait tous les dimanches après l'église.

— N'essaie pas de l'oublier, ma filleule. Raconte-moi un souvenir de lui.

— Je n'oublie rien, tonton.

Et je lui demandais :

— Tu veux parler à maman ?

Ce matin-là, j'ai eu le sentiment que le moment était venu. J'ai entendu l'eau se couper et maman a cessé de fredonner. À travers le mur fin, je l'ai entendue crier :

— B.J., apporte-moi une serviette !

J'ai porté la main à ma bouche, j'avais déjà dix longueurs d'avance sur la vague de regrets qui déferlerait bientôt dans la maison.

— Maman, papa est parti.

Je lui ai dit gentiment, comme B.J. l'aurait fait, et elle s'est mise à sangloter à travers toute la maison, enveloppée dans sa serviette, et je l'ai laissée se blottir dans mes bras comme elle le faisait toujours quand j'étais témoin de sa honte, elle qui s'était détournée de papa pendant notre voyage au Ghana.

— On fait tous des erreurs, maman. Ça ne déclenche pas des catastrophes pour autant. Ce ne sont que des erreurs.

Je l'ai tenue à bout de bras, j'ai repositionné la serviette autour d'elle et elle m'a laissée la materner comme l'aurait fait sa mère si elle était encore en vie. Son afro spongieuse détrempait l'épaule de mon T-shirt.

Elle était assise dans le jardin à l'arrière de la maison avec sa tasse de thé et elle contemplait les nuages. Je passais la serpillère dans la cuisine en écoutant Mary J., vêtue d'un pantalon pattes d'eph rétro et usé, un foulard sur la tête. J'ai entendu des pas sur le porche et, l'espace d'un instant, j'ai imaginé B.J. à la porte d'entrée, mais la démarche n'était pas la sienne et personne ne passait jamais par la porte de devant.

L'adjoint au shérif, un homme blanc, m'a crue plus âgée, comme presque tout le monde. « C'est dû à ta façon d'être », m'avait expliqué papi Tunnelson. Maman disait que mon corps avait enfin une taille qui correspondait à cette voix avec laquelle j'avais parlé toute ma vie. L'adjoint s'est raclé la gorge, il a marqué une pause et il a affiché un air de léger remord quand il m'a enfin regardée droit dans les yeux.

Il n'était pas beaucoup plus âgé que moi, un jeune homme avec une coupe en brosse qui tenait son chapeau entre ses mains comme s'il venait annoncer la nouvelle d'un fils, d'un frère, d'un père tué dans un hameau, si loin que son esprit ne pouvait pas rentrer chez lui et chanter son message d'adieu.

— M'dame, on a une décision de justice qui dit qu'après un an d'impôts impayés, votre maison a été vendue aux enchères. Voici une copie de votre avis d'expulsion, vous pouvez aller au tribunal et consulter l'original par vous-même. La maison ne vous appartient plus, d'après la loi.

Il a marqué une autre pause et, jambes écartées, son corps a dessiné un A.

— M'dame. Je suis désolé mais vous avez quatre semaines pour rassembler vos affaires et libérer les lieux.

Le sommet de mon crâne s'est mis à me chatouiller, mes pieds se sont engourdis. C'était peut-être un mal pour un bien. Où était l'esprit de B.J. pour me le confirmer ? Je sentais sa présence. *Papa, réveille-toi !* Je l'imaginais assister à la scène avec moi, tandis que je regardais l'adjoint du shérif redescendre les cinq marches brinquebalantes. J'ai retenu mon souffle et je me suis entendue consoler maman plus tôt dans la matinée, « Maman, papa est parti ».

J'ai fermé la lourde porte d'entrée que personne n'empruntait jamais. Des flocons de poussière sont tombés sur mes cils et m'ont obligée à me frotter les yeux, qui ont rapidement rougi. Papa ne s'était pas absenté comme de son vivant, il était présent mais silencieux.

Les semaines avant l'expulsion ont filé. Maman et moi nous sommes retrouvées à nouveau chacune au cœur de nos propres tempêtes de chagrin. Nous circulions en silence dans la maison comme l'avait fait B.J. Nous ne pouvions pas faire davantage. Je cachais l'avis d'expulsion à maman et à papi Tunnelson, certaine de pouvoir trouver une solution, mais les cauchemars et mes propres nerfs m'empêchaient d'entendre quoi que ce soit. Je n'entendais pas les esprits, je ne voyais plus d'images à dessiner. Je ne percevais plus le moindre mot. Je posais mon carnet de croquis sur ma table de chevet pour y noter les réponses qui me viendraient en rêve.

Une nuit, je dormis avec la graine lisse d'acajou sous mon oreiller. Je rêvais que je marchais sur le pont de corde vers B.J., qui se tenait sur une plate-forme dans un arbre. Quand je l'atteignais, il n'y était plus et se tenait sur la plate-forme suivante, au-delà d'une nouvelle étendue de ponts et de canopée, encore une fois hors de portée. Je ne marchais pas avec prudence, cette fois, je courais en sachant que le pont risquait de se balancer et de me faire basculer à travers les branchages, mais je m'en fichais. Les cheveux courts de sa petite afro parsemée de quelques fils d'argent, sa moustache et sa barbe taillées comme l'avait fait l'entrepreneur des pompes funèbres. Il était juste hors de ma portée. Il levait les bras dans son T-shirt tendu au niveau du ventre, comme s'il voulait m'attirer à lui. Alors même que je m'apprêtais à le toucher, il disparaissait encore. Mes bras et mes jambes étaient lourds, je m'effondrais sur les planches du pont qui s'écartaient et je passais à travers mais ça m'était égal. J'étais une figue pourpre et charnue suspendue à un arbre, incapable de lutter contre la mort tandis que je chutais, traversais les ramures vertes en direction du sol, anticipant le bonheur de l'anéantissement total à l'atterrissage. Je me réveillai juste avant que mon corps heurte le parquet poussiéreux de la chambre. Les couvertures emmêlées autour de mon débardeur noir m'étranglaient et me serraient la poitrine.

— Maman !

Trempée de sueur, je m'engouffrai dans le couloir à la lumière des premiers rayons de l'aube, afin de m'assurer que je n'avais pas réveillé ma mère. La veille, je l'avais entendue discuter avec papi Tunnelson d'un prêt pour ouvrir une boutique africaine dans Ramsey Street. Elle mourait déjà d'inquiétude à propos de nos finances et j'ignorais qu'elle devait en plus payer des impôts sur une maison qui avait été depuis longtemps achetée et remboursée par un membre de la famille disparu des décennies plus tôt.

Certains soirs, je restais roulée en boule à côté d'elle dans sa chambre, faisant mine de regarder la télé en sa compagnie jusqu'à ce qu'elle s'endorme. J'écoutais son cœur battre trop vite, j'attendais qu'il retrouve un rythme apaisé avant de me faufiler dans ma chambre. Quitter la maison qu'elle avait reconstruite avec papa allait la tuer.

Par l'entrebâillement de sa porte, je vis sa poitrine se soulever et s'abaisser. Maman était plongée dans un sommeil profond et immobile. Un bourdonnement grave montait de la cuisine. Les os de mes pieds semblaient s'accrocher aux lattes du parquet pour les maintenir en place. Le soleil matinal diffusait un halo ambré qui perçait d'épais nuages pareils à des poings serrés. Et je le vis assis devant son café, à la vieille table en chêne qu'il avait construite.

Je restai un moment figée dans le couloir, je ne voulais pas l'effrayer, et le bourdonnement grave s'échappa soudain avec son image par la porte. J'enfilai mes bottes à la va-vite et suivis le parfum de sa peau et de ses cheveux, son odeur de sueur et de vin alors même qu'il ne buvait jamais une goutte d'alcool. Je suivis le sillage de son odeur jusqu'à la rivière dans la lumière naissante du jour. Seuls le chant des oiseaux et les stridulations des criquets s'élevaient autour de moi alors que je longeais les maisons des voisins qui avaient autrefois l'habitude de hurler : « Sheila, fais taire ce bébé ! Flanque-lui une raclée ! »

Je passai devant les vieux mobile-home rouillés en bas du quartier. J'allai le retrouver. Son esprit était assis sur la berge et pêchait dans la rivière. Son dos voûté si familier avec sa canne à pêche et, à côté de lui, un autre esprit masculin était assis, comme décalé, une présence mince, grande et méfiante qui se tourna et regarda à travers moi avec des yeux vides, puis annonça : « Je l'emmène. » Je reculai d'un pas trébuchant dans l'entremêlement de kudzu. Je ressentis trois pincements, dans mon ventre, dans ma poitrine et dans mon front. Je fus submergée par une émotion, d'abord aussi familière que le relief des muscles et des os du torse paternel sous mes mains d'enfant, à cet endroit même treize ans plus tôt, treize révolutions de la Terre autour du soleil. Un lien entre mon père et moi, entre mon père et cet autre esprit éternel et hors de ma portée, juste assez hors de ma portée pour m'effrayer, comme ce fameux jour où mon père avait préféré choisir la paix du soleil sur les eaux mouvantes de la rivière, plutôt que le chaos de ma petite tête rêvant de passer du temps à ses côtés. Et je la sentis alors – la solitude d'être abandonnée ici, contrainte de me débrouiller toute seule.

L'idée me fit prendre mes jambes à mon cou, mes pieds chaussés de bottes en caoutchouc d'adulte. Je suivis la bande jaune au milieu de Colonial Drive, je voulais fuir la longue lignée de cœurs brisés, rejoindre maman qui était bien présente, elle, sur cette terre.

Je rentrai dans la cuisine sur la pointe de mes pieds nus alors que le vent dehors fouettait les arbres d'une pluie oblique annonciatrice d'un ouragan. B.J. était sur une chaise.

D'autres l'entouraient, puis disparurent, puis revinrent et l'entraînèrent. Comme une image parasitée à l'écran, ils apparaissaient et s'effaçaient. Je me mis à courir de la chaise à l'évier, puis au plan de travail, je le tirais vers moi et tentais de le retenir jusqu'à ce que le vent s'engouffre par la fenêtre au-dessus de l'évier et que ma bouche s'ouvre brusquement pour réprimander les esprits.

—Arrêtez ! Lâchez-le ! Arrêtez !

Je me retrouvai projetée au sol où je les combattis, là où toute ma vie, ils s'étaient enroulés autour de mes pieds. La vitre explosa sous la force de l'ouragan en approche.

Les pieds de maman martelèrent le sol de sa chambre et, en un instant, elle était à mes côtés sur le sol de la cuisine, les bras autour de mon torse.

— Quelque chose t'est tombé dessus ?!

Avec frénésie, elle inspectait mes membres, cherchait une entaille causée par un bris de verre. Je tirais et me débattais mais je n'arrivais pas à m'arracher à son étreinte pour le rattraper.

— Lâche-moi, maman. Lâche-moi !

— Mtoto, qu'est-ce qui s'est passé ? criait-elle entre deux sanglots.

Je n'arrivais plus à respirer. Je frappais le sol près de la chaise où il s'asseyait toujours.

— Il était ici ! Son esprit était ici !

Je ne pouvais plus contenir le hurlement qui s'échappait de ma bouche tandis que maman s'accrochait à moi et me retenait à cette vie.

— Papa !

Elle me tirait par les épaules, par les jambes, alors que j'essayais de me relever.

— Tout va bien, Mtoto !

Je me hissai à genoux, ouvris un tiroir dont le contenu se déversa par terre et je lui tendis l'avis d'expulsion avant qu'il ne s'envole dans les bourrasques. J'avais le souffle coupé par les larmes que le vent séchait. Elle saisit le document dans ma main, ne voyait rien dans la pénombre de la tempête.

— C'est quoi, ça, ma fille ?!

— Maman ! Ils nous prennent la maison.

Des branches cognaient les murs extérieurs comme des corps humains emportés par les rafales violentes. Autour de nous, des heurts retentissaient contre le sol, les poings, les genoux, les bottes des esprits qui couraient dans la maison, s'engouffraient à grand bruit dans les chambres et la salle de bains, se rassemblant bientôt en une cavalcade bruyante. Cette fois, et pour la première fois, maman les entendit aussi. Ses yeux jaillirent presque de leurs orbites, comme si elle comprenait mon désir de partir avec B.J., de partir avec eux. Elle enroula ses jambes autour de moi et me plaqua au sol, fit rempart de son corps comme quand je risquais d'être écrasée par la chute de ma bibliothèque lors de mes crises de colère. Je la suppliai :

— Maman ! Lâche-moi !

Dehors, les nuages se raréfièrent et passèrent. Le soleil réchauffa la maison de sa lumière blanche. En sortant par la porte, les esprits firent valser des chaussures et de la vaisselle, comme autant d'objets oubliés. Puis ils nous tirèrent les cheveux. Prisonnières de leurs serres, nous étions à demi traînées au sol, à demi soulevées dans les airs, et je tentais de me faire la plus légère possible. Maman refusait d'abandonner et ils lâchèrent prise, nous laissant tomber à terre comme deux proies trop lourdes. Les nuages éclipsèrent le soleil, les esprits flottèrent au ras du sol pour échapper à la fissure qui se refermait, puis ils disparurent tous, mon papa avec eux, oiseaux migrateurs emportés par le vent vers le sud, m'abandonnant à survivre seule ici.

Chapitre 21

Saint-Louis, Missouri
1994

Aucun père avant ta venue n'a eu de fêtes d'anniversaire ni de vœux exaucés en soufflant ses bougies. À ton vingtième anniversaire, ils t'ont offert tous leurs vœux.

Maman avait déclaré qu'elle allait tourner l'expulsion à notre avantage. « On va voyager un peu, Mtoto. Rendre visite à des connaissances, et toute la route parcourue nous aidera à trouver ce qui nous attend ensuite dans la vie. » Je l'avais entendue mais j'en savais plus qu'elle. Je savais quelle direction avait prise B.J., je savais que je devais le suivre. La peur de perdre ma mère et de me perdre moi-même était la seule chose qui me rivait sur place.

Nous avons chargé le coffre de la petite Ford Escort grise que ma mère avait achetée d'occasion dans un garage que papi Tunnelson montrait toujours du doigt, « C'était la station-service Texaco où ton autre papi travaillait. » Je l'entendais à chaque fois qu'il le disait, « ton autre papi », mais je n'y avais jamais vraiment prêté attention car, à voir le regard de B.J. et à écouter les gens en ville raconter que cet homme avait tué ma grand-mère avant de se suicider, je ne voulais aucun contact avec cet esprit. Je ne le haïssais pas, je n'éprouvais simplement rien à son égard.

Nous avons roulé à travers les collines de Virginie occidentale dont les dénivelés faisaient vrombir le moteur. De magnifiques montagnes vertes, puis des cheminées et la pauvreté. Maman a déclaré :

— Retiens-toi parce qu'on ne fera pas de pause pipi par ici.

Je savais qu'elle avait raison, puis nous sommes arrivées dans l'Ohio, je me suis accroupie au-dessus de la cuvette des toilettes dans une station-service, évacuant la pisse et le sang, et j'avais presque l'impression d'entendre le bourdonnement grave de l'esprit de B.J., attaquée que j'étais par la puanteur des toilettes, la vibration des moteurs de camions dans le parking et la peur de laisser maman seule dans la voiture. Mais ma peur d'être violée ou lynchée était plus puissante que la trajectoire de vol aléatoire de n'importe quel esprit.

Nous avons soupiré en atteignant la porte d'oncle Lenard qui nous a ouvert en gilet, chemise blanche, pantalon confortable et chaussures sombres, comme une version noire du présentateur télé Mister Rogers, debout sur le porche en ciment de sa maison du quartier d'University City, patient. Quand il nous serra dans ses bras ensemble, maman et moi, je sentis les fils de mon être se tisser à nouveau.

— Content de vous voir enfin arrivées. Ça fait une sacrée trotte jusqu'ici, ça c'est sûr.

Oncle James sonna à la porte. J'étais tellement habituée à entendre les gens frapper que je sursautai et maman se pencha vers moi en riant.

— Ma fille, on dirait que tu es encore en Virginie occidentale, à te voir bondir au moindre bruit.

Je ris à mon tour.

— Je sais, maman. J'étais là à me dire : « Mais c'est quoi ce bruit de merde ? » Je savais pas si c'était dans ma tête !

Je n'avais pas envie de manger du gâteau bien qu'il y en ait un sur la table. J'avais appris à tourner ma langue dans ma bouche avant de parler, mais pas très longtemps. Sentir les émotions et les mots emmêlés dans ma poitrine, coincés là, m'était intolérable. Oncle Lenard sortit un petit briquet rouge bon marché qui ne coopérait pas avec les mouvements lents de son pouce au-dessus des bougies. Oncle James se leva, imposant comme un morse, et dit :

— Je m'en charge.

C'était l'oncle qui m'appréciait le plus mais il me jetait des regards en coin comme s'il observait une part maléfique de lui-même dans un miroir. Il actionna la molette de son pouce habitué à ouvrir des bouteilles de bière et il alluma la première des vingt bougies.

Dans la lumière tamisée de la flamme minuscule, je pris la parole, incapable d'attendre la fin du rituel.

— Je vais partir dans le Mississippi.

On n'alluma pas les autres bougies. Les visages de mes proches luisaient comme des sorcières autour d'un chaudron.

— Je vais acheter une voiture d'occasion avec l'argent que m'a laissé B.J. et j'irai là-bas.

Cette fois, leur réaction me surprit. Oncle James tendit le bras et alluma les bougies restantes sur le gâteau. Oncle Lenard inclina la tête en prière alors que c'était moi qui étais censée faire un vœu.

— Notre Père qui es aux cieux. Veille sur notre enfant fougueuse et libre d'esprit. Guide-la et protège-la. Béni soit Jésus, amen.

Maman passa le bras autour de mes épaules comme si elle tentait de maintenir mon corps en un seul morceau, rien qu'en le serrant contre sa poitrine.

La nuit de mon anniversaire, je rêvai que je marchais à côté d'un plan d'eau placide et me sentais attirée par ce qui ressemblait à deux yeux. Ils murmuraient « Regarde. » Je regardai, et je vis des amas d'os blanchis par le soleil.

Maman et moi attendions sous les nuages d'un ciel d'automne, chez le concessionnaire du quartier noir de Saint-Louis. Je sentais le brouillard émaner de son corps, je la sentais disparaître une fois encore dans le chagrin. Elle n'avait jamais abandonné ses dashikis mais avait laissé derrière elle ses geles et ses longues robes amples. Elle paraissait noble et forte dans son jean Jordache, son haut bleu et violet décoré de symboles adinkra sous une veste beige et brune à motifs africains. Je humais son parfum de terre sans lâcher son bras. Mes cheveux indisciplinés se mirent en travers de nous.

— Mtoto, enlève tes cheveux de mon visage.

Voilà un sujet dont nous pouvions rire ensemble, bien que nous sentions chacune le pincement au centre de notre poitrine lorsque l'homme me tendit les clés de la berline

Ford d'un bleu laid et éclatant. Maman posa toutes les questions possibles et inimaginables :

— De quand date la batterie ? Quand le filtre à huile a-t-il été changé la dernière fois ?

Et elle listait ses exigences.

— Je veux obtenir la liste de toutes les réparations effectuées, ainsi que le nom et le numéro de téléphone du mécanicien.

— D'accord, m'dame, lui répondit le grand homme épais qui m'évoquait une version d'oncle James à la peau plus foncée, accédant à ses ordres de matrone.

Le lendemain matin, maman s'accrocha à mon bras. Elle posa sa tête chaude aux tresses huileuses sur mon épaule.

— Mtoto, hier soir, au moment de m'endormir, je me suis rendu compte d'un truc. Personne ne t'a jamais appris à dessiner ni à écrire comme ça. Personne ne te l'a jamais appris.

— Hm hm.

Je lâchai un petit rire en assistant à sa lente prise de conscience, elle qui comprenait les choses que j'avais passé ma vie à essayer de lui expliquer. Elle tenta de clarifier sa pensée.

— Enfin, tu vois. Je sais que tu es spéciale et unique. Tu sais…

Je lui embrassai la main et l'apaisai d'un sourire. Je savais ce qu'elle voulait dire, je connaissais la fin de sa phrase.

Chez oncle Lenard, je dormais dans l'ancienne chambre de B.J. Je préparai une pile d'affaires à laisser à maman, notamment mon carnet de croquis. Les dessins d'un côté et les textes que je comprenais désormais. « Merci maman », j'écrivis sur la couverture, lui offrant la clé de ces espaces que j'avais verrouillés à l'intérieur de moi-même et maintenus hors de sa portée.

Je ressentis leurs trois forces qui me retenaient tandis que je faisais marche arrière dans l'allée d'oncle Lenard et que je m'éloignais pour répondre enfin à l'appel de mon père et d'un chœur d'esprits que j'avais déçus par tous ces rituels qui m'avaient enchaînée aux obligations des vivants.

Chapitre 22

Sampson, Mississippi
1994

Les trajectoires migratoires suivent des impératifs : nourriture, soins et contacts avec ses congénères. Mais elles suivent aussi les souvenirs en accord avec le Divin. Et en sa présence à elle, l'entremêlement d'esprits qui avaient causé tant de mal de leur vivant lâchèrent prise et s'étendirent pour leur dernier repos.

De Saint-Louis à Memphis, je longeais le Mississippi comme une branche consentante flottant au gré du courant paresseux. Mais quand la limitation de vitesse passa au-delà de 120 km/h entre le Tennessee et le Mississippi, l'autoroute se transforma en un torrent de circulation. Les voitures et les camions devinrent de simples traits colorés qui empêchaient de distinguer la couleur de peau de leurs occupants. C'était sans doute une manière de réparer les lynchages qui avaient eu lieu sur les routes par le passé, pensais-je. Sans les moindres excuses ni aveu de culpabilité, il était simplement devenu légal pour tous de se hâter ensemble sur une même voie.

Dans l'autoradio, la cassette diffusait *Fast Car* de Tracy Chapman et je ris de cette coïncidence en écoutant la bande-son de mes derniers kilomètres. Sa voix alto et sa guitare servaient de messager aux esprits somnolents qui avaient oublié leur appel car j'avais été si longue à répondre.

La première chose que je découvris fut que dans le Mississippi, les cigales chantaient encore à l'automne, les serpents sifflaient, et quand quelqu'un vous disait, « N'emportez pas les galets du marécage dans votre poche », on répondait, « Oui, monsieur, bien monsieur, d'accord, monsieur » et on exprimait ses envies de rébellion de manière dissimulée, certainement pas par des gestes ostensibles comme un majeur dressé.

La bibliothèque municipale était installée dans un mobile-home un peu plus haut de gamme que ceux qui rouillaient au bout de mon quartier de Fayetteville. En ce début novembre, le climatiseur gouttait dehors dans la parcelle de chiendent qui tentait de coloniser le cache métallique du ventilateur bourdonnant. La vieille moquette bordeaux élimée à l'intérieur renfermait des années de moisissure et je ressemblais à un oiseau maladroit qui aurait atterri dans la mauvaise région au terme de sa migration.

— Je peux vous aider ? brailla la bibliothécaire blanche qui sentait le beurre.

Au troisième matin, elle me lançait un :

— Bonjour, ma chérie.

Ils les conservaient tous sans exception, malgré les risques d'attirer les cafards, chaque numéro de journal jauni. Les plus anciens avaient été méticuleusement photographiés et transposés en microfiches. C'était ceux-là que je cherchais. Oncle Lenard avait dit que les hommes étaient venus reprendre les terres en 1953, alors je commençais avec cette date et le nom Pritchard, mais je découvris et réveillai ceux qui m'avaient appelés à mon insu, quand je tombai sur un acte de vente pour

> *Lottie Pritchard, douze ans, échangée en 1928 à Leander Lee, soixante-deux ans, contre un chargement de tabac et la promesse d'être gardée et entretenue. Si ces clauses ne sont pas respectées, les biens de Leander Lee reviendront de droit à James William Pritchard et à ses descendants.*

On m'avait prénommée en sa mémoire, mon arrière-grand-mère vendue comme une génisse au père du père de mon père.

La boule qui avait coagulé dans ma poitrine à ma naissance se reforma, la honte bloqua le flot de paroles. Je tombai une fois encore à travers la canopée jusqu'au sol de la forêt, je sentis mes os se briser et sectionner mes artères, un flux de nectar attira dans le mobile-home les esprits lynchés et prostitués comme des fourmis et des guêpes venues boire à la sève de mes larmes humiliées.

Une boîte bleue de Kleenex apparut dans mon champ de vision. La femme au parfum de beurre avait pris ma main sur la poignée du lecteur de microfiches et l'avait posée sur la boîte en carton des mouchoirs.

Le lendemain, elle s'assit avec moi devant les microfiches, tournant la molette pour les faire défiler à toute vitesse, la machine bourdonnant jusqu'à afficher chaque document que j'avais demandé à consulter. Sur un bloc-notes jaune, elle griffonnait des noms et des dates. Les seuls sons étaient ceux du ventilateur interne de la machine qui s'efforçait de maintenir la fraîcheur du mécanisme que ma concentration enfiévrée et mes questions faisaient surchauffer, et la toux d'excuses que la libraire lâchait parfois et qui lui permettait de refouler ses larmes de culpabilité blanche, à mesure qu'elle parcourait avec moi le chemin inverse et découvrait la vérité.

Cet homme blanc, un dénommé Pritchard, était le père de mon arrière-grand-mère Lottie, un ancien contremaître d'esclaves, un sale fils de pute tordu qui, à en croire son air glauque sur une photo, aurait sûrement vendu père et mère pour quelques pièces. Il avait connu la ruine deux fois dans sa vie, une fois après un incendie en 1928 qui avait coûté la vie à la mère noire de Lottie et à son mari, qui l'avait privé de ses terres et avait réduit le sol d'argile rouge à un bloc de terre cuite. Et encore une fois en 1953, quand de mauvais investissements l'avaient laissé sans rien d'autre que ses deux fils et sa Packard noire jusqu'à ce qu'il revienne chercher son dû et récupérer les terres déjà vendues.

Je mémorisais les détails généalogiques pendant que la bibliothécaire notait les faits concernant les terres et l'acte de vente : « 57 hectares », « 369 dollars », « Attendu que J.W. Pritchard », « Attendu que sa progéniture Lottie Pritchard », « Attendu que Leander Lee », « la garder », « posséder les terres ». Et la clause que nous avions écrite trois fois chacune avant de parvenir à la déchiffrer : « Est attendu que l'État du Mississippi, en considération de tout ce qui précède, donne et attribue par les présentes au sus-cité J.W. Pritchard et à ses héritiers et leurs ayants-droits la parcelle de terre sus-citée ; parcelle dont J.W. Pritchard, ses héritiers et leurs ayants-droits auront propriété et jouissance, droits, privilèges, sur le terrain, les infrastructures et les dépendances qui s'y trouvent, et ce pour l'éternité. »

Nous sommes restées figées en silence, la bibliothécaire et moi. J'étais froissée et vide, comme les couvertures qu'on abandonne en boule sur le lit avant de commencer la journée. Nous étions toutes les deux prises en étau entre le passé qui s'affichait en écriture démodée sur les pages blanc crème d'une journée de 1953 où oncle Lenard avait vu son père et ses terres pour la dernière fois, et le présent où la bibliothécaire blanche et moi étions assises, à moitié soulagées, en 1994.

Après cette révélation, nous avons laissé la climatisation rafraîchir la sueur moite de ce périple que nous venions d'entreprendre ensemble. Elle prit une courte inspiration. D'une voix enrouée et lente, comme si elle se réveillait tout juste d'un long sommeil, elle déclara :

— Eh bien, tu peux aller au tribunal du comté car, si mes calculs sont bons, ses fils blancs, ton arrière-grand-mère, lui, tous ses héritiers ont disparu, morts et enterrés dans leurs cimetières respectifs, à part toi et ton oncle Lenard.

Nous étions pris dans un même tourbillon, oncle Lenard et moi – nous avions tant perdu, à cause de simples contrats, de « X » en guise de signature, de symboles tribaux qui signifiaient, prenez la mère, prenez le frère, prenez le père et qu'ils vous soient utiles en toutes circonstances.

— Je vais venir te rejoindre, ma filleule, et t'aider à régler tout ça.

Je voulais l'épargner, je savais qu'il y avait dans le Mississippi quelque chose qui le poussait à relever le menton et à redresser le dos comme s'il tentait de maintenir la tête hors de l'eau ou d'éviter la noyade.

Je refusai.

— Non, merci, mon cher tonton.

— Je crois que je n'arriverai jamais à m'habituer à t'entendre parler avec cette politesse du Sud.

Il marqua une pause.

— Tu ressembles beaucoup à ton père.

Je fronçai les sourcils, me rappelai le silence de papa, sa tendance à peser ses mots – même son esprit m'avait obligée à le poursuivre, comme mon père avait obligé tout le monde à courir après ses paroles ou après l'attention qu'il accordait avec parcimonie de son vivant.

— Tu ressembles à ton père avant qu'il parte au Vietnam. Exactement. Je t'ai déjà raconté ce qui s'était passé un jour, au zoo ? Qu'il était bien habillé comme à son habitude ?

Je l'interrompis pour nous épargner les histoires de rayures colorées et de tissu à carreaux qui devaient sûrement camoufler des émotions plus profondes :

— Dis à maman que je l'aime et que tout ira bien.

— Personne n'en doute. On veut juste que tu saches que tu n'es pas obligée de faire ça toute seule et, sincèrement, je suis fier d'avoir quelqu'un comme toi dans notre équipe.

Oncle Lenard riait déjà avant même d'avoir fini sa phrase :

— Une petite frangine qui ne craint rien ni personne.

— Tonton ! Tu ne peux pas dire « qui ne craint rien ni personne » après « frangine ».

Nos rires et la chaleur de notre souffle s'engouffraient dans le micro rond du combiné de téléphone et je ne me sentais plus seule.

— Tu dois juste dire « La frangine qu'a peur de rien » !

Nos soupirs respectifs nous accordèrent une pause.

— Ma nièce, tu te souviens quand je t'ai appris à jouer aux échecs ?

— Oui, tonton. Comment je pourrais l'oublier ? J'étais assise par terre dans ton salon et j'avais les boules parce que tu me laissais même pas regarder les dessins animés. Tu terminais chaque partie par « échec et mat », et tu me disais de riposter.

Je lâchai un petit rire et il m'imita.

— J'ai riposté et je me suis défendue jusqu'à mes dix ans, et là je te battais presque à chaque fois.

— C'est vrai. C'est à cet âge aussi que ton père a commencé à me battre aux échecs. Sans le Vietnam et le drame qui s'est produit dans son enfance, je sais qu'il aurait été comme toi.

Le silence régna un instant. Je n'aimais pas être appâtée dans ces conversations piégées sur des sujets que j'avais déjà clos dans ma tête.

— Ma nièce ?

— Oui, tonton ?

— Tu es la réponse inattendue au plan d'attaque de l'ennemi. Je suis fier de toi.

Dans l'air automnal du Mississippi, je sentis un frisson brûlant en entendant le petit garçon dans la voix de mon oncle, qui prenait conscience pour la première fois de ce que j'étais, au-delà de ce qu'on pouvait décrire de manière rationnelle dans les analyses des hommes blancs ou dans l'ADN de mes parents.

— Et moi, tonton, je serai fière de toi quand tu m'auras rendu service et que tu auras dit à ma mère que je l'aime, que tout ira bien.

Il éclata d'un rire franc et profond.

— Échec et mat.

Une robe noire à la mi-novembre. C'était le seul vêtement correct que j'avais fourré dans mon sac en toile, le sac de papa. Maman répétait souvent qu'une femme doit toujours avoir une petite robe noire sans manches – selon les endroits où elle se rend, elle peut s'envelopper dans une étole à motifs africains et se présenter devant le tribunal de ses ancêtres, ou enfiler une veste de tailleur et se présenter devant le tribunal des hommes blancs.

Au lever du soleil, je quittai le motel, claquai la porte en bois humide et gonflé qui peinait à rentrer dans son encadrement d'acier. J'inspirai une bouffée d'air salé, dans le bruissement des criquets qui apaisait les abeilles bourdonnantes dans mon ventre. Je descendis les marches métalliques jusqu'à la réception où le responsable relevait tout juste les stores et inspectait le parking. J'aperçus mon reflet dans la porte vitrée, un foulard jaune et vert sur la tête, une robe noire, des bottes noires, un châle jaune et vert tie-dye orné de symboles adinkra. Pas exactement ce que ma mère m'avait conseillé de porter. Dans le reflet, mon visage brun en forme de goutte d'eau inversée se superposa à la chair beige et flasque de son visage quand il vint ouvrir la porte.

— Bonjour, jeune fille.

Le responsable passa derrière son comptoir. À mon arrivée à Sampson, il n'avait rien de particulier à me dire. Il faisait simplement son travail chaque jour sans me regarder. Il prenait mon argent pour la nuit suivante, me tendait la facture et retournait à la télé fixée au mur de façon précaire, comme une télé accrochée à un bras articulé dans une chambre d'hôpital. Et puis nous nous étions adoucis. Chaque matin, j'espérais que cette foutue télé se décroche et tue ce sale connard de plouc, mais aujourd'hui il faisait partie de mon quotidien.

— Merci. J'ai vraiment apprécié ma chambre et mon séjour.

— Quand vous serez là-bas dehors, si ça se passe pas bien ou que quelqu'un vous cherche des noises, revenez donc ici, ou alors donnez-leur mon nom, d'accord ?

— Oui, monsieur.

Il me salua de la main, je soulevai le vieux sac en toile de papa sur mon épaule avant de le jeter dans le coffre de ma berline d'un bleu ridiculement éclatant et, dans un nuage de gaz d'échappement silencieux, j'entrepris la dernière partie de mon périple.

À 7 heures du matin, la chaleur m'obligeait pourtant à sortir mon aile noire par la fenêtre dans l'espoir de sentir sur ma peau le vent que générait la voiture en fendant l'air humide. Si j'avais affirmé à mon cerveau que j'étais au Ghana, mes yeux l'auraient cru, le long de ces routes poussiéreuses qui cédèrent bientôt la place à une bande d'asphalte indiquant que j'approchai d'un bâtiment gouvernemental. Je m'installai sur le banc en fer forgé près des marches du tribunal et y attendis l'ouverture à 8 heures. J'avais prévu d'y passer la journée entière mais la rumeur avait déjà circulé dans la petite ville qu'une descendante de Pritchard venait faire valoir ses droits de succession. Les pratiques légales à Sampson consistaient à vous exposer les faits et à vous donner les documents officiels ; s'il devait y avoir un échange de coups de feu entre vous et votre opposant afin de valider ces documents, ça se réglait entre vous – à vous de livrer bataille et de venir établir de nouveaux documents le cas échéant. Ils se contentèrent de me tendre l'acte de propriété et d'encaisser mes dix dollars pour la transaction.

Quand je sortis de l'autoroute Dixie Overland et m'engageai sur une voie de traverse, je m'imaginais marcher vers la porte de la maison et voir apparaître le canon d'un fusil, me faire tirer dessus par une fenêtre. Je m'imaginais tomber à terre et m'efforcer d'entrapercevoir les visages blancs à l'intérieur. C'était peut-être la bataille que les esprits m'avaient appelée à mener, quitte à tomber au combat. Je m'obligeai à me calmer.

Mon cœur battait la chamade et je regrettais d'avoir enveloppé mes cheveux d'un foulard africain pour venir annoncer à d'éventuels squatteurs blancs que mon oncle et moi-même, avec ma peau noire de goudron, étions les propriétaires légitimes de ces terres.

À mon approche, je remarquai un être sur le porche, l'éclat brutal du soleil comme un écran entre nous deux. Je distinguai une peau claire, des vêtements amples bleutés.

Un cercle de poussière flotta au-dessus du sol et s'arrêta juste devant son visage. Je marquai une pause. Toute la bravade et les certitudes qui m'avaient conduite jusqu'ici s'effacèrent aussitôt, me laissant seule sur l'allée qui dessinait un cercle et créait un îlot de verdure où poussaient deux chênes et du chiendent.

Comme le tintement de la pluie sur un toit en tôle, des notes aiguës résonnèrent et accélérèrent à mesure que j'approchais du porche. Dans ma poitrine, les os de mon sternum se déployèrent.

Un bourdonnement faible naquit au creux de mon bassin et se propagea entre mes hanches, un son si discret qu'il n'était perceptible qu'en humant le parfum des feuilles de tabac baignées de soleil, tombées et réduites en compost, qu'en se souvenant de l'eau qui avait coulé année après année dans les fossés d'Accra et avait fini sa course dans l'étang caché à l'ouest de mon corps, s'évaporant dans le soufre et la brume séraphique de l'aube.

Elle se leva au-dessus du cercle de poussière qui me bouchait la vue. Je contemplai un instant sa peau tirée par le soleil, ses longues boucles de cheveux noirs, et mon souffle se fit plus léger que l'air. Je m'élançai vers elle. Comme les chrétiens qui n'ont jamais vu le Christ mais le reconnaîtraient pourtant, je savais qui elle était.

En haut des trois marches, j'eus le souffle coupé quand elle m'étreignit, et je développai des branchies dans son ventre.

Naître fut le deuxième événement le plus important de ma vie. M'accrocher à la chair de ma chair combla cet espace entre l'appel et la réponse.

Je reculai pour la regarder dans les yeux. Ils étaient ronds et si profonds que j'entrevoyais un reflet de terre orange encore présent dans le derme spongieux de mes pieds qui avaient arpenté le sol du Ghana. Si profonds que je revis le plan d'eau placide de mes rêves, les ailes veinées d'une libellule qui voletait et brisait la surface immobile.

Une montée d'adrénaline me traversa brusquement le corps jusqu'au cerveau – « Je te connais. » Elle posa la main sur le sommet de mon crâne afin de m'éloigner de toute logique. Elle porta l'index à ses lèvres pour me faire taire et je ne voulais plus la regarder, à demi effrayée par ce que je voyais.

Dans la brume matinale qui dansait à la surface de l'étang, je distinguai ses yeux qui m'observaient en 1942, les yeux du garçon dont l'existence avait assassiné ma première venue sur terre, puis ma deuxième, et dont j'aurais soufflé la vie si j'avais été de chair et d'os. Je me souvins que mon esprit avait été puisé dans l'étang par le nuage léger de son âme.

Je vis le garçon aux bras fins scruter les eaux de l'étang, le père de mon père. Je le vis traîner son corps à elle dans la rosée et l'herbe maculée de sang avec la force d'un jeune pêcheur à la peau brune qui tire ses filets mouillés. Ses hanches fines et sa colonne vertébrale pivotèrent pour la retourner, et moi avec, la graine dans son ventre. Quelque chose de sombre s'éleva en moi, je vis du sang se répandre, tacher la robe jaune de ma grand-tante Beverly, je vis à travers le viseur du fusil de mon père les pupilles des Vietnamiennes se dilater dans la mort, assombrir leurs iris jusqu'à la ligne de leurs paupières.

« Ce sont tous des tueurs ! » lui hurlai-je depuis un lieu de déception éternelle. Je les avais perçus comme d'innocents garçons passionnés de pêche, sans jamais m'autoriser à puiser dans ces savoirs que je possédais déjà, sans reconnaître que nulle lumière ne peut exister seule, tout comme nulle obscurité ne peut exister seule. Ils demeuraient des petits garçons, même après les épreuves qu'ils avaient traversées, mais c'étaient aussi des assassins, et je voulais coûte que coûte m'éloigner de ce porche, de tout ce qui me rattachait aux hommes de ma lignée.

Mais elle passa les bras autour de moi et soupira, me rivant sur place. Plus je résistais, plus son esprit étouffait ma lutte, jusqu'à ce que cette bravade que j'avais affichée toute ma vie sans la remettre en question cède la place au poids de mon corps de femme noire, avec sa peau vulnérable qui se perce et laisse échapper la vie. Son souffle à mon oreille murmurait : « Rien de ce qui a été fait ne peut être défait. Tu es venue ici pour une raison. Tu dois écrire leurs histoires, toutes sans exception, pas juste quelques-unes. »

Et je tombai avec elle loin au-delà du silence, avant même qu'existe le premier souffle, mon être tout entier lové dans son ventre. Je sentis nos esprits dans le vent essayer d'absorber l'impact, de porter les membres de notre famille, chanter à l'oreille des garçons au destin brisé, ralentir les balles de fusil, caresser la tête des agonisants et pleurer sur le cœur des êtres malfaisants. Du plus profond de mon âme meurtrie, je m'adressai à elle : « J'en ai fait assez ! Ils ne méritent rien. Je ne leur dois rien. Pas même à mon père. »

« Tu n'as même pas commencé. » Elle repoussa mon front comme pour chasser le mal de mes pensées. « Les efforts venaient de moi ! Mais ces efforts sont vains sans la force d'une main qui manierait le stylo, qui écrirait ces histoires afin qu'elles soient lues et entendues, qu'elles stoppent les balles bien avant que la malveillance qui charge les munitions tue l'innocence. On t'a tout donné. Tiens-toi tranquille, ma fille, et sache simplement que Je suis, et qu'Ils sont, et que Tu es aussi. »

Je m'approchai à nouveau d'elle, je voulais la faire taire comme je voulais faire taire ma mère quand, pendant mon adolescence, elle peinait à me faire comprendre la chance que j'avais. Je passai mes bras autour des contours familiers de son corps, fis glisser mon doigt moite de sueur sur la plaie profonde dans son dos et tentai d'interrompre notre hémorragie avec cinquante-trois ans de retard. En cet instant précis, je ne voulais qu'une seule chose au monde – son réconfort. Mais elle haussa les épaules comme si elle en avait assez.

« Et toi, tu es de chair et d'os. Capable d'accomplir ce qu'aucune prière ni aucun soin, aucun amour ni aucun courage ne peut accomplir sans le pouvoir de l'action. Je t'aime », murmura-t-elle dans les os calcaires de ma colonne vertébrale, et je sentis l'humidité aux relents métalliques de sang dans les pierres qui scellaient le cachot sombre du fort esclavagiste. Je sentis le souffle chaud de mon grand-père et ses chiques de tabac. Elle me repoussa et je vis ses lèvres s'entrebâiller. « Je t'aime. » Et j'ouvris la bouche comme pour être nourrie, et le poids de son corps se dissipa entre mes bras. J'étais seule, je respirais sur le pont de corde, recroquevillée en moi-même, aucun son dans l'air immobile, aucune oreille d'éléphant pour souffler une douce brise et agiter la ramure des arbres.

Je percevais l'abîme qui me séparait de ma maison, je percevais mon âge, ma peau noire, ma féminité et la totalité de ce qui pourrait me blesser en ce monde. À quoi bon tout ceci ? Pourquoi fallait-il que je sache tant de choses et que j'en porte le fardeau ? Je voulais ; autant que je voulais de la terre dans ma bouche, que je voulais de l'eau dans mes poumons, que je voulais inspirer sans plus jamais expirer – je voulais retourner auprès d'elle, avec elle, ne pas rester seule ici.

Le grondement d'un tracteur labourant un vieux champ dans le lointain rendit audible ma solitude et je frissonnai, abandonnée dans le sable et la terre du porche familial.

La vibration distante qui résonnait dans mon oreille interne se rapprochait. À travers l'eau d'étang boueuse de mes larmes, j'aperçus la vieille voiture bleue à capote blanche qui soulevait sur la route un nuage de terre sèche. Je frottai mes yeux de mes mains sales et vis l'homme, l'ancien petit garçon du Mississippi qui avait échappé aux cordes des lynchages et aux mères décédées, qui avait jadis joué sur ce sol terreux dans l'espoir que quelqu'un se souvienne de venir le chercher.

Nous avons fait le nécessaire nous-même. C'est ainsi que papa l'aurait fait. Réparer les murs à l'aide de matériaux achetés au rabais dans les quincailleries locales. Dans chaque recoin de la maison, oncle Lenard me racontait une histoire, ses yeux ouverts comme jamais je ne les avais vus.

— Écris-les toutes, ma nièce.

Celle du matin où il était resté seul pendant le combat de chiens, celle du matin où sa mère était partie, le clou où l'on suspendait la bandoulière du porte-monnaie, le clou dans la grange où le fouet était encore accroché. Il les racontait toutes comme s'il essayait de sauver son âme et celle de son frère décédé. J'écrivais tout, même quand chaque partie de mon corps voulait se replier sur elle-même et fuir le paysage de ces malheurs subis ou infligés.

Nous n'avons pas demandé d'aide pour exhumer les ossements de notre mère dans l'eau. Il me répéta dix fois que ça me serait difficile, que ça lui était difficile de porter le fardeau de ce qu'il savait, des souvenirs qui lui revenaient sur les circonstances de sa mort, maintenant qu'il pouvait enfin aller la chercher. Je lui racontai mon rêve, ses yeux et ses os blanchis par le soleil. Il pleura et sa stature fière me disait : « Je n'ai pas sauvé ma mère. Je ne l'ai pas sauvé, lui, ni ton papa. »

Nous avons porté le deuil de nos morts en rénovant la maison, en mangeant des bols de pois chiche, et la terre s'est excusée en faisant pousser de la moutarde brune que nous préparions à la vapeur et mangions avec du riz. Avant les pluies de novembre, alors que l'étang était peu profond et nous permettait d'y patauger, il fallut le faire. Quand maman demanda si elle pouvait venir m'aider, elle était déjà à Jackson et me téléphonait depuis une cabine à la gare routière.

Ce ne fut pas triste. Nous portions tous les trois des bottes en caoutchouc noires mais pas de gants sur nos mains brunes. Dans l'eau, oncle Lenard alla chercher sa mère Lottie et son frère Bennie ; j'allai y chercher B.J. et sa mère Rebecca, et maman alla y chercher sa mère Lucy Marie Tunnelson. Les os ne glissèrent pas entre nos mains dans la vase, ils vinrent à la rencontre de nos doigts sans nous éviter, lisses et doux comme des défenses d'éléphant. Il n'y eut pas de grimaces, rien qu'un rituel, se baisser et les ramasser dans l'eau avant de les réchauffer au soleil de novembre et de les enterrer dans cette terre qui était la nôtre.

Chapitre 23

Quand l'Esprit vint
Sampson, Mississippi
2003

C'est un endroit magnifique. Les branches, les pierres, le sifflement des serpents, le parfum de chêne, de la forêt, de l'humus dans le sous-bois quand il pleut ont le don d'apaiser mon âme. Le soleil change en novembre et brille à l'oblique sous les feuilles de magnolia dégoulinantes et vert foncé, leur partie inférieure veloutée et leurs graines rouges qui éclatent lentement, à l'abri de leur cosse qui me lacèrent invariablement les mains, mais peu m'importe.

Je suis chez moi. Chaque mois de mars, je contemple les faons nouveau-nés à la robe tachetée qui titubent innocemment vers moi tandis que leur mère frappe le sol de ses sabots, le placenta encore relié à elle. Chaque année, je recule sur le porche et lui signifie que j'ai choisi d'être ici, que j'écris pour éloigner les larmes au cœur de la nuit noire, que je rapièce chaque matin à sa place, ce chant de la terre et ses notes qui résonnaient bien avant qu'ils croisent notre route et inversent le cours de l'obscurité. Je recule sur le porche et, parfois, en hiver, je m'élance dans la neige immaculée. Mes yeux et mes oreilles s'unissent au silence absolu, quand la couverture gelée purifie le paysage et que le faucon plane en altitude, criant sa joie de trouver si facilement sa nourriture sur cette toile blanche.

Je vous choisis, vous. Je vous vois. Vous faites partie de moi et je serai là pour accueillir le reste des histoires, les faciles comme les difficiles, et même après.

Et je sais que je suis en sursis dans l'œil du cyclone, à écrire la partie belle et facile en attendant la partie pénible, l'histoire du côté de mon papa.

C'est la plus chaude journée de l'année. Je suis bercée par ma routine, cueillir et vendre au marché les tomates et le basilic que ma mère m'a appris à cultiver, les citrons, le maïs et les haricots que mon papi Tunnelson m'a appris à cultiver. Je cherche fébrilement un coin d'ombre où écrire, une pomme calée entre les dents comme un cheval qui réserve sa friandise pour plus tard, mon ordinateur portable frais entre mes paumes ouvertes.

Je m'installe sur l'assise trouée d'un fauteuil en rotin récupéré dans le bric-à-brac de la grange et je pose mon ordinateur sur mes cuisses et le tissu élimé de ma salopette. Je lève le regard au-delà du porche et je contemple le décor du chapitre que je m'apprête à écrire.

Je me suis détendue, plongée dans ce rythme où je ne crains plus d'éveiller la peur, ou l'espoir, ou l'envie de faire autre chose. Et son esprit s'assied subitement sur les marches du porche. Une barbe grise de trois jours, une courte afro grise. Je ne le reconnais pas avant de distinguer dans sa silhouette et le mouvement de sa tête inquisitrice le même esprit que j'avais vu à côté de mon père sur la berge de la rivière en bas de Colonial Drive quand j'avais six ans ; quand j'avais besoin de l'entendre admettre la présence de ces esprits que nous entendions, mais qu'il s'était détourné de moi. Cet esprit-là qui était assis à côté de celui de mon père, le matin d'anniversaire de sa mort, quand je l'avais poursuivi jusqu'à la berge pour lui demander conseil, lui demander comment éviter que la maison ne tombe entre les mains des promoteurs blancs. Papa et mon « autre papi » sont assis, fusionnés, dans l'attente. Devant mon ordinateur, je respire comme me l'avait appris mon père quand j'étais inquiète. Je ne peux pas récolter son histoire en l'observant simplement en douce depuis la grange, mais je ne peux pas non plus me résoudre à lui faire face.

Le soleil termine sa course au-dessus du potager et vers l'étang. Je suis toujours assise devant la porte ouverte de la grange après m'être laissée aller à de longs sanglots gorgés de souvenirs, souvenirs de ce qu'il a fait ou pas fait, de mes rêves d'enfant dans lesquels j'imaginais sa présence à mes côtés au fil de mes années d'adulte.

Si le crépuscule s'installe et emporte avec lui l'esprit menaçant assis sur le porche, je sais que j'aurai commis une faute – celle de savoir, sans rapiécer ce qui est déchiré.

Je joue avec les résidus de pomme entre mes dents au lieu de passer devant les deux esprits entremêlés pour aller chercher mon dîner. Je reste ici à écouter le chant des cardinaux, l'un dans le chêne juste derrière la porte de la grange, l'autre plus loin, au-delà du champ de tabac. Je ferme les yeux et inspire l'odeur de bouse lentement décomposée au fil des ans sur le sol en terre de la grange, et je réveille la scène derrière moi où remuent les vaches. Je sens mon grand-père Bennie, un petit garçon assis à cet endroit même, son cœur encore intact, sans les lacérations du fouet qui avaient entaillé les cœurs de son père, et du père de son père. Ce fouet qui me raille, son cuir usé et tanné suspendu au clou au-dessus des vieux box. Le soleil rouge s'insinue entre les planches des murs de la grange. Des particules de poussière flottent dans la lumière et ravivent ma mémoire.

Je sens un pincement dans mon ventre, dans ma poitrine et dans mon front. Je murmure à ma propre intention, à celle du jeune esprit et du plus âgé sur le porche :

— Je suis ici chez moi, à présent.

Mais je sais que si je ne les laisse pas accomplir leur tâche, m'appeler et me solliciter, et si je n'accomplis pas la mienne, écrire leur histoire, je ne cesserai jamais d'entendre les murs grincer et les voix tourbillonner dans ma cuisine. Mon ordinateur encore allumé, je marche vers la maison, la peur fait tanguer la terre sous mes pieds, et j'avance vers cet esprit amalgamé qui attend de raconter ses histoires. Il ouvre les yeux, il ouvre la bouche et, d'une voix éraillée, il libère la Parole depuis trop longtemps enfouie dans le cachot de nos gorges.

Remerciements

Je souhaite remercier ma fille Alex qui, comme moi-même et tant d'autres femmes noires « remplies de l'Esprit », a donné vie au personnage de Lottie Rebecca Lee. Je tiens également à remercier Tracy Sherrod, ma toute première éditrice dans la vie et sur ce projet en particulier. Elle aussi, comme ma fille, comme moi-même et tant d'autres femmes noires « remplies de l'Esprit », a donné vie au personnage de Lottie Rebecca Lee. Merci, Tracy, d'avoir toujours entendu ma voix, à travers mes écrits mais aussi en dehors. Merci à Patrik Henry Bass d'avoir guidé ce roman à chaque étape de la production. Merci à toutes les personnes consciencieuses de HarperCollins Amistad. Leur passion et leur dévouement sont rares, et sans leur engagement et leurs efforts assidus, de nombreux ouvrages de littérature noire n'auraient jamais la chance d'atteindre leur lectorat. Merci à mon agente, Carol Mann. Merci aux lecteurs qui m'ont aidée, au fil du chemin, à tailler, donner forme et texture à *Entends ma voix* : Alexis, Pauline, Gums, Shay Youngblood, et tant d'autres qui ont lu un ou deux chapitres. Merci à mes amis et artistes noirs, à William Paul Thomas, à Candace Patrice Parrish, la génie des relations publiques, qui a su mettre en lumière ce projet avec un éclat remarquable. J'adresse même ma reconnaissance aux défaitistes ; ils m'ont permis d'être plus forte quand j'étais trop souple, et d'être plus souple quand j'avais sincèrement envie de botter des fesses. Ma reconnaissance éternelle à mes ancêtres, qui viennent sans cesse à moi en rêve ; et parfois même quand je marche en plein jour, que je sois bruyante ou silencieuse, ils viennent à moi depuis les arbres alentour, ils me rappellent que l'Esprit m'habite et qu'ainsi, j'ai en moi la connaissance nécessaire pour accomplir les tâches auxquelles je suis destinée. Et enfin, merci Deddy. Quand j'étais petite, je t'ai tant vu céder à la violence et mon corps portait les marques de ta colère brutale. Mais je te voyais pourtant, toi, le garçonnet du Mississippi, assis sur une berge d'étang à pêcher ton dîner. Merci de m'avoir permis d'écrire ton histoire et de raccompagner ainsi ton esprit en sa demeure.

Composé et édité par HarperCollins France.

Achevé d'imprimer en janvier 2024.

FIRMIN-DIDOT

à Mesnil-sur-l'Estrée (Eure)

Dépôt légal : février 2024.

Pour limiter l'empreinte environnementale de ses livres, HarperCollins France s'engage à n'utiliser que du papier fabriqué à partir de bois provenant de forêts gérées durablement et de manière responsable.

Imprimé en France